WENZEL STORCH

DER BULLDOZER GOTTES

Wenzel Storch

1961 geboren und in Hildesheim aufgewachsen.
Mit *Der Glanz dieser Tage, Sommer der Liebe*
und *Die Reise ins Glück* Regisseur, Produzent und
Drehbuchautor der zweifelsfrei ungewöhnlichsten
Filme Nachkriegsdeutschlands.

© Ventil Verlag KG, Mainz, Mai 2009

Abdruck, auch in Auszügen, nur mit
ausdrucklicher Erlaubnis des Verlages.
Alle Rechte vorbehalten.

1. Auflage 2009

ISBN 978-3-931555-62-7
Lektorat: Ingo Rüdiger
Layout und Satz: Oliver Schmitt
Druck: Gemi s.r.o., Prag

Ventil Verlag KG
Augustinerstraße 18, 55116 Mainz
www.ventil-verlag.de

INHALT

MEINE JAHRE MIT HANS MOSER

O selige Kinderzeit, als das Hobby noch Steckenpferd, das Fahrrad noch Drahtesel und das Auto noch Nuckelpinne hieß. Und als neben dem Lichtschalter noch das Weihwasserbecken hing.

Als das Fahrrad noch Drahtesel hieß ...

Das Motto meines Vaters lautete: Wer sich nicht oft genug bückt, bricht eines Tages entzwei. In dem kleinen Reich, das er regierte, wurde nach der Schule fleißig Rasen gemäht, Geschirr abgetrocknet und Straße gefegt. Es wurde viel gebetet – zwischen 1965 und 1975 mögen es 15.000 Vaterunser und Gegrüßet Seist Du Marias gewesen sein – und allgemein tüchtig gefleht. Und zum Lachen ging man in den Keller.

Im Keller aber stand – Gott sei Dank – der Fernsehapparat. Halt, der Fernseher stand in der Stube. Die gute Stube mit dem Musikschrank und den wertvol-

len Ernst-Mosch- und Karl-Heinrich-Waggerl-Platten war montags bis freitags abgeschlossen und wurde am Wochenende feierlich geöffnet, wenn Heinz Schenk *Zum blauen Bock* lud, wenn der *Komödienstadel* seine Vorhänge hob oder Wastl Fanderl sein *Bayerisches Bilder- und Notenbüchl* aufschlug. Oder wenn, meist am Sonntagnachmittag, Hans Moser auf der Mattscheibe erschien. Den fand mein Vater zum Schießen. Filme mit Hans Moser, da konnte er sich reinsetzen. Schon »unter Hitler«.

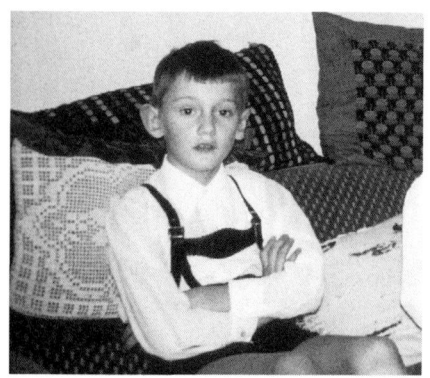

Im Reich der kurzen Lederhose:
Der Autor in der guten Stube

Wann immer es, nach tüchtigem Flehen, erlaubt war, mitzugucken, guckte ich mit. Und so habe ich zwischen meinem 12. und 18. Geburtstag wohl Hunderte von *Blauen Böcken* und *Komödienstadeln* gesehen und zwischendurch so manchen Hans-Moser-Film. Das behielt man auf dem Schulhof aber besser für sich. Denn Hans-Moser-Filme, die waren mit dem Rohrstock inszeniert, durch die wehte ein Hauch von Mottenkugeln und in denen wimmelte es von Knicksen, Dienern und Backpfeifen. Und doch war Hans Moser neben Beppo Brem und Henry Vahl eine der wenigen Lichtgestalten in der dunklen Fernsehwelt meiner Eltern, in der so freundliche Herrschaften wie Louis de Funès, Insterburg & Co oder Paulchen Panther sich nicht ungestraft blicken lassen durften.

Und so kam es, daß ich mich Jahre später noch einmal vor Hans Moser verneigen sollte. Die Verbeugung fand in Gestalt eines Comics statt, der – an langen Winterabenden zusammengekritzelt – als *Hans Moser Sonderheft* in den Fachhandel kommen sollte,* um dem Publikum einen anderen Hans Moser zu präsentierten.

Louis de Funès lädt zu einem
LSD-Trip ein.

Der andere Hans
Moser ist in der
Wiener Autostop-
Szene bekannt wie
ein bunter Hund ...

Hans-Moser-Sonderheft

Ich trag in meinem Herzen drin ein Stück vom alten Wien.

* *Das Hans Moser Sonderheft wurde 1985 im Herbst-/Winterkatalog*
der Firma Pissende Kuh Kassetten, die außer bespielten Musikkassetten
auch Zeitschriften wie Tam Tam oder Der Knilch im Angebot hatte,
angekündigt, ist aber nie erschienen.

... und nimmt auf seinem
Feuerstuhl am liebsten
Anhalterinnen mit.

Mit den Tramperinnen
fährt er dann zum
Schlachter und bestellt
Bockwürste für sich und
die Girls.

9

Dann nimmt er die Puppen mit auf sein Zimmer, wo er ihnen das Lied von der »Reblaus« vorsingt.

Das Publikum lauscht andächtig ...

... und zu vorgerückter Stunde ...

... wollen dann alle ein Kind von dem »Dienstmann«.

Denn Hans Moser ist vor allem ein begnadeter Sänger, und nicht nur im Lied von der Reblaus offenbart er ein inniges Verhältnis zum Rausch. Sein *Wenn der Herrgott net will* hat mich 1986 sehr angenehm auf einem LSD-Trip begleitet, und *Einmal in da Wochen fall i um* ist mir bis heute ein gern befolgter Leitsatz. Und mal ehrlich: Kann man es schöner sagen als in *Kleines Schwipserl*?

Kleines Schwipserl
Bleib recht lang noch bei mir
Kleines Schwipserl
Das wär wirklich lieb von Dir

DIE DAMPFWALZE GOTTES

Abschied vom Speckpater

Es ist schwierig, richtig auf die Kanzel zu hauen.
Oma Walton in *John-Boys Sonntagspredigt*

»Als Leser, dem die *FAZ* und die *Bildzeitung* genug sind und bei Gott mehr als das, glaubt man nicht, was es darüber hinaus noch gibt. Bis ein besorgter Mitmensch einem Mitteilung macht von den Veröffentlichungen eines Vereins, der sich Kirche in Not/Ostpriesterhilfe Deutschland e.V. nennt ...« So stand's in Gremlizas Expreß (*Konkret* 1/2007).

Die Verblüffung war ganz meinerseits: Ostpriesterhilfe! Die Dampfwalze Gottes! Der Speckpater! Mit einem Mal war alles wieder da. Auch die kleine Liste fiel mir wieder ein, die ich vor Jahren mal – nur so, aus Scheiß – aus der Erinnerung zusammengekritzelt hatte. Die kleine Liste mit all den Wochen-, Monats- und Zwei-monatszeitschriften, die in den siebziger Jahren bei uns zu Hause gelesen wurden. Und die alle, wie ich erfreut feststellen konnte, als ich die Liste wieder hervor-kramte und mir aus nostalgischen Grün-den ein paar Probehefte bestellen wollte, heute noch erscheinen.

Neben dem *Echo der Liebe*, dem Zen-tralorgan der Ostpriesterhilfe, waren das: *Stadt Gottes* (die Zeitschrift der Steyler Mission), *Der Weinberg* (die Monatszeit-schrift der Hünfelder Oblaten), *Missio Aktuell*, das *Bonifatiusblatt* und natürlich das *Liboriusblatt*, »die große Wochenzei-tung für die katholische Familie«. Nicht zu vergessen die knallbunten Pallottiner-Periodika *Pallottis Werk* und *Das Zeichen*. Wobei ich *Das Zeichen*, eine sakral-psyche-delische Zeitschrift, deren Chefredakteur

Stadt Gottes, November 1933

der als »Gitarrist Gottes« bekannte Pater Perne war, selbst jahrelang auf Befehl meiner Eltern in der Nachbarschaft austragen durfte. Hinzu kamen noch *Weltbild* und die *Kiz*, die »Kirchenzeitung für das Bistum Hildesheim«, sowie das Umsonstmagazin *Die Sternsinger*.

Mit all dem Quatsch bin ich groß geworden, auch wenn ich als Kind natürlich lieber *Praline, Wochenend, Feigenblatt, Sexy, Schlüsselloch* oder die *Sankt Pauli Nachrichten* gelesen hätte. Als Zuflucht vor dem spirituellen Overkill blieb immerhin *Petzi*, die große weite Welt von Petzi, Pelle, Pingo und Seebär. Dort hatte man Ruhe vor den Karmeliterinnen und Ursulinen und ihren Problemen. Dort wurde nicht gefleht und gebetet. Dort wurden Pfannkuchen gegessen und Gulasch gekocht.

Und dort lebte das Bumstier, das heute leider längst das Klopfschwein ist. (Apropos Klopfschwein: Während allenthalben historisch-kritische Gesamtausgaben – demnächst

Sexy Extra, Sommer 1971

36 Bände Christoph Martin Wieland – wie Pilze aus dem Boden schießen, läßt eine sorgfältige »Petzi«-Edition noch immer auf sich warten.)

– Das ist Petzi, Vati. Er möchte mit dem Bums-Tier sprechen, damit es nicht mehr bumst.

Oje. Fast hätte ich über Petzi *Leuchtfeuer Ministrant* vergessen. Inzwischen war ich dank einiger Kopfnüsse meines Vaters längst Meßdiener und verbrachte einen Teil meiner kargen Freizeit – man mußte nach den Schularbeiten ja auch noch Laub harken,

– Endlich hab ich dich, Petzi! So, jetzt wird aber gebumst! Ich bumse nämlich gern.

Obst pflücken oder Unkraut zupfen – am »Tisch des Herrn«. *Leuchtfeuer Ministrant* war unsere Zeitschrift, ein dünnes vierfarbiges Heftchen, das zum Mitnehmen in der Sakristei auslag – so etwas wie das *Happy Weekend* der Ministrantenszene. Hier lernte man Gleichgesinnte kennen und konnte sich zu religiösen Spielen verabreden.

Hier erfuhren wir »Minis«, wie wir Ministranten von der Redaktionsleitung genannt wurden, das Neueste über ungewohnte Praktiken des Glaubens, frische Gebete und was sonst so los war im Meßdienermilieu. Dazu Rätsel und Witze. In der Mitte gab es sogar ein kleines Poster. Hier waren nicht etwa Brian Conolly

Mini-Schar aus der Schweiz sucht Kontakt

»Mißbrauch aktuell«:
Das Meßdiener-Fachblatt

von Sweet oder Noddy Holder von Slade zu finden, sondern Schnappschüsse von Usambaraveilchen, Eichkätzchen und Kruzifixen im Gegenlicht: Motive, die sich im Kinderzimmer über dem Weihwasserbecken prima machten.

Was ist schon Suzi Quatro gegen die Muttergottes, mochten sich die Redakteure gedacht haben, und so gab es immer wieder üppige Fotostrecken, auf denen die »Mugo«, wie wir die Muttergottes heimlich nannten, zu sehen war. Die Mugo war meist aus Holz, nicht selten auch mund- und fußgemalt. In puncto Verlockung allerdings kein Vergleich zu den Jungfrauen und Madonnen, die einen aus dem Quelle- und Neckermann-Katalog anlachten.

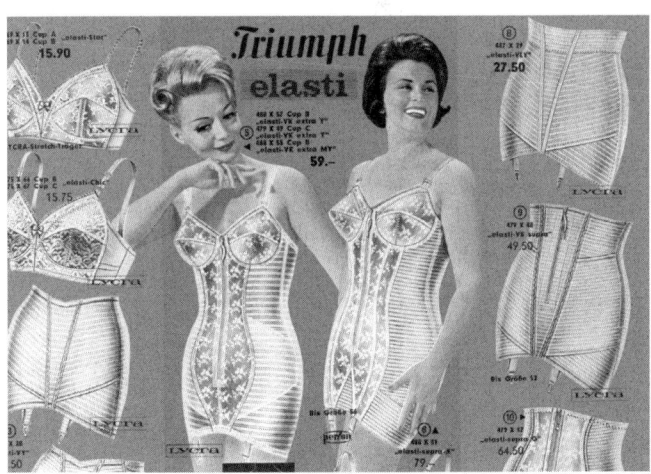

Daß uns die Pallottiner-Blätter *Das Zeichen* und *Pallottis Werk* regelmäßig ins Haus flatterten, hatte mit meinem Onkel zu tun. Onkel Joseph war »Glaubensbote im Heidenlande«, Missionar bei den Pallottinern in Kamerun. Wenn er von dem schwarzen Kontinent zu Besuch kam, hatte er einen Sack voll Fachliteratur dabei, vornehmlich Räuberpistolen aus der Mission. Sein Lieblingsautor war Hermann Skolaster, in dessen Grundlagenwerk *Die Pallottiner in Kamerun* ich erstmals, auf Seite 248 f., die »Handschrift eines Negerbriefes (2/3 natürl. Größe)« zu Gesicht bekam.

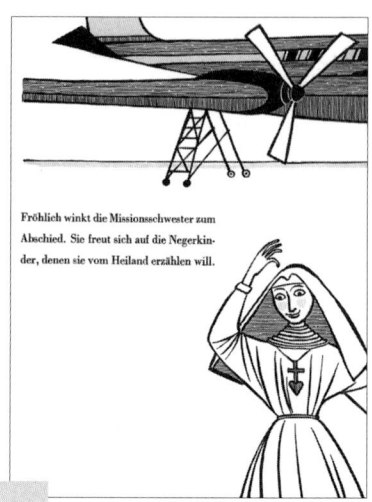

Fröhlich winkt die Missionsschwester zum Abschied. Sie freut sich auf die Negerkinder, denen sie vom Heiland erzählen will.

Skolasters Kriminal- und Abenteuerromane, im Stubenschrank pittoresk neben einem ebenfalls von Onkel Joseph mitgebrachten Straußenei plaziert, habe ich als frischgebackener Oberschüler verschlungen: *Im deutschen Urwald*, *Im Banne der Ngil*, *Der bucklige Detektiv*. Oder *Schwester Beata*, der Roman über eine Kunstreiterin, die der Zirkuswelt den Rücken kehrt und um Aufnahme ins Kloster bittet. Hier war nicht nur »vom Kamerunneger und den Freuden und Leiden seiner Bekehrung« zu lesen, hier wurde auch packende Kriminalhandlung geboten. Tolle Schmöker, die man laut Verlagswerbung »auch der reiferen Jugend gerne in die Hand geben« durfte.

Handschrift eines Negerbriefes
(²/₃ natürl. Größe)

Der Stimmbruch nahte, und in meinem Oberstübchen gaben sich, anstelle von Petzi, Pelle, Pingo und Seebär, Figuren wie Klekih-petra, Kolma Puschi und Schahko Matto die Klinke in die Hand. Parallel zur exzessiven Karl-May-Lektüre stürzte ich mich nun kopfüber in die Welt

der katholischen Abenteuerliteratur: *Mord auf dem Pfarrfest, S-O-S Wir landen im Kloster* – was immer mir in die Finger geriet, wurde vom ersten bis zum letzten Buchstaben verschlungen.

In Büchern wie *Als Ministrant zu Wasser und zu Land* oder *Der fliegende Pater in Afrika* erfuhr man Wissenswertes aus aller Welt, etwa über das Meßdienerwesen jenseits des Äquators. Pater Gypkens verrät in *Fahrt am Äquator*, der afrikanische Meßbub (»Er kann nun einmal R und L nicht unterscheiden«) habe alle Hände voll zu tun, »Spinnen und anderes kriechendes Getier von der Hostie fernzuhalten«. Und wie wunderbar leise er im Auftreten sei, »weil die schwarzen Schuhe, die Gott ihm selbst über die flinken Füße gestülpt hat, genau sitzen. Seine schwarze Haut, wenn frisch gewaschen, steht ihm prima zum roten und grünen Röckel.«

Geheimnisvolles Afrika! Aber auch in der Eismission war was los. In *Der fliegende Pater bei den Eskimos* drehte sich alles »um ewiges Eis und ewige Liebe«. »Der bekannte Oblatenpater«, las ich in einer Verlagsankündigung, »weiß aber auch packend zu erzählen, etwa von dem Teufel im Benzintank, der Hundeschlacht am Polarkreis, der Feuersbrunst im ewigen Eis ...«

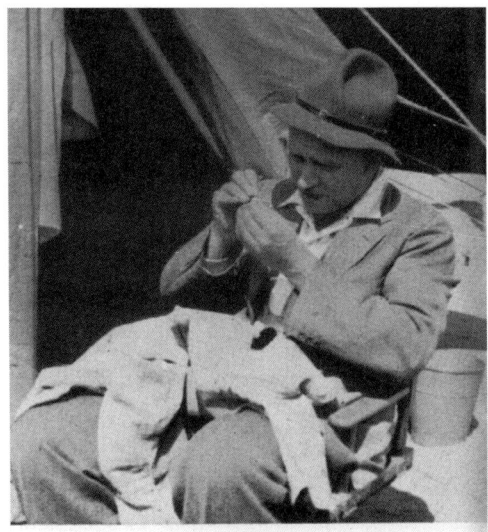

Der „Fliegende Pater" flickt seine Hose nach der ersten Löwenjagd

Sie nennen mich

SPECK-PATER

PAULUS
VERLAG

Abenteuer über Abenteuer! Was für eine Kindheit. Und dann nahte auch schon der Tag, als mir zum ersten Mal der Speckpater über den Weg lief. In Form eines leuchtend roten Büchleins, das alsbald auf nahezu jedem katholischen Nachtkästlein lag. Das rote Buch aus dem Paulus-Verlag – es war auf einmal überall.

Auf dem Titelbild posiert ein Ordensmann mit einem Ferkel im Arm. Wem dabei das Schmähwort »Schweinepriester« einfällt, ist schief gewickelt. Der Speckpater ist mehr als ein Seelsorger mit einer absonderlichen Grille. Er ist der Strippenzieher einer Kampforganisation, die auf mindestens drei Kontinenten die römisch-katholischen Puppen tanzen läßt. Beziehungsweise tanzen ließ – denn wie es sich heute mit seiner Ostpriesterhilfe verhält, dazu später mehr.

Wer wissen will, wie der Pater zu seinem Namen kam, der wird in diesem wunderbaren Buch fündig. Ein ganzes Kapitel erzählt von »der großen Speckschlacht von 1948« und von den »vielen tiefgründigen Gesprächen in Kuh- und Schweineställen« (»›Ich möchte gern den Speckpater sprechen.‹ – ›Der ist im Schweinestall.‹ – ›Aber ich kenne ihn nicht.‹ – ›Er hat ein Birett auf.‹«). Übrigens führt der Speckpater noch einen anderen Namen oder besser Titel, der fast noch schöner klingt: die »Dampfwalze Gottes«, und die Predigtsammlung *Wo Gott weint* – ein Brevier voller Episteln wie *Blutroter Äquator*, *Heilige Illegalität* und *Die Schlammenschen von Bukavu* – kennt sogar noch eine dritte Titulatur: der »Bulldozer Gottes«. Nicht zu verwechseln mit dem »Maschinengewehr Gottes«, dem Kampfnamen des in den Wirtschaftswunderjahren vor allem in der Hamburger Nuttenmission tätigen Pater Leppich, der sich vorzüglich auf der Reeperbahn tummelte und den schönen Wahlspruch »Christsein ist Gnade, Gnade ist Adel, Adel verpflichtet« prägte.

Während der Klappentext den Speckpater in Kinderbuchmanier zum »Till Eulenspiegel in weißer Kutte« verniedlicht, preist der Erz-

bischof Josef Kardinal Frings ihn im Geleitwort, gegeben zu Köln »am Fest des hl. Franz von Assisi 1961«, mit klingendem Spiel, mit Pauken und Trompeten: »Ich nannte ihn einmal einen modernen Dschingis-Khan; denn wo er gewirkt habe, sei alles radikal abgeerntet«. Und diese Töne treffen's wohl eher. Also Vorhang auf für den Speckpater und sein Bataillon der Liebe!

Frühling in Flandern

Die Vögel zwitschern und die Schmetterlinge flattern. Herzlich willkommen in Flandern, in der Prämonstratenserabtei von Tongerlo. Wir schreiben das Jahr 1947. Hier wird von morgens bis abends tüchtig gefleht, denn jenseits der Grenze sind »Kinder desselben himmlischen Vaters« in Bedrängnis geraten.

Ein paar hundert Kilometer weiter. »Das verzweifelte Seufzen und Schluchzen der Entwurzelten« dringt aus den Hochbunkern. »Überall, wo die Kirchen als Staub hinweggefegt waren, hatten diese Monstren standgehalten«, die nun »Hunderttausende jener Millionen, die kraft des Potsdamer Abkommens in die Verbannung gehen mußten«, verschlangen. Die Vertriebenen kamen aus Ostpreußen, Pommern, Schlesien oder dem Sudetenlande, und »der Gott der Verwüstung« hatte sie »als Teufelsfutter in die Bunkermäuler« geworfen.

Man sieht, der Speckpater liebt blumige Bilder. Hereinspaziert also in die Bunker von Frankfurt am Main. Und keine Angst, der Pater nimmt uns bei der Hand: »Tritt ein in diese Mordhöhle, in diese schwarze Bestie mit den weißgekalkten Eingeweiden. Dring vor bis in die tiefsten Bauchhöhlen voll grauer Menschenbrocken. Ein reißendes Tier. Von Raum zu Raum, von Stockwerk zu Stockwerk, aufwärts und hinab, überall sind die giftigen Drüsen des Ungeheuers in Funktion. Überall spürst du den Verdauungsprozeß, überall riechst du Verwesung, überall siehst du die Verzweiflung der Wehrlosen, die lebendig verschlungen, ausgesogen, leergepreßt werden, bis sie aufgelöst sind in einen namenlosen tierischen Menschenbrei.« Hier ist man »einquartiert beim Teufel«. Dem Speckpater begegnen bei seiner Besichtigung »ringsum

Der Speckpater (Bleistiftzeichnung von Wenzel Storch, Winter 1985)

Im Bunker (Filz-
stiftzeichnung von
Wenzel Storch)

geile Augen, schamlose Gesten, zweideutige Reden, liederliches Lachen«, und unablässig lockt »der Ruf des wilden und gereizten Blutes«.

Also nichts wie heim nach Tongerlo und gefleht. Zunächst gilt es, »den Haß gegen die Deutschen zu überwinden und die Liebe wiederherzustellen«. Flammende Artikel für die Abteizeitschrift werden verfaßt: Besonders »unsere Mütter und Frauen, die unaussprechlich schwer unter dem deutschen Unrecht gelitten haben

und täglich mit müdegeweinten Augen die Bilder ihrer teuersten Lieblinge betrachten«, sollen dazu bewegt werden, sich »mit mütterlicher Liebe über das deutsche Leid zu neigen«.

Zwar: »Ein durch jahrelangen Aufenthalt im Konzentrationslager aus dem Gleichgewicht geratener Priester macht mir in Brüssel vor aller Öffentlichkeit die heftigsten Vorwürfe«, wie der Speckpater später verstimmt vermerkt, aber Meckerer gibt's immer, und auch dieser Miesepeter kann die Lawine nicht aufhalten: »In Vinkt, wo 1940 fünfundachtzig Männer und Jungen von den einmarschierenden Deutschen niedergemetzelt worden waren, vergalt man das angetane Böse mit Händen voll Güte. Wogen der Barmherzigkeit und Liebe gingen durch das flämische Land und überspülten alsbald auch die Niederlande.« Der Speckpater ist baff, immerhin spielt das Geschilderte »während der antideutschen Furie der ersten Nachkriegsjahre«. Unaufhörlich läutet »die Alarmglocke in Tongerlo« und die frisch gegründete Ostpriesterhilfe ertrinkt in Spenden aus Belgien und Holland. Und kann schon bald »mit fliegenden Kolonnen voller Trost und Liebe ostwärts ziehen«. Und dies ist nur der Beginn einer beispiellosen Erfolgsgeschichte.

»Die Frontlinie des Gottesreiches läuft quer durch Deutschland. Wenn die Kirche dort über den Haufen geworfen wird, ist die Springflut der totalen geistlichen Vernichtung nicht mehr aufzuhalten.« Die Ostpriesterhilfe ist kaum ein Jahr alt, da wird auf der Festung Königstein im Taunus bereits »ein Bataillon gedrillt«, denn die malerisch gelegene Burg soll »ein Ausfalltor zum Reich der Finsternis« werden. »In einer alten Kaserne formte Gott da seine Heldenpriester«, heißt es erinnerungsselig in einer Bildunterschrift, »Theologen in Uniform«, bereit zum »Apostolat unter den Verjagten«.

Eine Armada von sogenannten »Rucksackpriestern« macht sich auf den schweren Weg in die westdeutsche Diaspora, umherstreunende Seelsorger mit Meßkelch und Klappaltar,

Rucksackpriester in seiner Notkapelle

unterwegs zu den übervölkerten Nissenhütten, »die wie Geschwüre und Pestbeulen überall aus der geschundenen Haut der Erde herausbrechen« und prallgefüllt sind mit Heimatvertriebenen jeglicher Couleur. Ständig auf Achse, *always on the road*, am Horizont immer wieder »das graue Skelett toter Städte« und die Furunkeln verwahrloster Nissensiedlungen. Da freut man sich vermutlich, wenn man zur Abwechslung an einem katholischen Mädchenpensionat vorbeikommt und ein wenig Rast halten darf.

Dann erwarten den Rucksackpriester »strahlende Gesichter und frische Schürzen, die von Stärke und gutem Willen knistern«. Man tankt auf, und es kann weitergehen.

Anfang der fünfziger Jahre dirigiert der Speckpater nicht nur Armeen von Rucksackpriestern, die nicht selten das Allerheiligste in einer schäbigen Zigarrenkiste bewahren, er ist auch – der Spendenwut sei Dank – Herr über einen kleinen Fuhrpark, voll mit »fahrenden Kirchen«, wie er seine mit Altären und allem liturgischen Schnickschnack ausgestatteten »Opel-Blitz-Kapellenwagen« nennt: Wunder-

Der Speckpater bei einer Einsatzbesprechung

autos, die fast schon an Bruce Waynes Batmobil erinnern (wie ja überhaupt die Schnurren des Speckpaters, mich zumindest, an einen anderen Klassiker religiöser Bekenntnisliteratur erinnern: an Bommi Baumanns *Wie alles anfing*).

Die Kapellenautos werden auf wunderliche Namen wie Herr-Jesus-Wagen, Madonna-Wagen, Bonifatius-Wagen, Hirten-Wagen oder Veronika-Wagen getauft, und

schon kann die »Kolonne Gottes jubelnd zu den Feldern der geistlichen Eroberung« ausrücken, durch Staub und Schlamm vorstoßen »zur Front der Weltkirche, wohin die Bischöfe vieler Diözesen sie zu Hilfe gerufen haben«.

Schon bald donnert sie durch die westdeutschen Bundesländer, am Steuerknüppel Haudegen wie Kanonikus Dubois, einer von über hundert »Soldaten Gottes« mit LKW-Führerschein. Eine »Brigade der Nächstenliebe« knattert, »voll apostolischen Feuers«, kreuz und quer durchs Land. Doch im Gegensatz zu Batman kommen »Gottes

Zigeuner« oft zu spät: So haben sie im Jahre 1953 auf ihren Reisen durch die Diaspora allein »mehr als achttausend Mischehen« vorfinden müssen, konnten aber auch »fast 250 Tonnen Liebesgaben« verteilen (Mischehe bedeutete 1953: katholisch-evangelisch überkreuz. Was Liebesgabe bedeutete, ist strittig.)

Ein Geheimgespräch mit einem Sowjetgeneral (»Wir diskutierten stundenlang. Als er sich verabschiedete, sagte er: ›Wir sind die Elite Satans, aber ihr, seid ihr die

Elite Gottes?<<<) stößt den Speckpater 1949 mit der Nase auf ein weiteres riesiges Einsatzgebiet, das sich einem Versäumnis des Heiligen Stuhls verdankt: Hätte der als »Arbeiterpapst« in die apostolischen Annalen eingegangene Leo XIII. seine Enzyklika »Rerum Novarum« – die Mutter aller Sozialenzykliken – nur vier Jahrzehnte früher verfaßt, dann hätten Karl Marx und Friedrich Engels die Soziallehre der Kirche nicht, »mit Gift vermischt«, dem Volk in Form des *Kommunistischen Manifests* »zu essen« geben können.

Nun hatte man den Salat. Die Hälfte der Erde war rot – darunter »das Land Mariens«, die unendlichen Weiten Rußlands, »Land, das Gott geraubt wurde«. Hier, wo »im Feuerofen der Dialektik brand- und feuerfeste Marxisten« fabriziert werden, ist nicht nur die Backstube des Teufels, hier ist bereits die Hölle auf Erden. Hier besteigen sechzig Millionen Katholiken ihren Kalvarienberg, um »nicht unter dem Kreuz, sondern unter der Last des soundsovielten Fünfjahresplanes« zusammenzubrechen, und ringsumher liegen die »zerquetschten und zertretenen Glieder Jesu Christi«. Wie Saurierknochen säumen sie »den blutigen Kreuzweg der verfolgten Kirche«, dazwischen irren die »Partisanen Gottes«, deren Leben »oft härter als das

Der Nazarener in Rußland

eines Missionars im Urwald« ist. »Zu Zehntausenden zählt man die Märtyrer, zu Hunderttausenden die stillen Bekenner in den Konzentrationslagern hinter dem Eisernen Vorhang.« Von den einstmals so fruchtbaren deutschen Ostgebieten nicht zu reden: In Ostpreußen hausen »Tartaren und Kirgisen«, in Schlesien versteppen die Felder »und im Sudetenland brüllen die Bulldozer«.

Es muß was passieren, und 1952, auf dem zweiten *Kirche in Not*-Kongreß (»In 18 Sprachen schlug die Brandung der Gebete an die Küsten von Gottes Ewigkeit«)

wird – nach dem Vorbild von *Skippy, dem Buschkänguruh* – zum großen Sprung angesetzt. Die Ostpriesterhilfe soll zur »Internationale der Liebe« erweitert werden und den »Sprung über den Vorhang« wagen.

Was zunächst unmöglich erscheint, ist mit der Hilfe Gottes gar nicht so schwer. Das wissen auch die Drogenrocker von Metanoia, einer Sakropopkapelle, die behauptet: »Ich kann mit meinem Gott über Mauern springen, / denn er ist meine Kraft.« (Nachzuhören ist dieser von Gott schwer angetörnte und mitreißende Song auf *Wir sind Menschen*, der einzigen »Langrille« von Metanoia, die, zumindest für Freunde der Gattung, noch ein paar andere Sakropopperlen bereithält und von einem gewissen ›Schnecki‹ produziert wurde.)

Um den »Sprung über den Vorhang« vorzubereiten, errichtet man zunächst eine Reihe geistlicher Stützpunkte und Kraftzentralen. Den Anfang macht Kloster Bebra, nicht nur »ein Brennpunkt des Gebets und des apostolischen Eifers«, sondern auch die erste »Festung für Gott dicht am Eisernen Vorhang«. Eine Bastion, einzig »der Ausbreitung des Gottesreiches auf Erden« geweiht, »mit Marschrichtung in die Entwicklungsländer, die Missionen und – nach dem Zusammenbruch der kommunistischen Diktaturen – in die Gebiete hinter dem Eisernen Vorhang«.

Oktober 1956. Kämpfer auf den Barrikaden von Budapest! Der Speckpater entfesselt »einen Sturm von Gebeten, der durch alle Pfarreien Flanderns« braust. Die »Sturmnovene des Rosenkranzes« hat Erfolg. Für einen Augenblick öffnet sich die Grenze nach Ungarn, und schon drängt die Ostpriesterhilfe »mit Händen voll Liebe durch die Bresche ins Gebiet hinter dem Eisernen Vorhang«. Der Speckpater, zwar ohne Paß und Visum, aber mit Rosenkranz, immer vorneweg:

Nun endlich können, Auge in Auge mit den »Bischöfen und Geheimbischöfen des Ostens«, »Vorbereitungen für den Tag der offenen Türen« getroffen werden.

Fieberhaft werden für den Tag Null »Priester mit einem ›Ostherzen‹« rekrutiert, und durch blitzschnelle Aktionen beim Tode Stalins, bei den Aufständen in Berlin und Polen oder bei Kursänderungen Titos gelingt es der Ostpriesterhilfe, tonnenweise »Liebesgaben«, »meist unter fremder Flagge«, in »die dunkle Hemisphäre« hineinzuschmuggeln. Ein Jahresbericht zählt Ende der Fünfziger unter anderem »15.300 Pakete mit Süßigkei-

Propagandalosung im Psychedelicblättchen *Das Zeichen*

Familie Storch (r. mit Eselsohren der Autor), 1966

Familie Storch (Bleistiftskizze von Diet Schütte, 1984)

ten, 8.793 theologische Handbücher, 340 vierteilige Breviere«, aber auch 21 Autos, 89 Motorräder, 2 Waschmaschinen, 12 Hörapparate, 1 Hostienbäckerei und 1 LKW.

Auch ich habe für die Ostpriesterhilfe gekämpft, in den späten Sechziger und frühen Siebziger Jahren, als Knabe an der Heimatfront. »Täglich den Rosenkranz beten für die Bekehrung Rußlands«, so lautete die Order des Speckpaters, um »den Wellenschlag des Gebetes in immer höheren Fluten über den Osten spülen zu lassen«. Und so wurde vor dem Stubenschrank aus Nußbaum niedergekniet, den Blick zur »Mugo«, zur hölzernen Muttergottes erhoben, und – »nach den Direktiven, die die Gottesmutter uns in Fátima und andernorts gegeben hat« – um Schutz für die Brüder und Schwestern hinter

Begeisterter Heimatvertriebener:
Papa Storch

dem Eisernen Vorhang gebetet, besonders aber für die Brüder und Schwestern in der Ostzone.

Unsere Familie war durch den Verlust der Heimat persönlich betroffen, und nicht von ungefähr spielte mein Vater, als begeisterter Heimatvertriebener und Vollblutschlesier, bei allerlei Flüchtlingstreffen in kurzen Lederhosen mit dem Schifferklavier zum Tanze auf.

Viele seiner Weisen hatte er dabei Ernst Mosch und seinen Original Egerländer Musikanten abgelauscht – jenem Ernst Mosch, der noch Anfang der Achtziger die auf Liveauftritte seiner Musikanten gemünzte Parole »Unser sanfter Gesang muß über dem ganzen Saal liegen wie ein Fettauge« ausgab. Weisen, die meine Kindheit und Jugend begleiteten und ein lebenslanges Faible für diese Art von Musik zur Folge hatten. Noch heute verfolge ich mit Inter-

esse die Aktivitäten all der Florian Silbereisens, der Mariannes und Michaels, und ich kann nur wärmstens empfehlen, sich einmal unter Rauschgifteinfluß eine DVD der Kastelruther Spatzen anzuschauen. Da erweitert sich tatsächlich – ein bißchen – das Bewußtsein.

In jenen Jahren schlug ich, grob geschätzt, 50.000 Kreuzzeichen. Was die Kraft des Gebets

Papa Storch beim Flüchtlingstreffen in Hannover, Sommer 1949

vermag, wußte schon Karl May, von dem ich bis zur Volljährigkeit fast besessen war und der Old Shatterhand selbst beim Galoppreiten beten läßt, jedenfalls in *Old Surehand*, Band Eins: »Sir, was treibt Ihr da? Ich glaube gar, Ihr betet?« fragt Old Wabble, ein steinalter Trapper mit schlohweißem Haar (der optisch stark an den heute ebenfalls steinalten Bluesrockgiganten Johnny Winter erinnert), als die beiden auf ihren Kleppern Seit' an Seit' durch den Llano Estacado jagen.

Old Wabble verlacht den tiefgläubigen Westmann, was Karl May ihm freilich nicht durchgehen läßt: Tausend Seiten später, in *Old Surehand III*, werden dem Gottlosen dafür langsam die Eier zerquetscht. Bis heute eine meiner Lieblingsstellen und bis heute – Herr Breloer! Herr Eichinger! Wo sind Sie? – nicht verfilmt: Der Delinquent wird mit dem Unterleib – quer zum Baum natürlich, damit sich die erwünschte Kreuzform ergibt – in eine gespaltene Fichte geschoben wie die Hexe in den Backofen.

Wabble brannte sich »eine« an und blies den Rauch mit Behagen von sich.

Bluesgigant vor der Kreuzigung: Zeitgenössische Illustration zu Old Surehand I

Laß dich nicht durch »das freundliche Gesicht eines kommunistischen Diktators« irreführen, hatte der Speckpater gepredigt: »Konzentriere auf ihn das Kreuzfeuer deines Gebets«. Und: »Was hindert dich daran, einen Sowjetminister, ein Mitglied des Zentralkomitees oder den Folterknecht in der Lubjanka mit deinem Gebet zu umzingeln?« Der Osten war rot von Blut: »Gieße das Öl deiner Liebe und den Wein deines Gebetes in die klaffenden Wunden.« Und wahrlich, das taten wir. Damit wir nicht müde wurden, kam regelmäßig das *Echo der Liebe* ins Haus, in dem ich als Kind schaudernd blätterte, denn wenn man die Seiten umschlug und dabei die Ohren spitzte, konnte man ihn tatsächlich hören, den »Gesang der verfolgten Kirche im Feuerofen des Kommunismus«. Wenn ich es recht bedenke, gab es sogar mal eine Zeit, in der ich vor ganz bestimmten Briefmarken Angst hatte: vor denen mit Walter Ulbricht drauf. Die Fratze

»Gieße den Wein deines Gebetes in die klaffenden Wunden«

des Bösen, die mich unbewegt anstarrte, wenn ich nach den Schularbeiten, das Kassengestell auf der Nase, meine kleine Sammlung sortierte.

Mein Lieblingskapitel im Speckpaterbuch war schon immer »Der Pavillon«, denn hier wird ein Blick in die »Zentrale der Liebe« geworfen. Unwillkürlich fühlt man sich ins Auenland versetzt – Frodo und Gandalf lassen grüßen: Traumhaft gelegen »im Schatten der Abtei mit den weißen Mönchen und den grauen Brüdern, den Schweinen und den Kühen, der grünen Wiese und dem Tannenwäldchen und dem Glockengeläute, das siebenmal am Tag aus dem hohen Turm fällt«, erhebt sich das Hauptquartier der Ostpriesterhilfe, der Pavillon, in den blauen Himmel von Tongerlo.

Hier, »wo die Steine sprechen und der Beton warm ist von Liebe«, geht es zu wie in einem Bienenstock. Huscht dort nicht »ein Schwarm junger Scheutisten, Prämonstratenser oder rotbemützter Weißer Väter« vorbei? Auf dem Weg in die Kühlkammer? Dort »hängen in langen Reihen geräucherte Würste und die königlichen Schinken, vorgestern vom Wagen der Barmherzigkeit aus Ost- und Westflandern mitgebracht«. Ein paar Meter weiter: blaßrote Riesensäulen von Würfelzucker! Ein Schlaraffenland voller Holzgestelle, »die sich unter der Last von Sardinen, Dosenmilch, Corned Beef, Makkaroni, Lebkuchen und Schokolade biegen«.

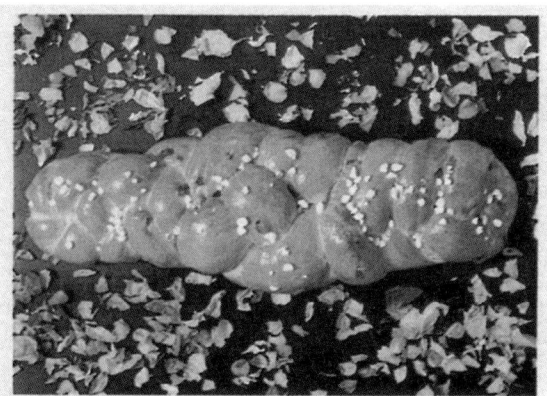

Allerheiligenstriezel

Hier saust unermüdlich der Ladelift, »stöhnen die elektrischen Pressen, rattert das Transportband«. »Hier ächzen die Fußböden unter der Last der Liebe.« Hier, »wo die Sonne eingefangen und, auf Lastwagen geladen, in die Finsternis gebracht wird«, herrscht das Kommen und Gehen der Kapellenwagen, der Zehn- und Zwanzigtonner, die ölverschmierte Chauffeure rund um die Uhr mit »Liebesgaben« beladen. Überhaupt: die »Liebesgaben«! Turmhohe Paketstapel, versehen mit Adressen »in allen Sprachen des Ostens, zungenbrecherische, fast unaussprechliche Namen von emigrierten Seelsorgern im Westen und von verfolgten Priestern hinter dem Eisernen Vorhang, die auf dem bedrohten Vorposten des Gottesreiches stehen«. Nun heißt es ausschwärmen in drei Kontinente! Vorher noch schnell in die Kantine, wo »das schwere Essen« serviert wird, »das bei diesem hohen Arbeitstempo unentbehrlich ist«. Was sind der Kleine Prinz, ABBA oder der König der Löwen gegen diesen Mann, den Speckpater? »Zweitausend Tonnen Liebesgaben« stapeln sich »bis vor die Tür des Zimmers aus Pappe, das mir als internationales Hauptquartier dient«, reibt sich der Puppenspieler von Tongerlo, der in diesem Kabuff seine Strippen zieht, verwundert die Augen und muß selber staunen: »Nach menschlichen Begriffen ist unsere weltweite Tätigkeit ein Rätsel.«

Welch ein Stoff für die Bühne, für den Broadway! Wo bleibt das große Speckpater-Musical? Mit steppenden Prämonstratensern, mit radschlagenden Scheutisten im Reich des Bösen und mit barbusigen Ursulinen, die durch den brennenden Reifen der freien Liebe springen? Und über allem kreist wie eine fliegende Untertasse das

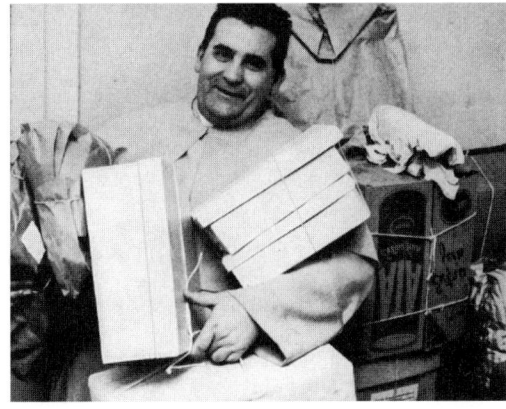

Der Puppenspieler von Tongerlo

liturgische Apostolat. (So was Ähnliches habe ich mal in Hannover gesehen, auf der *Modern Talking*-Tour 1999. Alles fing damit an, daß Thomas Anders ans Piano trat und mit dem ersten Akkord ein riesiges Herz in Flammen aufging. Was dann los war, kann man unmöglich beschreiben.)

Der Rest ist schnell erzählt. Eines Tages stürmten die Scorpions mit *Wind of Change* die Hitparaden: »Das Album erklomm die Charts, und die vier Boys bekamen zum ersten Mal den Duft einer Supergroup zu riechen«, hatte es mal in unserer Meßdienerzeitschrift *Leuchtfeuer Ministrant* geheißen – allerdings nicht über die Scorpions, sondern Barcley James Harvest. Glücklicher Speckpater! Er durfte den Sturm noch erleben, der die Berliner Mauer umpustete und den Eisernen Vorhang in Fetzen riß. Die Völker des Ostens ergossen sich in die Sexshops des Westens, und alle Not hatte ein Ende.

Und was macht die *Kirche in Not* heute so? Ehrlich gesagt: keine Ahnung. Woher auch? Der Zauber ist längst dahin. Die »Konzentrationsklöster« im Osten sind befreit, und der Speckpater

Die Schwestern Veronika und Monika: erste offizielle Aufnahme in die Gemeinschaft nach der Wende.

Früher in „Konzentrationsklöstern" – Jetzt erste Aufnahme von jungen Schwestern

Schwestern in Osteuropa:

Bis vor kurzem noch zum
Aussterben verurteilt...

...endlich frei!

Nach über 40 Jahren Unterdrückung
und Verfolgung nehmen Schwestern wieder
ihre soziale Arbeit auf.

hat die irdischen Fäden längst aus der Hand gelegt. Und Ostpriesterhilfe ohne Speckpater, das ist wie Motörhead ohne Lemmy. Wie Bill Bos Bande ohne Bill Bo. Wie Saint Tropez ohne Louis de Funès ...

RÖMISCH-KATHOLISCHE BILDERGESCHICHTEN

Oh diese Meßdiener!

*Herr Pfarrer! Herr Pfarrer! Wir haben aus Koth
ein Knethlehem gebastelt!*

Das habt ihr aber fein gemacht.

Zoff bei der Christmette

Wer hat den Kot auf die Kanzel gelegt?

Die Waltons

Mami! Mami! Mami! Kriegen wir noch eine
Kuschel-Ohrfeige?

Klar, Kinnings.

Der Pastor legt sein Ei

in die Sakristei

Das 1. Buch Mose

Und Gott nannte das Licht Tag

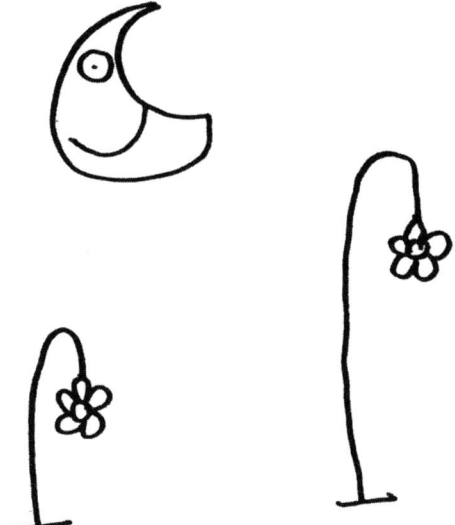

und die Finsternis Nacht.

DAS MASCHINENGEWEHR GOTTES

Ein nostalgischer Blick in die Waffenkammer
des Herrn: Wie die Leibstandarte Jesu Christi einst
die Reeperbahn unsicher machte

»Das Wort Gottes soll nicht nur durch die Münder, es soll auch durch
die Mündungen verbreitet werden. Denn es soll ja im Herzen landen.«
Jürgen Höhne, *Der Glanz dieser Tage*

In den Regalen der Supermärkte stapelt sich das Gammelfleisch. Auf den Festplatten
der Priesterseminare liegen Kinderpornos. Die gute alte Talkshow ist längst ver-
wildert, aus *Herman und Tietjen* wurde *Die Tietjen & Dibaba*. Unsere besten Maga-
zin- und Ressortleiter lassen sich widerstandslos aus ihren Chefsesseln ekeln, und
gestandene *Bild*-Kolumnisten trauen sich nicht mehr in eine deutsche U-Bahn.
Unsere schönen großen Städte? Werden von Homosexuellen regiert. Und weit und
breit kein Bat-, Super- oder Spiderman, der auf den Tisch haut: Deutschland im
Jahre 2008.

Unsicherheit auf Deutschlands Straßen

Das war nicht immer so. Denn Männer, die energisch auf den Tisch klopfen, hat es früher einmal gegeben. An einen solchen Mann soll hier erinnert werden: ein junger Priester, der auf den ersten Blick nicht auffälliger als Clark Kent, Peter Parker oder Stanley Beamish wirkt – und der doch ein deutscher Superheld war.

Winter 1948. Es ist kalt im Kohlenpott. Gottlob nicht halb so eisig wie im Jahr zuvor, als jenseits des Großen Teiches sogar die Niagarafälle eingefroren sind. Zirkus Bügler, der seine Zelte zwischen den Hochöfen aufgeschlagen hat, präsentiert den hungrigen Massen eine neue Attraktion: Es handelt sich um einen pechschwarz gekleideten Mann, der reden kann wie ein Wasserfall. Der unbekannte Artist hält nichts von der alten Theaterregel, daß man sein Feuer nicht zu früh verknattern dürfe. Es dauert nicht lange und man nennt ihn »das Maschinengewehr Gottes«.

»Unsere Stadt hört Pater Leppich«, heißt es bald zwischen Kaufbeuren und Kiel, zwischen Heilbronn und Helmstedt. Ganz egal, wo der junge Jesuitenpater, der nach eigener Aussage gekommen ist, »einen religiösen Tauchsieder in dieses eiskalte Jahrhundert zu stecken«, auch auftaucht, überall »ist es wie eine Psychose. Wenn ich rede, ist die Stadt ausgestorben wie während eines Bombenangriffs.«

Er wuchtet seine Lautsprecher in Zirkuszelte und Fußballarenen, in Obstmarkthallen und Fabriksäle. Seine Kanzel ist heute ein wackliger Holztisch, morgen eine kipplige Bierkiste, auf die der Pater, Träger des Deutschen Sportabzeichens, elastisch springt. Und was er zu sagen hat, interessiert die Menschen: Sie kommen in Scha-

Pst! Pater Johannes Leppich predigt über Tangojünglinge und Barwanzen

35

ren, denn Johannes Leppich ist volkstümlich und hat für jeden etwas dabei. Er warnt vor »der goldenen Peitsche des Kapitalismus« und vor dem Bolschewismus mit seinem »dolce vita – bolce vita«, vor »religiöser Knochenerweichung« und »Mischehe«, vor der »Raubtiermoral« und – sein Paradepferd – vor der »Bestie Sexualität«, die sich dieses Land, das »zuviel Weiber hat« und dessen Männer »zu fünfzig Prozent sexuelle Morphinisten sind«, zum Jagdrevier erkoren hat.

Die Bestie Sexualität

Die junge BRD – ein Paradies für sexuelle Morphinisten

Sein Erfolg verdankt sich nicht zuletzt der Tatsache, daß er »das Evangelium im Jargon eines Bierkutschers verkündet«; außerdem eilt ihm der Ruf voraus – so mosert schon früh »das Sturmgeschütz der Demokratie« – »in sexuellen Dingen einen Frauenarzt an Deutlichkeit zu übertreffen«. In der Tat hat der Wanderprediger scharfe Sachen dabei, und nicht nur für Monsieur. »Für Frauen und Männer getrennt« gibt es hinter verschlossenen Türen »Sexualvorträge, ganz diskret, auf Magnetophonband. Verspäteter Brautunterricht.« Einlaß gewährt der Pater nur auf Wunsch und bis zu einem gewissen Reifegrad: »Bei fünfundfünfzig die Frauen dann bitte langsam Schluß machen. Die Männer können kommen, bis sie weiße Haare haben, da fängt dann die zweite und dritte Jugend an.«

Mit seinen Shows lockt »das Maschinengewehr Gottes« in mittleren Kreisstädten bis zu 50.000 Zuhörer, hinterher bittet er besonders liebe Fans backstage: »Ich habe einen ganz diskreten Schrankbeichtstuhl, da können wir uns nach dem Vortrag

unterhalten.« An dieser feinen Art dürfen sich Tokio Hotel und Scooter durchaus ein Beispiel nehmen.

Nach einer Umsatzfaustformel, die heute nicht mehr nachzuprüfen ist, sollen bei Leppich-Predigten im Schnitt 50 Pfennig pro Person im Klingelbeutel gelandet sein. Der Pater selbst schätzt die Zahl seiner Hörer bis Anfang der Siebziger Jahre auf über 25 Millionen. Demnach dürfte er einen Schatz aufgehäuft haben, der sich hinter den 324 Pauschalliarden und 783 Schwindillionen nicht zu verstecken braucht, die Dagobert Duck zum Jahresende 1961 (vgl. *Donald Duck Sonderheft* Nr. 132) sein eigen nennt. Im Gegensatz zu dem reichen Enterich wirft Pater Leppich das schöne Geld mit beiden Händen zum Fenster heraus: Einmal wird in Würzburg ein »Goldenes Kinderdorf« aus dem Boden gestampft, ein anderes Mal nahe Friedland, wie *Der Spiegel* mißgünstig meldet, »eine Kriegsblindensiedlung nur mit gestiftetem Gold« erbaut. Das

bringt ihm den Neid der evangelischen Konkurrenz und der wenigen noch frei herumlaufenden Kommunisten ein, die seine Reden durch Glockengebimmel bzw. durch auf Blechdächer gerichtete Gartenschläuche zu übertönen suchen.

Doch der Pater läßt sich von albernen Wasserspielen nicht kleinkriegen, wenngleich ihm bei Gelegenheit auch mal der Kragen platzt. In Aschaffenburg forderte er auf einer Massenkundgebung die Deportation von Dr. Philumene Lehner. Die Schulleiterin des Karl-Theodor-v.-Dalberg-Gymnasiums hatte im Unterricht über seine Vortragsreihe hergezogen. »Ich betrete Aschaffenburg nicht mehr, solange dieses Weib hier ist. Die Aschaffenburger können sich berühmt machen, wenn sie dieses Weib wegbringen.«

Pater Leppich, der auf seinen vielen Reisen in manches »Krötenloch von

Ein Mann mit Lochbewußtsein

Seele« geblickt hat, ist schon früh ein Mann mit »Lochbewußtsein« (ein Fachbegriff, den der Männerkundler Volker Elis Pilgrim erst 1983 einführen sollte: »Nie hingeschaut, nie angefaßt, wußte ich überhaupt nicht, daß ein Arschloch ein Loch ist«, schreibt Pilgrim im *Manifest für den freien Mann*: »Ich hatte kein Lochbewußtsein.«). Da ist es nur konsequent, daß Leppich eines Tages ins »Gulliloch des Sexualismus« hinabsteigen will – unwillkürlich muß man an die Mission der Professoren Saknussemm und Lidenbrock denken.

Der Pater dreht den Schlüssel und läßt den Motor seines Mercedes-Diesel aufheulen. Die Reise soll quer durch die pubertierende Republik führen, denn das Gulliloch liegt hoch im Norden. Die Scheiben bleiben besser oben, denn »die Luft ist mit Erotik geschwängert«. Kein Wunder in einem Land, das, so Leppichs Diagnose, auf dem besten Wege ist, »zum Schweinestall von Europa zu werden«.

Im Adenauerland dreht sich alles ums gemütliche Bett

Der Diesel rollt an einer kleinen Volksschule vorüber, auch hier – Pater Leppich drosselt das Tempo und schaltet seinen Röntgenblick ein – ist »der Geschlechtsverkehr zu Hause«. Das Fahrzeug schaukelt durch Wälder, in denen sich mehr als »ein paar sexuelle Wildschweine« und »geistige Ferkel« tummeln. Aber unser Held bewahrt sich den Humor: »Wenn auch Berge krachen – wir Christen lachen!« heißt Leppichs Wahlspruch. Vorbei geht's an modernen Fabriken, vollgestopft mit Fließbändern, in denen »dem Menschen das letzte Chromosom für Gott geraubt wird«. Und wer über besonders feine Antennen verfügt, gewahrt am Horizont wohl auch die »Todeskarawanen«, die auf der Suche nach einem der »staatlichen Mordinstitute« sind, denn die Stricknadel- und Kleiderbügelparagraphen lassen im Adenauerland nicht mit sich spaßen.

Der Jesuitenpater drückt auf die Tube. Sein Ziel ist die »geile Meile« (U. Lindenberg), das finstere Reich von Hubert Fichte, Heino Jaeger und Negerkalle. Die gefährliche Welt von Richter Gnadenlos und Wolli Indienfahrer kennt der Normalsterbliche nur aus alten, schmuddeligen Illustrierten, wie sie noch heute beim Frisör ausliegen. Auch Pater Leppich macht sich keine Illusionen. Er weiß, auf ihn wartet

» ... Wenn Sie auch so einen bunten Sack haben, dürfen Sie mithüpfen!«

pra//inchen

Todeskarawane: Schnappschuß, Siebziger Jahre

die »Filiale Sodomas«, anheimelnd wie die Drachenstadt in Michael Endes Endzeitepos *Jim Knopf und Lukas, der Lokomotivführer.*

In vollem Wichs

Immerhin: Statt Brüll-Popel und Frau Mahlzahn füllen echte Menschen aus Fleisch und Blut die Straßen. Menschen freilich, »die den Adel ihrer Gotteskindschaft« aus Jux und Dollerei »im Gulliloch des Sexualismus absaufen lassen«. Herrschaften zumeist, die ihren »geilen Augen« – Augen wie »Flakscheinwerfer«, mit denen sie die bunten Gassen »nach sexueller Aufputschung abgrasen« – nicht trauen mögen, als plötzlich ein »schwarzgebundenes Exemplar aus unseres Herrgotts Regimentsbibliothek« (W. Raabe) auf der Großen Freiheit steht, nur einen Flintenschuß von der Reeperbahn entfernt. In vollem Wichs, denn Pater Leppich erscheint im Onanat.

Wer jetzt schmunzelt, war früher gewiß Meßdiener. Onanat – wurde so nicht der Talar, die Soutane genannt? Richtig: Wer in den Jahren der sozialliberalen Koalition oder davor seinen Dienst am Tisch des Herrn versehen hat, dürfte sich noch an die Witze erinnern, die sich um das sogenannten Wichsgewand rankten. Witze hinter vorgehaltener Hand, die schon aus Prinzip unters Zingulum zielten und in denen das Masturbatorium (meist eine Besenkammer in Sakristeinähe) und das Pädofizium – auch: Pädofikium, die Ausdrücke waren regional unterschiedlich – eine wichtige Rolle spielten. (In diesem Zusammenhang sei auch an die Quizfragen bei der Ministrantenstunde erinnert, die man sich als »Page an Seinem Hofe« – ein Terminus des heute vergessenen kath. Abenteuerschriftstellers Gerd Holm – prustend zuflüsterte, etwa: »Wer sitzt auf dem Heiligen Stuhl und feiert das Pontifäkalamt?«)

Nur mit Mikrosaphir abzuspielen: St.-Pauli-Report (1956)

Man kann eine Stecknadel fallen hören, als Pater Leppich im Herzen von St. Pauli mit seiner Geisterbeschwörung beginnt. »Ich will Sie heute an das Grab eines unheimlichen Toten führen«, ruft er mit lauter Stimme in die Nacht: »Steh auf aus dem Grab und schau dir die Menschen an, die du mit deinem seelischen Leichengift angesteckt hast!« Zwar will der unheimliche Tote partout nicht erscheinen, aber das Wagnis gelingt. Obwohl er weder über Bombastik-Buff-Bomben noch – wie seine Konkurrentin Gundel Gaukeley – über einen batteriebetriebenen Lähmungsstrahl verfügt, hat Pater Leppich die Massen voll im Griff. Die Nachtcabarets sind leer. Auf der Reeperbahn herrscht Ruhe im Glied.

Fünftausend Menschen stehen stramm, um Schulter an Schulter und diszipliniert wie auf dem Kasernenhof einer Predigt zu lauschen, in der immer wieder, so unvermittelt wie Sursulapitschi aus dem Barbarischen Meer, der unheimliche Tote auftaucht: »Herr Lenin, Ihr soziales Leichengift wirkt sehr gut«, lobt Leppich zum x-ten

»Kennst du das Wort ›Abtreibung‹? Das Wort ›Geschlechtskrankheit‹?«

Male und schleudert eine seiner ungemütlichen Fragen in die Menge: »Sagen Sie, warum stehen denn wohl die Mönche zu Mitternacht zu einem Gebet auf? Warum? Weil hier in Deutschland in den Nächten gemordet und geludert wird!«

Die Zuhörer, geblendet von den »roten Barlampen des Satans«, können von Glück sagen, daß der wunderliche Pater ihnen nicht die Büchse prallzieht. Denn am liebsten würde er sie alle übers Knie legen, vor allem die Tangojünglinge »mit Augenrändern so groß wie Autoreifen«. Weil das nicht geht, werden sie mit Worten verwamst, abgelascht, vermoppt. Und regelrecht verbläut. Es gibt Senge: »Komm her, du Schweinehund, als Priester geniere ich mich nicht, dir an die Gurgel zu springen!« Pater Leppich hat die verbale Kloppeitsche ausgepackt und fünftausend Seelen gehen mit einem Satz heißer Ohren nach Hause bzw. verschwinden in einem der zahlreichen Etablissements, denn nachdem das Maschinengewehr sein Magazin leergeschossen hat, wird auf der Reeperbahn wieder der Gipfel der Lust erklommen.

Es sind Auftritte wie diese, die Pater Leppich den Ruf eines »schwarzen Goebbels« bescheren. Selbst ein heute noch erhältliches Nachrichtenmagazin stößt sich in seiner Titelgeschichte vom 13. Januar 1954 (»Gottes-Empfang auf UKW«) an Leppichs »nasalem, fast Goebbels-ähnlichen Pathos«. Doch der Vergleich hinkt und kommt wie alle Goebbels-Vergleiche – ob Kuli-Geißler, Kohl-Gorbatschow oder Knopp-Cruise – mit einem auffälligen Klumpfuß daher: Selbst wenn die »Pumpgun Gottes« mit abgesägtem Lauf in die Menge feuert, sie ist doch immer noch mit Liebe geladen. »Mother Superior jump the gun«, hatten die Beatles gesungen: »Bang, bang, shoot, shoot«. Und das tat der Pater. Gottes Haubitze war bis zum Ausbruch der sexuellen Revolution im Dauereinsatz.

Leppich als Coverboy

Nicht, daß sich der Pater den Vergleich mit Dr. phil. Goebbels (»Haß ist unser Gebet und Rache unser Feldgeschrei«) je verbeten hätte, jedenfalls ist nichts dergleichen überliefert. Warum auch? Gehört er doch selbst einer ausgesuchten Spezialeinheit an: der »SS des Papstes«. Als Mitglied der Gesellschaft Jesu, die – mit Divisionen, Rekruten und einem schwarzen General an der Spitze – »statt Mutterhäusern Stoßtruppbunker« unterhält, kennt Leppich weder falsche Scham noch alberne »Häutungen«, man schaue sich zum Pläsier einmal gewisse Nobelpreisträger an. Das bedeutet freilich nicht, daß man den Franco-Verehrer ohne weiteres zum Freundeskreis nationalsozialistischer Greueltaten zählen dürfte, auch wenn manche seiner öffentlichen Gebete (»Lieber Gott, ich danke dir sogar, daß es einen Hitler gab. Er war zwar deine furchtbare, grausame Geißel. Aber du hast uns durch ihn aus unserem Christentum auf Sparflamme herausgepeitscht.«) diesen Gedanken nahelegen.

Der Orden unterm Dornenkranz, die Leibstandarte Jesu Christi, hatte schon Heinrich Himmler beeindruckt, wohl nicht zuletzt deshalb ließ er besonders wackeren Ordenmännern einiges durchgehen. Davon weiß speziell der »Lumpensammler des lieben Gottes«, der Franziskanerpater Gereon Goldmann, schöne Anekdoten zu erzählen – auch er, mit Jules Verne zu sprechen, »eines jener Originale, die der Schöpfer in einem launischen Moment erfindet und deren Gußform er sogleich wieder zerbricht.«

Keine falsche Scham: Leibstandarte Jesu Christi

»Wir haben statt Mutterhäusern Stoßtruppbunker«: Die »SS des Papstes« in Aktion

»Franziskaner und trotzdem bei der SS«, heißt es nicht ohne Stolz auf dem Rücken eines Büchleins, das Mitte der siebziger Jahre eine Auflage von einer Viertelmillion erklettert und das die packende Lebensgeschichte des späteren »Lumpensammlers von Tokio« erzählt, der sich schon als Jungspund bei der Wehrmacht nicht ungestraft verlachen lassen will. »Du bist wohl ein Schwarzer?« wird er abfällig gefragt, und der Pater kontert keck: »Falsch getippt! Ganz das Gegenteil! Ich bin durch und durch braun.« Das erregt Aufsehen: »Tatsächlich?! Bist du vielleicht gar ein eingeschriebenes Mitglied?« Der Franziskaner nickt. »Eingetreten bin ich zwar erst 1936, gesinnungsmäßig gehöre ich aber schon viel länger zu den Braunen, schon bevor Hitler an die Macht kam.« Das Erstaunen wächst, und man will wissen, wo genau eingetreten. »In Fulda, im Kloster der Franziskaner«, schmunzelt Goldmann: »Diese Partei trägt schon über 600 Jahre das braune Ehrenkleid.«

Nicht lange, und der Mann mit den guten Anlagen wird in die Waffen-SS aufgenommen, gemeinsam mit ein paar befreundeten Priesterstudenten. Als Heinrich Himmler im Winter 1940 Goldmanns Einheit an der Front besucht, stellt er den Offiziersanwärter zur Rede: »Warum er den Schießbefehl verweigere? ›Ich will

Priester werden, und ein Priester schießt nicht!‹, erinnert sich Pater Gereon an seine Antwort. Himmler darauf: ›Solche Leute wie Sie brauchen wir in der SS!‹« (*SZ* vom 14.9.2002). Himmler ist so angetan von den braunen Brüdern, die er bei seiner Inspektion des »Regenwurmlagers« kennen- und schätzen lernt, daß er ihnen diverse Extrawürste brät: Fortan dürfen sie Brevier und Rosenkranz stets bei sich führen. Dabei mag auch das schlechte Gewissen eine Rolle spielen, hatte der »schwarze Jesuit«, den Adolf Hitler »unseren Ignatius von Loyola« nennt, doch beim Aufbau seines eigenen Vereins nicht schlecht bei der *Gesellschaft Jesu* abgekupfert, die wiederum seit immerhin 1643 als Verwahrerin der *Acta SS* firmiert, einer dicken Sammlung von Heiligenlegenden in der Tradition der *Acta Martyrium*. Nun sind zwar Goldmann & Co. nicht vom Geschlecht der Jesuiten, sondern Franziskaner, aber solche Feinheiten lassen den mitunter erstaunlich laxen Himmler, den gute Freunde mit »Mein lieber Heini« anreden dürfen, durchaus kalt.

Karl Goldmann als »Arbeitsmann«
(Gau XVIII Gruppe 182 Abtl. 6) ...

... *und als frischgebackener Franziskaner*

Als Goldmann, der sich unaufhörlich mit seinen Vorgesetzten kabbelt, im Feindesland Choralmessen in SS-Uniform singt, platzt dem »Reichsführer SS« freilich der Kragen und der freche Franziskaner wird zur Wehrmacht zurückversetzt. Wer mehr über den eigentümlichen Pater wissen will, wie er zum

Beispiel nach Kriegsende fanatische Nazis, darunter das halbe Afrikakorps, in echte Christen verwandelt, wie man ihn für den Kommandanten von Dachau hält und wie der französische Offizier, der ihn zur Exekution abholen will, vorher noch schnell die Absolution erfleht (»Da packt er meine Arme noch fester, dreht sie so weit nach außen, daß ich vor Schmerz schreien möchte, und wiederholt: ›Bei Ihnen möchte ich beichten! Nur bei Ihnen!‹«), wie Stimmen aus den Wolken ihm das Leben retten, das danach immer

Himmler inspiziert das Regenwurmlager

neue Purzelbäume schlägt: der greife zu *Gegen den Strom*, jenem packenden Erlebnisbericht des Goldmann-Fans Josef Seitz, dem auf Seite 49 f. zu entnehmen ist, daß dieser heute so gut wie vergessene Gottesmann auch als Erfinder der Latrinenpredigt gelten darf.

Monographie über den Erfinder der Latrinenpredigt (1965)

Licht aus: Wir befinden uns in Französisch-Marokko. Spot an: In einer Notkapelle aus Lehm und Kamelmist zelebriert Pater Goldmann mit dem Gesicht zur tribünenartig-offenen Gemeinschaftslatrine. Schon bald ist nicht zu übersehen, daß »während unseres Gottesdienstes die dortigen ›Sitzungen‹ über Gebühr ausgedehnt wurden«, wie Josef Seitz, der als Freund und Kriegsgefangener dabei ist, es formuliert. Und Seitz fährt fort: »Es ist anerkennenswert, daß solche Zaungäste sportlich so leistungsfähig waren, eine ganze Predigt in Hockstellung durchhalten zu können, obwohl uns schon das Stehen schwerfiel.« Goldmann selbst war auch nicht gerade unsportlich: »Er konnte stundenlang regungslos auf den Fersen hocken wie der buddhistische Mönch und faulen Fisch essen, ohne sich zu erbrechen, die praktische Vorbildung eines Pfarrers in Tokio«, so bewundernd der »Weiße Vater« F. Gypkens in seinem Werk *Es fiel mir auf* (1957).

Wer Näheres über den Lumpensammler resp. das Maschinengewehr Gottes in Erfahrung bringen will, wird im *Biographisch-Bibliographischen Kirchenlexikon*, kurz *BBKL*, vergeblich blättern. Das Standardwerk aus dem Verlag Traugott Bautz, das von abseitigen Einträgen überquillt, kennt immerhin den von seinen Verehrern als »Bulldozer Gottes« resp. »Dampfwalze Gottes« titulierten »Speckpater« und einige seiner heute fast vergessenen Heldentaten.

Pater Leppich, das Maschinengewehr Gottes, hätte schon allein deshalb einen Ehrenplatz im *BBKL* verdient, weil wir Heutigen ihm die Hinweisschilder auf die Gottesdienste verdanken, die unsere Ortseingänge zieren. Auch hat er am feinen Netz der Telefonseelsorge mitgesponnen, das unser Land noch heute überspannt, nachdem er die Idee wäh-

rend einer Bildungsreise, auf der er »Hollywood sah und die Spielhöllen von Las Vegas besichtigte«, zufällig aufgeschnappt hatte.

Daß Leute wie Leppich mit der Moderne auf Kriegsfuß stehen, ist ein von interessierter Seite gern kolportiertes Gerücht und wissenschaftlich nicht zu halten.

Der Draht zu Gott: Pater Leppich verdanken wir die Telefonseelsorge

»Als damals das erste Unterseekabel nach den USA gelegt wurde, gab man als erste Nachricht durch: ›Gloria in altis Deo‹: Ehre sei Gott in der Tiefe!« Dieser nach-

Chief Ranger P. Ricks mit Bud, Sandy und Flipper

denkliche Satz stammt nicht von Porter Ricks, auch nicht vom Meerkönig Gurumusch, sondern aus einer Predigt von Pater Leppich.

So darf es nicht wundernehmen, daß man Leppich ab Mitte der Sechziger Jahre immer weniger auf der Straße und dafür mehr und mehr im Tonstudio antrifft, wo er moderne »Hörbilder« herstellt. Seine Zielgruppe ist nun vor allem die Jugend, die er – streng nach Geschlechtern sortiert – auf peppige Weise packen will. »Das Ohr am Herzen Gottes, die Hand am Pulsschlag der Zeit« – der griffige Slogan des Pallottinerpaters Josef Kentenich († 1968) könnte als Motto über den akustischen Arbeiten des späten Leppich prangen: Der erfolgreiche Wanderprediger steigt ins Schallplattengeschäft ein und das Maschinengewehr bellt fortan mit 33 Umdrehungen pro Minute.

Ist das Liebe? heißt ein apfelrot verpackter »Longplayer« für junge Damen, *Money Motor Mädchen* ist das etwas herbere männliche Pendant betitelt, die »Langrille«

für den jungen Herrn. Wie erfolgreich diese Sprechplatten waren, ist heute, da sie gesuchte Sammlerstücke und auf den einschlägigen Webseiten respektvoll unter »German Progressive« bzw. »Krautrock« gelistet sind (siehe z. B. *www.record-price-guide.com*), nicht mehr zu eruieren. Es sind Platten fast ohne Musik, die in jener überlauten Dekade naturgemäß einen eher schweren Stand gehabt haben dürften, ja, es steht zu vermuten, daß sie kaum jemand bis zu Ende angehört hat.

Eine Sache für sich sind – nebenbei bemerkt – Leppichs Arbeiten für Kinder. Das letzte bekannte Exemplar seines *Kinderbreviers* ist momentan noch antiquarisch für 40 Euro zu bekommen; die legendäre Minischallplatte *In 79 Tagen um die Welt* ist rarer als *Jung kaputt spart Altersheime* von Bärchen und die Milchbubis und darf praktisch als verschollen gelten. Wer sie besitzt, tut gut daran, sie nicht herzugeben.

»*Pater Leppich antwortet den 14- bis 17-jährigen*«

»Ihr müßt euch einmal so eine gute alte Oma ansehen mit ihrem Opa. Die wissen nichts mehr von Flirt oder schöner Figur.« Dies ist der gemütliche Plauderton, in dem Pater Leppich sich den Fragen der »14- bis 17-jährigen« stellt. Trotz einer klitzekleinen Notlüge (»Glaubt nicht, daß ich irgendjemand abfangen will fürs Kloster!«) wirft der inzwischen Grauhaarige die Angel aus (»In Amerika sind die strengsten Klöster überfüllt, und zwar mit modernen Frauen … Sie wollten Gott eine Blankounterschrift geben.«) und versucht sich auf seine späten Tage als Mädchenfischer, denn

673 OMI   95 grau
ohne Knoten

C'est L'amour (Bleistiftzeichnung von Wenzel Storch, ca. 1985)

in der Alten Welt wird langsam das »Non-
nenmaterial« (Th. Fontane) knapp.

»Glaube mir, daß viele Ehen kaputt-
gehen, weil die Frau keinen Dunst hat vom
Haushalt. Weil sie nicht die einfachste
Mahlzeit zubereiten und keinen Knopf an-
nähen kann.« Es sind ewige Wahrheiten,

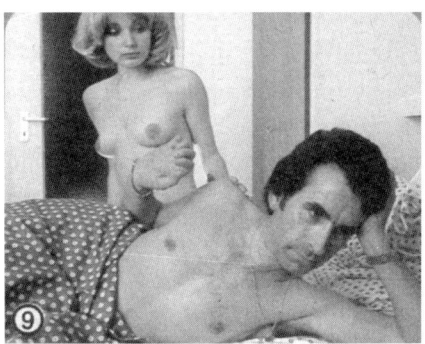

Szenen einer Ehe

die das Maschinengewehr Gottes den
Backfischen mit auf den Weg gibt, und
vor dem inneren Auge des heutigen
Hörers ziehen all die kaputten Ehen
vorbei, denen man seit der Währungs-
reform in der Klatschpresse begegnet
sein mag: Luise Rinser und Carl Orff,

Mike Oldfield und Anita Hegerland, Schlagersternchen Michelle und J. Shitaway oder – Stichwort »wilde Ehe« – Doris Day und Sly Stone.

Nicht zu vergessen: Als *Ist das Liebe?* erscheint, schreiben wir das Jahr 1968 nach Christi. Das Jahr, in dem Leppich seinen 53. Geburtstag feiert. Wie immer am 16. April und dieses Mal auf den Tag genau ein Vierteljahrhundert, nachdem Dr. Albert Hofmann im Schatten der Alpen eine Entdeckung macht, die die Jugend der Welt langsam aber sicher um den Verstand zu bringen droht. Löschpapier und Würfelzucker heißen die neuen Zauberworte. Die Haare wachsen und die Pupillen weiten sich. Ein völlig verrücktes Äon bricht an. Die böse Folge: Alles und jedes muß plötzlich »in« sein – heute, wo »in«-sein längst wieder »out« ist, nur noch schwer zu begreifen.

Und so wirkt *Ist das Liebe?* ein wenig aus der Zeit gefallen. Zwar finden sich fesselnde Fabeln von »wildernden Frauen« und astreine Analysen (»Eine verheiratete Frau zum Beispiel, die in ihrem Porsche nur für einen Hund Platz

Enthemmte Jugend: Liebe auf Knopfdruck

hat und kein Kind will, ist ein sexueller Vampir«), daneben funkelnde Kabinettstückchen katholischer Schauerromantik: »Sie ist sehr hübsch, er ist Chemiker, aber

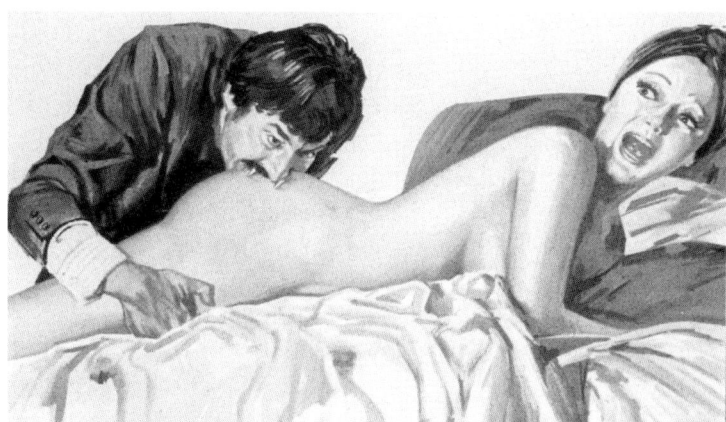

Sexueller Vampir, männlich

er hat durch eine Explosion im Labor ein verstümmeltes Gesicht.« Es gibt kluge Reflexionen, zum Beispiel über Schönheit, die stets »trügerisch wie eine Eisdecke« sei, auch versteht es der Pater immer wieder, mit verblüffenden Fakten aufzutrumpfen: »Ich las, daß von vier Schönheitsköniginnen eine als Dirne, die andere als Verbrecherin und die dritte als Diebin im Zuchthaus gelandet ist. Und die vierte beging Selbstmord.«

Aber das Maschinengewehr Gottes ist »müde« geworden (H. Hartz). Noch 15 Jahre zuvor hatte Pater Leppich auf eine Publikumsfrage in der Obstmarkthalle zu Bühl (»Was halten Sie von modernen Schönheitsköniginnen?«) geantwortet: »Wenn ich was zu sagen hätte, würde ich sie ins Arbeitshaus stecken.« Dabei wollte der Pater – genau wie die Roland Kochs, die Hans-Olaf Henkels und Eva Hermans unserer Tage – gewiß niemandem in die Suppe spucken. Im Gegenteil: »Eine Tollkirsche reißt man dem Unwissenden nicht aus der Hand, um ihm eine Freude zu rauben, sondern um sein Leben zu retten« – um ein schönes Bild des Würzburger Prälaten Berthold Lutz zu gebrauchen.

Grundschülerin an einem Tollkirschenbusch

Immerhin und gottlob, auf *Money Motor Mädchen* schlägt Leppich wieder einen etwas ruppigeren Tonfall an, wie es den Buben, die er konsequent mit »meine Herren« anspricht, schmeichelt: »Wer die Liebe als reine Drüsenangelegenheit betrachtet oder wie übrigens Lenin das sexuelle Erlebnis mit der berühmten Schluck-Wasser-Theorie abtut, bei dem ist natürlich keine ernste Diskussion mehr möglich. Dann würde ich lieber einem Schwein ein Goethe-Gedicht vorlesen, als mit einem solchen Mann über Liebe reden.« Dieser Ton ist würdig und recht, geziemend und heilsam, und trotzdem kann man sich des Eindrucks nicht erwehren, daß das Maschinengewehr Gottes leergeschossen ist.

Der Schwanengesang *Money Motor Mädchen* hat noch einmal alles, was sich der Leppich-Fanboy wünscht: Er wettert gegen »Teenagerallüren«, gegen »Barwanzen« und »Unterleibsdichter«, gegen »Catcherkönige« und gegen das »Filzpantoffelkino«, gegen »die Verrücktheiten der Mode

Leppichs Schwanengesang

und nicht zuletzt gegen die Spleene der sogenannten Kunstexperten«. Und er formuliert ein letztes Mal Passagen von wahrer Schönheit: »Ich rede nur von denen, die bei aller sexuellen Schwäche sich noch eine echte Antenne für Sauberkeit bewahrt haben. Manchmal muß man mit ihnen richtiges Mitleid haben, weil sie von allen Skorpionen der sexuellen Phantasie bedrängt werden ... Eine andere Tatsache ist ja wohl auch, das sexuelles Versagen meist eine religiöse Schwindsucht nach sich zieht. Man sucht dann vor sich selbst eine Entschuldigung und schimpft wie gewohnt auf die Pfaffen.« Das ist noch einmal echter Leppich!

Erschienen ist die »Scheibe« als »Quadriga-Ton«-Hörbild am Vorabend des großen Sakropop-Booms. Die sanften Popkapläne stehen bereits mit Stimmgabel und Plektrum in den Startlöchern und scharren ungeduldig mit ihren bunten Hufen. Es sind Männer wie Kaplan Flury, der mit *Jimi oh Jimi Hendrix* bald einen zu Recht gefeierten Hit landen sollte und nebenbei als »Leserberater« für das Postermagazin *Pop* wirkt, oder der als »Gitarrist Gottes« tätige Pallottinerpater Heinz Perne, der außerdem das Psychedelicblättchen *Das Zeichen* betreut, die fortan mehr oder weniger erfolgreich in Leppichs – man muß schon sagen: übergroße – Fußstapfen treten werden. »Der Gitarrist Gottes«, der mit *Dein ist der Morgen* 1980 eine unvergeßliche *Morning Has Broken*-Variante vorlegt, wurde vom Weltenschöpfer übrigens im Januar 2008 überraschend abberufen, ziemlich genau ein halbes Jahr – warum nur: Soll er ihm da oben was vorsingen? – vor Pernes goldenem Priesterjubiläum.

Urologie des Herzens: Sakropop

Leppich-Enkel:
Kaplan Flury

Erinnert sei freilich auch an den eigentlichen Riesen, auf dessen Schultern Pater Leppich mit seinem Spätsechziger-Schallwerk steht: der schon einmal erwähnte Würzburger Prälat Berthold Lutz. Ein wackerer Mann, der zaubrisch-geheimnisvolle Zeltlagerwelten (»Der Kaplan legte ein neues Scheit in die Glut ...«) mit dem Flair eines Tolkien schuf und heute gründlich vergessen ist. Lutzens Benimm- und Aufklärungsbücher, ob *Frechdachs lernt Anstand, Das heimliche Königreich* oder *Die leuchtende Straße*, weisen – obgleich allesamt längst aus den Beständen der katholischen Leihbüchereien entfernt – die fränkische Eminenz als wahrscheinlich größten Sexualmystiker deutscher Zunge aus, jedenfalls was die ersten zwei Nachkriegsdekaden angeht. Da ist es fast schon folgerichtig, daß man auch diesen Namen im *Biographisch-Bibliographischen Kirchenlexikon* vergeblich sucht.

Der schwere Weg durch
»Moor, Modder und Morast«
(E. Fuchs): Die leuchtende Straße
(Arena-Verlag)

Für immer versunken scheint das magische Reich, in dem der liebe Gott – halb Gandalf, halb Catweazle – trunken und souverän den Zauberstab schwingt. Ein üppig knospender Garten voll frischgrüner Stengel und schwellender Kelche, den Lutz bei aller Phantastik so liebevoll-anschaulich (»In der Brust der Mutter hat er um diese Zeit die Muttermilch heranwachsen lassen, die so fein zusammengesetzt ist, daß sie von keiner anderen Speise ersetzt werden kann.«) und dabei packend heraufzu-

In der Brust der Mutter läßt Gott die Muttermilch heranwachsen

beschwören verstand, »daß einem vor Spannung bald die Hose platzt« (Verlagswerbung).

Prälat Lutz, der im Alleingang die Zeitschrift *Unser Guckloch* herausgab, darf wegen seiner prallen Sprache durchaus als Oswalt Kolle der katholischen Sexuallehre gelten: »Manchmal kommt es auch vor, daß das männliche Glied, das ebenfalls zu den Geschlechtsorganen gehört, besonders stark durchblutet wird. Das ist dann ein unangenehmes Gefühl«, lautet eine vergleichsweise derbe Lutz-Stelle. Im Gegensatz zu Leppich verstand Berthold Lutz es nämlich meisterhaft, den Farbton zu wechseln und zwischen Poesie und Drastik hin- und herzupendeln.

Pater Leppich hingegen war, wie es sich für eine Schnellfeuerwaffe gehört, zeitlebens mehr ein Mann fürs Grobe. Gewissermaßen der Spezialist fürs Großkalibrige. Und dennoch konnte das Maschinengewehr Gottes mitunter auch erstaunlich fein und zart vor sich hinfeuern. Wie ein Dokument beweist, das ob seiner Privatheit – es führt uns zurück in des Paters Kindheit – einzig dasteht in Leppichs umfangreichem und doch, was den greifbaren Nachlaß angeht, letztlich so schmalem Werk.

»Meine erste Liebe: müßig zu sagen, daß sie weiblichen Geschlechts war«, gibt Pater Leppich auf seiner 17-cm-Platte *Ganz anders* leise und fast wehmütig zu Protokoll. »Um sie gleich vorzustellen: es war eine Flöte.«

Mit der ungewöhnlichen Geliebten besucht

Ein Blumenstrauß verbirgt die unschöne Durchblutung

der Zehnjährige oft den »gleichen Park, wo einst der Romantiker Eichendorff seine Gedichte schrieb«, und legt sich träumend unter die Bäume. »Auf dem blanken Oberkörper trug ich ein Ziegenfell, und das Schwänzchen baumelte mir am Hals«, erinnert sich das Maschinengewehr an den ersten öffentlichen – heute würde man sagen – Blowjob: ein Krippenspiel »im Geviert eines Zuchthaushofes, wo mein

Play Horkheimer: Der reife Leppich auf der Suche nach dem »ganz anderen«

Vater Aufseher war«. Leise rieselt der Schnee, und fünfhundert oberschlesische Spitzbuben, wir schreiben das Jahr 1925, lauschen den Klängen der kleinen Blockflöte.

Als die Zeit naht, sich einen schönen Beruf auszuwählen, entscheidet sich der Heranwachsende für ein Gewerbe, das vielen bis heute – wohl zu Recht – als undurchsichtig gilt. »Mir scheint, Gott wollte den Glanz, die Schönheit des katholischen Priestertums vorsichtig mit einem Schleier verdecken«, mutmaßt Alphonse Gratry in seiner *Philosophie des Glaubens* und raunt fort: »Wenn man wüßte, wenn man verstünde, was es damit eigentlich auf sich hat, gäbe es wohl zu viele Priester.« Während gewöhnliche Naturen davon träumen, Ringeturner, Steuermann in einem Achter oder Mittelstürmer zu sein, legt Johannes Leppich das Noviziatsversprechen ab und aalt sich in den Wonnen der Exerzitien.

Nach einem kurzen Intermezzo als Blechbläser bei der Wehrmacht (»Mein Hauptmann hatte mich zur Trompete abkommandiert.«) ist aus der Blockflöte bereits eine kleine Piccoloflöte geworden, die sich bald zu einer richtigen Konzertflöte auswächst und immer öfter auf den Straßen von Breslau, der Hauptstadt der preußischen Provinz Niederschlesien, ertönt. Mit seiner Flöte lockt der junge Priester Kinder in die Kirche, so erfolgreich, daß er, wie er augenzwinkernd klagt, »wohl oder übel auch auf der Kanzel mit der Flöte weiterspielen muß« und als »Kinderpater von Breslau« in die regionale Märchen- und Sagenwelt eingeht. Direkt nach dem Krieg folgt ein Ruf zur BBC nach London: Zwei

Nicht mehr »up to date«: Glanz und Schönheit des Priestertums

53

Heimatlieder gehen über den Äther, für ein englisches Pfund pro Minute. (Für Statistiker: John Peel wird zu diesem Zeitpunkt gerade eingeschult.)

Und heute? Nun, heute spielt Pater Leppich (»Ich würde gern auch in der Ewigkeit Flöte spielen.«) längst im himmlischen Orchester. Schon zu Lebzeiten hatte er sich Gedanken über den Musikgeschmack der Engel gemacht und war zu einem beruhigenden Ergebnis gekommen: »Ich glaube, sie sind konservativ wie ich und bleiben nun einmal bei der klassischen Musik.«

Beim Kinderfest der Frohen Botschaft spenden die Kleinsten ihre Püppchen und Teddybären

Ein kleiner Tip zum Schluß: Wer Leppichs Schallplatten rückwärts abspielt und auf Geheimbotschaften à la *Revolution No. 9* oder *Hotel California* spekuliert, sollte sich auf eine Enttäuschung gefaßt machen. Sowohl *Ist das Liebe?* als auch *Money Motor Mädchen* und die legendäre Flötenplatte sind Lichtjahre entfernt von den funkelnden Juwelen wahrhaft böser Musik, für die Anton Szandor LaVey († 1997), der Gründer der *Church of Satan*, in den sechziger Jahren mit seiner unsterblichen

Kirche der gefallenen Engel

Coverversion von *Honolulu Baby* – das Lied wurde 1933 erstmals von Stan Laurel und Oliver Hardy vorgetragen – den Maßstab setzte.

Satanische Verse: Stan und Ollie singen Honolulu Baby

DAS KOMMT MIR LANGSAM HIGH

Hippies, Hasch und Flower Power:
Eine Liedersammlung
unternimmt eine Rutschpartie
ins Goldene Zeitalter

Packen wir unsere Kulturbeutelchen und steigen wir ins Zeitschiff. Machen wir einen Ausflug in jenes Äon, »als die Läuse gute Tage hatten und die Friseure zu verhungern fürchteten«, wie ein deutscher Dichter es anläßlich einer kleinen Harzreise formulierte.

Der Zeitvorhang zerreißt. Wir sind im Jahre 1966 gelandet. Das Jahr, als sich der Bär auf den Gammlerball begab: *Marmor, Stein und Eisen bricht* ist der Schlager der Saison, und Franz Eugen Helmuth Manfred Nidl-Petz macht sich auf den Weg ins Land der eingerosteten Wasserhähne.

Zur Tarnung nennt er sich Quinn. Wie in aller Welt kann man sich Quinn nennen, wenn man in Wahrheit – wie niedlich und putzig! – Nidl-Petz heißt? Doch Nidl-Petz läßt sich breitschlagen, auf den flauschigen Namen, der bei näherem Hinsehen ein wenig an Schnidl-Wutz erinnert, für immer zu verzichten. Auch die blutjunge Papathanassiou Vassiliki – ein Name, fast so sinnbetörend wie Elma von Flakehpa-Ociului (ein Flitscherl aus Karl Mays *Ulane und Zouave*) – läßt sich umtaufen: in Vicky Leandros, und wäre damit vor Jahren um ein Haar Kultursenatorin der Freien und Hansestadt Hamburg geworden.

Um den Namensirrsinn zu verstehen, lohnt ein Blick in die Geschichte. In den Hitparaden drängeln sich Mitte der Sechziger bis Ende der Siebziger auf den vordersten Plätzen: Antonio Schinzel, Christian Klusacek, Herbert Anton Hilger, Ludwig Franz Hirtreiter, Gerd Höllerich und Heinz-Georg Kramm. Herren, die – sobald sie sich im Scheinwerferlicht baden – Christian Anders, Chris Roberts, Tony Marshall, Rex Gildo, Roy Black oder Heino heißen. Heino, ein gebürtiger Zuckerbäcker aus Düsseldorf, ist noch heute mehr oder weniger bombig im Geschäft, genau wie Karin Witkiewicz aus Niederschlesien, die dank Urintherapie immer noch wie neu aussieht.

Sensation bei „Let's Dance"

Katja Ebstein (62) Schön durch Urin-Therapie

Wunder gibt es immer wieder: Karin Witkiewicz

Nidl-Petz also brummt '66 sein *Wir* in die Mikrophone der Polydor, eine Tat, zu der er sich angeblich von bösen Produzenten verleiten ließ. Und wirklich: Wollte man Freddy Quinns Lied gattungsgeschlechtlich einordnen, gehörte es wohl am ehesten in die Sparte »Musik von Bösewichtern für Bösewichter«, ein Genre, das mit *Lieder gegen links* von Gerd Knesel 1980 zur Blüte gelangte.

»Wer sieht euch alte Kirchen beschmieren / und muß vor euch jede Achtung verlieren? / Wir!« heißt es in *Wir*, und beim Hören sieht man die Schmierfinken genau vor sich. Rüpel vom Schlage eines Matthias Matussek, der sich noch jüngst im Kempinski Airporthotel zu München brüstete: »Auf meinem ersten LSD-Trip habe ich lauter gehängte Bischöfe gezeichnet, mit Mitra am Galgen.«

»Auch wir sind für Härte, / auch wir tragen Bärte«: Das knallharte Image des Gammlers, wie Freddy »Mighty« Quinn es in *Wir* besingt, kabbelt sich auffällig mit dem Inhalt eines Liedes, das ich auf der Kompilation *Hippies, Hasch und Flower Power* sehr vermisse, obwohl mir weder der Titel noch die Interpretin bekannt sind. Das Lied, das ich nur als dumpfe Kassettenaufnahme besitze, ist in einem schnippischen, fast schon ungezogen-patzigen Tonfall vorgetragen, und wüßte man nicht, daß Ina Deter damals noch viel zu klein war, würde man das Frolleinwunder aus Köln (*Ich sollte eigentlich ein Junge werden*, CBS 1977) hinter der Sache vermuten. »Die Männer, / die Penner / von heute sind zum Abge-

341 Gammler, schwer entflammbar

wöhnen, / die sind nur mit dem Mund so stark. / Sie rammeln und gammeln / nur rum und keiner hat von denen / eine müde Mark«, heißt es im zweiten Vers. »Und was Opa ›waschen‹ nennt, / pfui, das ist Establishment. / Viel Geschrei und Hasch dabei. / Hach! Das kommt mir langsam high …«

Was es mit Hasch und high auf sich hat, konnten besorgte Eltern 1968 in *Unter Hippies* nachlesen, einem Fachbuch aus der Reihe *Econ aktuell*, das in punkto Sachkenntnis sogar das Kinderbuch *Unter Geiern* in den Schatten stellt. Ein Blick ins Glossar verrät, daß *Go up* »›hoch‹ gehen durch Drogen« bedeutet, während sich hinter *Freak Rock* »ein Tanz im LSD-Rhythmus« verbirgt. Ein *Teenybopper* wiederum ist ein »Teenager, der um eine Hippiegemeinde streicht«.

Damals galt eben: »Wer heute ganz normal ist, der ist nicht ganz normal.« Womit wir bei Witthüser & Westrupp wären: »If you are lying in your Bettgestell / and the horror is your Sleep-Gesell / and you have no Valium under the Kissen, / dann bist du ganz schön in den Arsch gebissen« singt das Pärchen schunkelselig in seiner Kifferhymne *Nimm doch einen Joint, mein Freund*, und weil es wohlerzogene Kiffer sind, singen sie auch nicht »gebissen«, sondern »gekniffen«. Wobei der Text (»Some people say ›Hasch makes lasch‹«) verdammt nach Rainer Brandt klingt.

Den Vogel auf *Hippies, Hasch und Flower Power* schießen Margret Fürer und die Penny-Pipers mit dem *Gimmel-Gimmel-Gummel-Gummel-Gammelshake* und Gudrun Kramer mit der deutschen Fassung des Hindu-Heulers *Hare Krishna* ab: »Werde frei, werde high. / Reise ab, sag Goodbye. / Hau auf Trommeln, hau aufs Faß. / Ich bin high, du weißt von was«, jauchzt sie, und die Musik im Hintergrund groovt »wie Hulle«. Kein Wunder, immerhin schwingt ein Ex-Lover Alida Gundlachs (*Socke und Konsorten*) den Taktstock. Und noch ein Teilzeithippie tollt – »dekorativ angeschmutzt«, wie der Neffe des Textilfabrikanten im *Vogelhändler von Imst* – ausgelassen auf der Kompilation herum: »Laß es leben, / Gott hat's mir gegeben, / mein Haar, / ich will es lang«, jubelt Jürgen Beumer aus Herne, der wenig später mit *Eine neue Liebe ist wie ein neues Leben* seinen ersten Hit landet.

So war das damals. Lang und schmutzig mußte es sein, und wer Lust hatte, eine Kommune oder eine Sekte zu gründen, der war bald Kommandant über zwei, drei, viele waschlappenfreie Residenzen. Schön übrigens, daß neben Wencke Myhre und Kaplan Flury (*Jimi, oh Jimi Hendrix*) auch die »Drecksau mit dem Ulbrichtbart«, der »Meinhof-Bumser« Franz Josef Degenhardt, mit von der Partie ist. Übrigens mit *Vatis Argumente*, einem seiner schönsten Evergreens.

Various Artists: *Hippies, Hasch und Flower Power. 68er-Pop aus Deutschland.*
Bear Family

CHRISTIAN ANDERSRUM

Der Song vom anderen Ufer

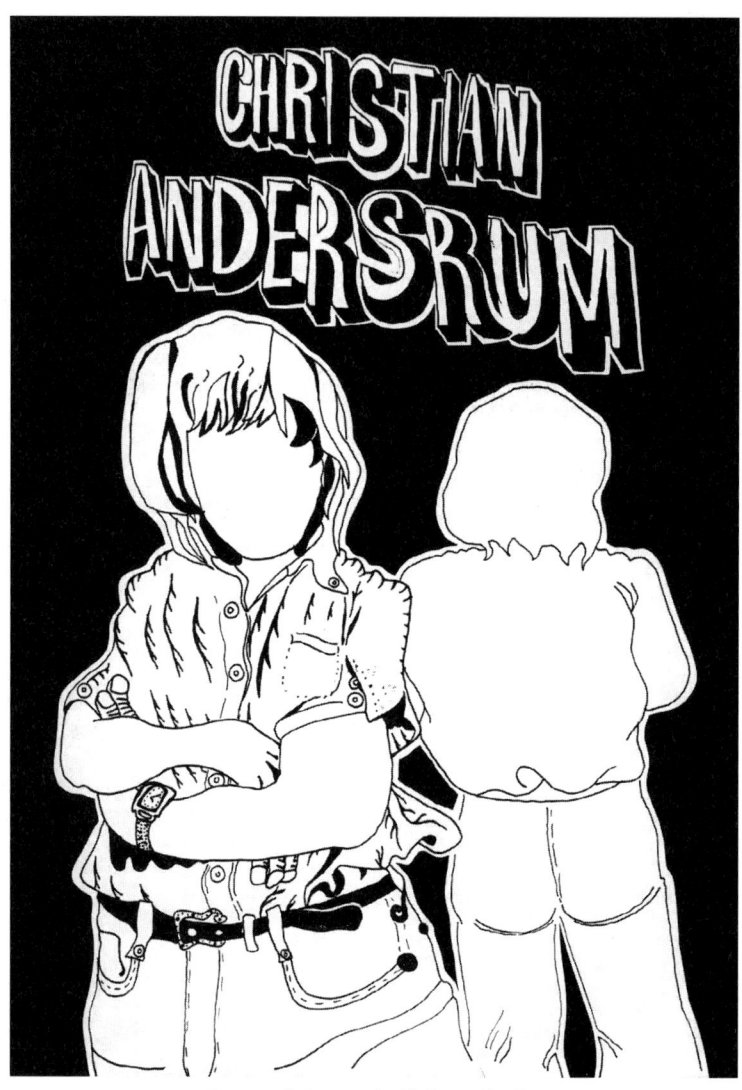

Entwurf einer Schallplattenhülle
für den Gay-Sänger Christian Andersrum

HANNS MARTIN SCHLEYER

Politcomic, Fragment

Erste Seite eines nicht weitergezeichneten
Hanns-Martin-Schleyer-Comics

Laß uns miteinander reden:
ein Kleinod aus der Mottenkiste des Jugendfunks

LASS UNS MITEINANDER REDEN

Im Studio mit dem Maschinengewehr Gottes
Ein Hörspiel

Die Figuren

DIE MODERATOREN
- Juliane, *14 Jahre*
- Pater Leppich, *ein reifer Jesuitenpater*

DIE ANRUFER
in der Reihenfolge ihres Auftretens
- Babsi, *14 Jahre, geht in die 8. Klasse*
- Jutta, *13 Jahre*
- Randy, *16 Jahre, Mofarocker*
- Crampus, *21 Jahre, engagiert sich in der Jungen Union*
- Uschi, *12 Jahre, wünscht sich vom Christkind ein paar Lippenstifte*
- Lutz, *12 Jahre, hat Schwierigkeiten mit den Schulaufgaben*
- Dieter, *10 Jahre*
- Larry, *17 Jahre, ruft wegen einer Drüsengeschichte an*
- Astrid, *8, träumt von einem Büstenhalter*
- ein Polizeiwachtmeister, *macht dem Spuk ein Ende*

Die Ratschläge Pater Leppichs sind Originalzitate und – wie die Mädchen-
stimme auf Seite 63 und das »Liebe«-Potpourri auf Seite 77 – den Schallplatten
Money Motor Mädchen«, Ist das Liebe? und *Pater Leppich spricht auf der Reeperbahn*
entnommen.

Die Begrüßungsmelodie erklingt.

JULIANE   *(singt)*
                             Laß uns miteinander reden.
                             Ich will wissen: Wer bist du?
                             Denn mir kannst du alles sagen
                             Und ich hör dir gerne zu.
                             Oh, komm doch näher
                             Und erzähle
                             Etwas von dir ...

Das Telefon klingelt. Die Musik bricht ab und Juliane greift zum Hörer.

JULIANE   Halli-hallo, hier ist Juliane. Herzlich willkommen in meiner
                             ersten Sendung.

BABSI   *(schüchtern)* Ja, Halli-hallo. Hier ist Barbara. Barbara aus Celle.

JULIANE   Na, Barbara? Oder wolln wir nicht besser Babsi sagen?

BABSI   Könnwa auch machen.

JULIANE   Okay, Babsi. Was haben wir denn auf dem Herzen? *Laß uns*
                             miteinander reden heißt unsre neue Sendung ...

BABSI   *(unsicher)* Ich hab eigentlich mal eine Frage auf der Seele ...

JULIANE   Ja dann – schieß los! Aber vorher müssen wir noch wissen,
                             in welche Klasse du gehst.

BABSI   Ich geh noch in die Achte. In die 8 a. Also, ich wollt mal fragen,
                             was das eigentlich genau ist: »die schönste Sache der Welt«?
                             Auf dem Schulhof reden alle immer von der schönsten Sache
                             der Welt und da wollt ich mal fragen ...

PATER LEPPICH   Meine lieben jungen Zuhörerinnen ...

BABSI   Was warn das?

JULIANE   Das ist unser Pater. Wir teilen uns den Sendeplatz,
                             weißt du?

PATER LEPPICH	Du hast dir sicher schon die Frage gestellt, und sie verfolgt dich bis in die Träume hinein, die Frage nämlich: Was ist Liebe? *(nachdenklich)* Ja – was ist Liebe?
BABSI	Gehört der mit zur Sendung?
JULIANE	Mhm.
BABSI	*(enttäuscht)* Ach so.
PATER LEPPICH	Und wenn eine von euch jetzt vielleicht unverschämt grinst: Glaubt mir, daß ich es gut mit euch meine.
BABSI	Das ist ja ne komische Sendung. Aufem Schulhof hamse gesagt, *Laß uns miteinander reden* ist nur mit Jugendlichen und Kindern. Aber daß das mit Priestern ist ... Komisch ...
JULIANE	Tja Babsi, da hab ich mich auch erst gewundert. Aber der Rundfunkrat meinte eben, daß ich noch zu jung bin ...
PATER LEPPICH	*(fällt ihr sprudelnd ins Wort)* Daß so ein Pater, der nicht nur brav sein Brevier betet und Messe liest und hin und wieder auch eine Predigt hält ... daß so ein Pater, der in der ganzen Welt herumfährt, der Indien sah und in Hollywood war und die Spielhöllen von Las Vegas besichtigte – und dies mit offenen Augen! – und allerhand gesehen hat, das könnt ihr mir glauben: Der schaut wohl hinter die Fassaden des raffinierten Make-up eines Pin-up-Girls! Hinter die blau umschatteten Augenlider einer Filmdiva, hinter das stereotype Lächeln einer Sexbombe oder eines Animiermädchens. Ja, so ein Pater, der kann euch wohl eine klare Antwort geben auf die Frage ...
SCHEUE MÄDCHENSTIMME	Was ist Liebe?
PATER LEPPICH	Ja – was ist Liebe?
BABSI	*(enttäuscht)* Ist ja wie inner Kirche. Und ich dachte, »Laß uns miteinander reden« ist nur mit dir selber! In der *Bravo* stand doch drinne ... *(sie blättert)* Moment, ich habs gleich! Also, hier steht: *(liest ungelenk vor)* »Am 3. Juli 1971 ist es soweit! Dann könnt

ihr live im Studio anrufen, wenn ihr Probleme mit den Eltern oder in der Schule habt. Und das Tollste: Die neue Sendung wird von einer echten Oberschülerin moderiert.«

JULIANE   Und sonst steht da nix?

BABSI   Doch, hier unterm Foto: »Wenn Juliane in Stimmung ist, dann trällert sie auch mal ein Liedchen, denn sie verpackt ihre Antworten gerne in lustige Verse.«

JULIANE   Ja, das stimmt. Und das mit dem Priester ist nur zur Sicherheit.

BABSI   Ach so.

JULIANE   Damit nicht gleich alles drunter und drübergeht, weißte? Deswegen sitzt hinter mir immer der Pater Leppich und paßt auf.

BABSI   Der Pater-was?

JULIANE   Der Pater Leppich.
                 (kichert) Hinter so ner Glasscheibe in som kleinen Kabuff. Total niedlich. Im Funkhaus nennen ihn alle »Das Maschinengewehr Gottes«. Weil er manchmal so brutale Sachen sagt.

BABSI   Boh, klingt das unheimlich!

JULIANE   *(gutgläubig)* Aber der Intendant meinte, er hat auch viel Humor und Verständnis.

BABSI   Du, Juliane, nicht sauer sein, ne?
                 (verlegen) Aber wenn das mit Patern und so ist, dann mach ich jetzt lieber weiter Schulla. Ich muß noch für Reli und Sozi pauken, da schreiben wir nächste Woche ne Arbeit. Also tschüß, ne?

JULIANE   Halt, warte! Ich muß mich doch noch von dir verabschieden ...

                 Musik erklingt.

JULIANE   ... und wie kann mich sich im Radio schöner verabschieden als mit einem kleinen Lied?

BABSI	Oh, n Abschiedslied? Extra für mich? Is ja schocke!
JULIANE	*(singt)* Ich denk an die Zeit, die wir zusammen saßen, Über unsre Sorgen und Probleme sprachen. Jeder half, und jeder hatte was zu geben Und wir fanden einen neuen Weg zu leben. Danke, Freunde! Es ist gut, daß es euch gibt. Ich fühl mich endlich Nicht mehr so allein. Danke Freunde! Wenn sich jeder etwas Mühe gibt, Kann die Welt von morgen Für uns alle besser sein.

Das Telefon bimmelt. Juliane nimmt den Hörer ab.

JULIANE	Laß uns miteinander reden?
JUTTA	Ja, Halli-hallo. Hier ist die Jutta. Jutta Fröhlich.
JULIANE	Ja, Hallöchen! Jutta, schieß los.
JUTTA	*(happy)* Ja, also ... Ich werde nächste Woche 14 und möchte nun gerne eine kleine Familie gründen.
JULIANE	Dufte. Was sagen denn deine Eltern dazu?
JUTTA	*(wegwerfend)* Och die ... Mama und Papa finden, ich wär noch zu jung. *(lacht unsicher)* Son Quatsch! Oder?
JULIANE	Ich find auch, deine Eltern sollten dich erst mal machen lassen ... Und dann mal kucken ...

Es knackt in der Leitung. Pater Leppich hat sich zugeschaltet.

PATER LEPPICH	Eine Rose, die schon im Februar blüht, erfriert.
JULIANE	*(flüstert)* Oje, der Pater.

PATER LEPPICH   Und wenn sie im April aufblüht, dann blüht sie kurze Zeit. Wenn du vor 20 heiratest, kannst du unmöglich die feine Fraulichkeit haben wie ein Mädchen mit 22 oder 25.

JULIANE   Son Quacki!
(flüstert) Unter uns: Du mußt nicht alles glauben, was der Pater dir erzählt.
(wieder laut) Haste denn schon einen Mann?

JUTTA   Einen Mann hätt ich.
(begeistert) Seine Freunde nennen ihn Schwalle.

JULIANE   Und? Hast du ihn schon gefragt, ob er mitmachen würde?

JUTTA   Noch nicht. Aber ich glaub schon ...

JULIANE   Und wieso?

JUTTA   Na ja. Der wird immer rot, wenn er auffem Mofa vorbeirollert. Ist doch n gutes Zeichen, oder?

JULIANE   Mofelst du auch?

JUTTA   Ich bin doch erst 13!

JULIANE   Und dein Schwarm, dieser ... dieser ...

JUTTA   *(happy)* Du meinst den Schwalle?

JULIANE   ... ja, dieser Schwalle, der geht auf dieselbe Schule?

JUTTA   Nee, der macht bald ne Lehre.
(stolz) Als Straßenfeger. Toff, oder?

PATER LEPPICH   Wenn er keinen festen Beruf hat, wenn er nicht arbeiten will: Laß deine Finger davon! Höre was sein Meister, sein Chef von ihm sagt! Wenn er schon mit 20 Jahren Kettenraucher ist und sich auf dem Barhocker und am Biertisch wohlfühlt, dann kannst du eines Tages einen Säufer erleben, der dich und die Familie ruiniert.

JULIANE   Ich finde, Säufer sind auch Menschen.

PATER LEPPICH	Weißt du überhaupt, was die Kirche von Ehegatten verlangt? Oder hast du eine gute Mädchenzeitschrift, die diese Probleme aufgreift?
JUTTA	*(verblüfft)* Mädchenzeitschrift?
JULIANE	Ach laß doch! Erzähl unsern Hörern lieber mal: Wie sieht er denn so aus, dein Schwalle?
JUTTA	Och, wie alle Evangelischen ... *(begeistert)* Lange, ungepflegte Haare, ganz weite Glockenhose, im Winter Felljacke mit Blumen ...
JULIANE	Ich schieß in die Pilze! Scheint ja n Riesentyp zu sein.
PATER LEPPICH	Weißt du, daß für ein katholisches Mädchen eine Ehe mit einem Nichtchristen verboten ist? Und wenn es ein Ali Khan oder ein millionenschwerer orientalischer Scheich ist? Abgesehen von den üblen Erfahrungen, die du dabei machen könntest: *Wir* haben keine religiöse Knochenerweichung!
JUTTA	*(kleinlaut)* Und wenn Schwalle aber doch son feiner Typ ist? Zum Beispiel sitzt Schwalle immer kerzengrade auffer Mofa. Wie wenn er n Besenstiel verschluckt hat. *(quengelig)* Feine Menschen kanns doch auch bei Evangelischen geben! *(aufbrausend und fast am Heulen)* Wieso n nicht? Das sind doch auch Christen!
PATER LEPPICH	Viele haben schon mit grauen Haaren bei mir geweint – aber zu spät! Damals hatten sie nicht glauben wollen, daß eine Mischehe auch zwischen feinen Menschen niemals restlos glücklich macht. Es wird dir wehtun, wenn dein Kind zur Erstkommunion geht und dein Mann zu Hause im Bett liegt.
JULIANE	Ach was. Dann legste dich einfach dazu. Was, Jutta?
JUTTA	*(flennt)* Aber wenn der Pater doch meint ... ich könnte ... *(schnieft)* ... in Teufels Küche kommen?

PATER LEPPICH   Und der junge Mann, dieser saubere Junge, ebenfalls.

JUTTA   *(schluchzt laut auf)* Männo!

PATER LEPPICH   Ohne Religion, ohne echte religiöse Einstellung seid ihr beide, auch wenn das hart klingt, seelische Wracks.

JUTTA   *(erstickt und aufgebracht)* Wieso n Wracks? Wracks sind doch tote Schiffe! Mann!

Jutta bekommt einen Heulkrampf, der in Julianes Singsang untergeht.

JULIANE   *(singt)*
Ist dir heut vielleicht nach Tränen?
Sag es mir, ich bin dein Freund.
Nein, du brauchst dich nicht zu schämen,
Ich hab auch schon mal geweint.
Komm, laß uns sehen,
Worin wir gleich sind
Und was uns trennt.

Laß uns miteinander reden,
Lehn dich an und laß dich gehn.
Denn bei mir kannst du dich geben,
Wie dich andre niemals sehn...

Mitten im Refrain bimmelt das Telefon. Juliane singt den Kehrreim erst zu Ende, bevor sie rangeht. In der Leitung ist der 16jährige Randy, der mit seiner rauen Stimme wie ein Mofarocker klingt.

JULIANE   Hallooo!

RANDY   Hier is Randy!

JULIANE   Hi Randy!
(da es still bleibt) Na, Randy?
(es bleibt immer noch still) Du bist wohl n ganz Harter, was?
(kichert anerkennend) Randy?

RANDY   *(mürrisch)* Mir schmeckt das Mittagessen nicht, und jetzt wollt ich mir mal ne Freundin suchen und auf diesem Wege vielleicht erst mal ne Brieffreundschaft anknüpfen.

68

PATER LEPPICH	(schaltet sich inspiriert ein) Was jeder junge Mann von seiner zukünftigen Frau an erster Stelle erwartet, ist neben Zurückhaltung echte Mütterlichkeit, ja eine feine, zarte Fraulichkeit.
RANDY	(bestätigt) Lecker muß es sein, Herr Pastor.
JULIANE	Ich glaub, mein Hamster bohnert!
RANDY	Und möglichst nicht aus der Tüte.
JULIANE	Ich glaub, mein Schwein pfeift!
RANDY	Wieso?
JULIANE	Was bistn du fürn Fuzzy? (echt sauer) Ich glaub, du hast Kompott in der Denkschüssel! (schnappt nach Luft) Sucht der hier ne Köchin! Hast du n Sockenschuß? Wer will denn den ganzen Tag in der Küche stehn und Buletten braten?
PATER LEPPICH	Das aber will der Mann. Glaube mir, daß viele Ehen kaputt gehen, weil die Frau keinen Dunst hat vom Haushalt. Weil sie nicht die einfachste Mahlzeit zubereiten und keinen Knopf annähen kann. Weil sie auf diese Weise das vielleicht sauer verdiente Geld verwirtschaftet.
JULIANE	Son Quacki.
PATER LEPPICH	Oder auch, weil sie es für modischen Plunder ausgibt. Der Mann kann aber keinen wandelnden Kleiderständer und keine Schaufensterpuppe brauchen – er braucht auch eine Hausfrau.
RANDY	Alles klar, Herr Pastor. Also, Leute. Dann such ich auf diesem Wege ne Hausfrau. Könnt euch ja mal melden, wenn ihr Bock habt ... Also, Leute, ne? Wer Böcke hat ...? Tschü-hüß.
JULIANE	Ja, Tschüß.

Kaum hat Randy eingehängt, schon klingelt der nächste Anrufer.

JULIANE	*(läßt es klingeln)* Wenn ihr mich fragt: Der hat ja wohl echt ne Bregenpanne!
	(lacht, immer noch entgeistert) Volle Lotte! Na ja. Manche sind eben nicht ganz edel im Schädel.
	(sie hebt ab) Hier ist Juliane?

| CRAMPUS | Ich bin der Crampus von der Jungen Union. Ich wollte Ihnen zum Geburtstag gratulieren. |

| JULIANE | Danke, Crampus. Aber ich steh eigentlich nicht auf Junge Union. |

| CRAMPUS | Ach so. |

JULIANE	Am besten rufste wieder an, wenn unser Pater Geburtstag hat. Ich steh mehr auf Jusos, weißte?
	(kichert) Und linke Christen ... Und außerdem hab ich gar nicht Geburtstag. Erst in drei Wochen. Dann würd ich an deiner Stelle mal wieder reinhören. Dann feiern wir nämlich ganz groß im Studio.
	(schwärmt) Mit allem Pipapo! Mit Luftschlangen und Weinbrandbohnen. Und mit ner großen Tortenschlacht.

| CRAMPUS | Klingt ja crazy. Und wie alt werden Sie? |

Musik bricht los.

| CRAMPUS | Wo kommt denn die Musik auf einmal her? Haben Sie da ne Band im Studio? |

| JULIANE | Klar. Das sind meine Boys. Mein Musiklehrer ist auch dabei. Der Herr Gorgileit. Der spielt die Hammondorgel. Aber nun frag nicht so viel und hör lieber zu. |

| CRAMPUS | *(kleinlaut)* Ja, mach ich ja schon ... |

JULIANE	*(singt engagiert)*
	Fünfzehn
	Ist ein undankbares Alter.
	Du siehst aus wie Siebzehn,
	Doch sie behandeln dich wie Dreizehn.

Fünfzehn
Ist ein undankbares Alter.
Du hast Probleme
Mit der Liebe und dem Leben
Und darfst noch nicht darüber reden.

Du fühlst dich bewacht
Wie in einer Kaserne,
Doch von deinem Taschengeld
Leben Konzerne.
Es gibt eine Zeitung
Extra für dich,
Doch nach deiner Meinung
Fragen sie nicht.

O-hoho!

Bei »Konzerne« bimmelt das Telefon. Juliane singt noch schnell den Refrain zu Ende und nimmt nach »O-hoho!« den Hörer ab.

JULIANE   *(außer Atem)* Hier ist Juliane? Von *Laß uns miteinander reden*?

USCHI   Ich heiße Ursula Meier und bin 12 Jahre alt … äh …
                 (kichert) … jung natürlich.

JULIANE   Fein. Wie soll ich dich denn nennen? Uschi, Ulla oder Ursel?
                 Oder stehste auf Ursula?

USCHI   Dann nehm ich Uschi. Also, wir haben ja in 5 Monaten
                 Weihnachten, nicht?

JULIANE   Stimmt.

USCHI   Und da habe ich mir überlegt, daß mir das Christkind ja
                 eigentlich Lippenstifte bringen könnte. Das wär doch schau,
                 oder?

JULIANE   Dann wünsch dir doch noch nen Puderquast dazu. Und
                 Nagellack. Was meinste?

PATER LEPPICH   Schaut mal, Schönheit ist trügerisch wie eine Eisdecke.

USCHI	Hä? Wieso?
PATER LEPPICH	Ich las, daß von vier Schönheitsköniginnen eine als Dirne, die andere als Verbrecherin und die dritte als Diebin im Zuchthaus gelandet ist. Und die vierte ... äh ... beging Selbstmord.
JULIANE	Und was ist, wenn man aussieht wie n Spasti?
USCHI	Oder wenn man ne Hackfresse hat? Ich mein, von Geburt? So wie Ike und Tina Turner?
JULIANE	Genau. Wenn der liebe Gott einen als Gesichtsbaracke erschaffen hat?
USCHI	Dann muß man sich doch einfach schminken, oder?
PATER LEPPICH	Ihr müßt euch einmal so eine gute alte Oma ansehen mit ihrem Opa. Die wissen nichts mehr von Flirt oder schöner Figur und feschem Aussehen – aber ihre Liebe blieb! *(pathetisch)* Sie ist treu!
	Man hört, wie der Pater den Hörer einhängt.
JULIANE	Zack, aufgelegt! Weg isser, der Pater. Was sagt man dazu? *(verblüfft)* Und die Uschi ist auch nicht mehr in der Leitung. *(legt auf)* Na egal. *(es klingelt erneut und sie hebt ab)* Uschi, bist dus?
LUTZ	Hier ist Lutz. Wir müssen einen Aufsatz für Sozialkunde schreiben: Die Freiheit, die ich meine. Was soll ich n da schreiben?
JULIANE	Ui! Das ist aber n schwieriges Thema. Weißte was? Ich sings dir vor. Was meinste?
LUTZ	Au fein.
	Die Studioband legt los.
JULIANE	Haste deinen Füller?
LUTZ	Ja, hab ich.

JULIANE	Und dein Löschblatt?
LUTZ	Mhm.
JULIANE	Na fein. Dann schreib mit. Ich sing extra langsam. *(trällert)* Ein Parkplatz, auf dem Kinder spielen, Ein altes Auto, bunt bemalt ...
LUTZ	Nicht so schnell.
JULIANE	Ein Polizist mit langen Haaren ...
LUTZ	O dufte.
JULIANE	Und Löwenzahn auf dem Asphalt: Das ist die Freiheit, die ich meine, Für die ich gern alles geb. Sie ist kostbar wie Gold, doch umsonst wie die Steine. Halt sie fest, damit sie morgen auch noch besteht! O-ho-hooo ...
LUTZ	*(fällt ihr verwirrt ins Wort)* Juliane! Juliane! Hör doch mal! Muß das sein, das mit dem Gold und den Steinen? Das hab ich nicht verstanden. Mein Freund Achim hats auch nicht gerafft. *(beiseite)* Oder Achim? *(man hört im Hintergrund ein leises »Nee.«)* Achim sagt nee ...
JULIANE	Das braucht ihr ja auch nicht zu verstehen. Hauptsache, euer Lehrer kapiert es.
LUTZ	Ach so. Ja.
PATER LEPPICH	Na, meine Herren? Ich hab eurer Diskussion zugehört. Darf ich mich jetzt mal auch zu Wort melden?
JULIANE	*(stöhnt leise)* Der schon wieder.

PATER LEPPICH	Es stimmt, ihr müßt frei sein, im guten Sinne auch liberal sein. Wenn ihr darunter etwa versteht: Freiheit von der Diktatur des Kommunismus ...
LUTZ	*(angeekelt)* Kommunismus? So was hatten wir noch nicht.
JULIANE	Wie wärs, wenn Sie mal Ihre Lauscher aufstellen, Herr Pater?
PATER LEPPICH	Das klingt sehr kess.
JULIANE	Ich mein ja nur, daß Lutz meint, daß sie erst bei Freiheit sind. Kommunismus kriegen sie erst noch.
LUTZ	Genau. Kommunismus ist Oberstufe. Im Moment hamwa Freiheit ...
PATER LEPPICH	Freiheit ist nicht etwas, das man den Babys schon in die Wiege legt, das man den Teenagern vererbt. Freiheit ist etwas, was man sich erst einmal erwerben muß.
LUTZ	*(quengelt)* Erwerben? Aber ich hab doch gar kein Geld ...
PATER LEPPICH	Ihr wollt euch doch nicht auf die Stufe der Gammler und Rocker stellen, die auch alles ablehnen, aber nichts haben, für das sie sich begeistern und einsetzen?
JULIANE	*(patzig)* Und wenn sich die jungen Leute für Radau begeistern? Oder für Randale? Und Remmidemmi?
PATER LEPPICH	Wollt ihr zackige Soldaten sein? Oder gehört ihr zu den Ostermarschierern?
JULIANE	Na und? Und wenn schon? Wieso sollen sich junge Leute nicht mal fürs Marschieren begeistern? Ich fände, das muß erlaubt sein. Eigentlich ist das ja auch Geschmackssache. Oder, Lutz? Kannst ruhig auch was sagen, ist ja deine Sendung mit!
PATER LEPPICH	*(dezidiert)* Die junge Generation war zu allen Zeiten für echte Revolutionsideen immer wieder zu begeistern.

| JULIANE | Sehen Sie? Jetzt sagen Sies selber. |
| | *(perplex)* Kinder, unser Pater wird modern. |

| PATER LEPPICH | Gut, ich ruf euch zum Aufstand auf! Bitte, dann wehrt euch doch! Ja, wogegen? Nun: Gegen die Hetzkampagnen der Zeitungskönige. Gegen die Verrücktheiten der Mode und nicht zuletzt gegen die Spleene der sogenannten Kunstexperten. |

| LUTZ | Kunstexperten? |

| PATER LEPPICH | *(laut und glühend)* Wenn ihr für eine saubere Haltung auf dem Bildschirm und auf der Leinwand auf die Barrikaden geht, dann steige ich mit hinauf. |

LUTZ	*(leicht verstört)* Ja, das machen wir.
	Aber darf ich jetze wieder mit Juliane sprechen?
	Bitte, Pater Leppich!
	(panisch) Bitteee! Wir müssen doch den Aufsatz noch fertig machen.

| PATER LEPPICH | *(aggressiv)* Ja! |

Man hört, wie der Hörer auf die Gabel geknallt wird.

| JULIANE | Weg isser. Jetzt isser bestimmt beleidigt. |

| LUTZ | Glaub ich auch. |

| JULIANE | Egal. Paß auf, ich hab noch ne Strophe. Der Refreng ist wieder derselbe. Den kennste jetzt ja schon. |

| LUTZ | Welcher Refreng? |

JULIANE	Na, der Kehrreim! Sing doch einfach mit, wenn der Kehrreim kommt. So, jetzt wieder mitschreiben. Haste n Füller? Los geht's!
	(singt engagiert)
	Das kleine Zimmer mit den Orangenkistenmöbeln,
	An der Tür stehn zwei Namen auf dem Schild ...

LUTZ	Hä? Wieso zwei Namen?
JULIANE	... Ein Gespräch mit alten Leuten im Bus ...
LUTZ	Ja, das ist töfte.
JULIANE	Und ein Typ, der auf dem Markt Gitarre spielt ...
LUTZ	*(unsicher)* Jetze ich?
LUTZ UND JULIANE	*(singen gemeinsam)* Das ist die Freiheit, die ich meine, Für die ich gern alles geb ...
LUTZ	So. Jetze muß ich aber meinen Aufsatz fertigschreiben. Also Juliane, machs guhut!
JULIANE	Du auch, Lutz. Und schreib ne Eins!

Kaum liegt der Hörer auf der Gabel, schon klingelt das Telefon erneut.

JULIANE	Laß uns miteinander reden?
DIETER	Hi Juliane! Hier ist Dieter. Bei uns im Hochhaus wohnt einer, der soll schwul sein.
JULIANE	*(begeistert)* Ach, du meinst n Homo? Echt? *(tolerant)* Wieso! Lassen doch!
DIETER	Laß ich ja auch! Aber trotzdem – irgendwie komisch ... Der kuckt immer so traurig ... Am liebsten würd ich den mal innen Arm nehmen und drücken.
JULIANE	Ich hab mal gehört, daß Homos sehr sensibel sein sollen. Weil das ja auch erblich ist ... *(es knackt in der Leitung. Der Pater hat sich zugeschaltet)* Verstehste?
DIETER	Nee.
PATER LEPPICH	Ich muß aber noch ein gutes Wort denen sagen, die mit dem Laster der Homosexualität nicht fertig werden. Sicher gibt

es einige erblich Belastete darunter. Aber täuscht euch nicht. Ein führender Arzt hat gesagt, fast jeder Mann sei irgendwie homosexualisierbar.

DIETER   Auweia.

PATER LEPPICH   Eine gute, saubere Braut kann mit dazu beitragen, von diesem Laster wegzukommen. Meistens muß man aber doch einen guten Arzt zu Rate ziehen, oder einen guten Priester aufsuchen. Für diese, aber auch für alle anderen sexuellen Sünden gilt folgendes: Ohne Beherrschung, ohne echte Askese, wie man sie nennt, geht es eben nicht.

Die Studioband fetzt los.

DIE BAND   *(singt im Chor)*
                Baba Baba Babaaa Babaaa
                Baba Baba Babaaa Babaaa
                Baba Baba Babaaa Babaaa
                Baba Baba Babaaa Babaaa
                Baaa Haaaaa

JULIANE   *(während der Chor leiser wird)* Und nun herzlich willkommen zu unserem ...
                (mit viel Hall und Echo) ... Thema der Woche.
                (wieder normal) Für meine erste Sendung habe ich mir natürlich das Thema Nr. 1 ausgesucht.

Ein Stimmenpotpourri hebt an. Die Stimmen jagen sich.

MÄNNER- UND   Dein Mund verspricht mir Liebe – Liebe, Brot und
FRAUENSTIMMEN   Phantasie – Die Straße der Liebe – Verlorene Liebe – Liebeskommando – Liebe am Nachmittag – Ich liebe, du liebst – Italienfahrt, Liebe inbegriffen – Vergiß die Liebe nicht – Für eine Liebesnacht – Zur Liebe verdammt – Liebe kann wie Gift sein – Opfer einer großen Liebe – Vagabunden der Liebe – Drei Tage Liebe – Man spielt nicht mit der Liebe – Man nennt es Liebe – Liebe ist ja nur ein Märchen – Liebe im Quartett – Gefangene der Liebe ...

JULIANE   Also, wenn ihr dazu irgend ne Frage habt, dann nix wie ran an den Speck.

Das Telefon klingelt.

JULIANE Hallo-ho!

LARRY Bin ich da richtig bei Juliane?

JULIANE Aber immer.

LARRY *(zögernd)* Das ist ja gut. Ich wollt dich nämlich mal gern ...
(flüstert) ... in einer privaten Drüsenangelegenheit
sprechen ...

JULIANE *(munter)* Für die Sekrete ist der Herr Pater zuständig.
Von wegen dem Jugendschutz, weißt du?

LARRY Ach so, ja ... Logo ...

Es knackt in der Leitung. Der Pater hat den Hörer abgenommen.

LARRY *(hastig und verlegen)* Hallo, Pater Leppich, hier ist Larry.
(man hört, wie er rot wird) Es geht um Liebe, das heißt, ich
wollt Sie nämlich mal gern ...
(ermannt sich) ... in einer privaten Drüsenangelegenheit
sprechen ...

PATER LEPPICH *(gefaßt und neugierig)* Ja.

LARRY *(stockend)* Ja, also ... Bei Lenin hab ich ... also wir Jugendlichen
lesen ja nach der Schule an der Bushaltestelle immer Marx
und Engels ... und Lenin, ne? ... Und bei Lenin hab ich jetzt
gelesen, daß die Liebe eigentlich eine reine Drüsenangelegenheit sein soll. Stimmt das auch?

PATER LEPPICH Wer die Liebe als reine Drüsenangelegenheit betrachtet oder,
wie übrigens Lenin, das sexuelle Erlebnis mit der berühmten
Schluck-Wasser-Theorie abtut, bei dem ist natürlich keine
ernste Diskussion mehr möglich. Dann würde ich lieber einem
Schwein ein Goethe-Gedicht vorlesen, als mit einem solchen
Mann über Liebe reden.

LARRY *(kleinlaut)* Alles klar, Herr Pfarrer.

PATER LEPPICH	Ich spreche noch nicht einmal von den sexuellen Gangstern, die mit ihren Fraueneroberungen über Leichen gehen. Oft haben diese Kerle ein hübsches bourgeoises Gesicht. Innerlich aber haben sie ein Krötenloch von Seele.
LARRY	Ach so.
PATER LEPPICH	Alle Schweinereien unter der Sonne sind in ihrem Wortschatz. Und wenn es um dreckige Witze geht, dann sind sie immer Wortführer, auch wenn sie im Berufsleben oft noch so blöd sind.
LARRY	*(unsicher)* Stimmt eigentlich, Herr Pfarrer.
PATER LEPPICH	Von diesen Typen allerdings rede ich jetzt nicht. Ich rede nur von denen, die bei aller sexuellen Schwäche sich noch eine echte Antenne für Sauberkeit bewahrt haben. Manchmal muß man mit ihnen richtiges Mitleid haben, weil sie von allen Skorpionen der sexuellen Phantasie bedrängt werden.
LARRY	*(mit Betonung auf »stimmt«)* Stimmt auch ...
PATER LEPPICH	Wer sich aber – meine Herren! – wer sich hier nicht hart in Zucht nimmt, kommt meistens ganz unter die Räder. Er verbaut sich oft sogar seinen Beruf und ruiniert später seine Ehe. Eine andere Tatsache ist ja wohl auch, daß sexuelles Versagen meist eine religiöse Schwindsucht nach sich zieht. Man sucht dann vor sich selbst eine Entschuldigung und schimpft wie gewohnt auf die Pfaffen.
LARRY	Danke, Herr Pfarrer. Jetzt weiß ich erst mal Bescheid.
JULIANE	Na, ob das alles so stimmt? Ich weiß ja nicht...
LARRY	Ist doch egal. Also dann, Herr Pfarrer ...
PATER LEPPICH	*(während Larry auflegt)* Ihr habt die Wahl: entweder Lenin oder Christus!
JULIANE	Tschüß, Larry! Ob er das noch gehört hat?
PATER LEPPICH	Spüren Sie ...

JULIANE	Hä? Wen meint er n jetzt? Ist doch gar keiner inner Leitung. Und wieso n auf einmal »Sie«?
PATER LEPPICH	*(mit erhobener Stimme)* Spüren Sie, wie der unheimliche Lenin mit seinem Materialismus jedes religiöse Empfinden abgewürgt hat? *(das Telefon läutet)* Herr Lenin! Ihr soziales Leichengift wirkt sehr gut.
JULIANE	Hallo?
ASTRID	*(begeistert)* Ich bins, Astrid! Ich wollt dich mal fragen, was ich mir zur Kommunion wünschen soll?
JULIANE	Dann laß uns mal zusammen was ausdenken. Hoffentlich stört uns der Pater nicht gleich wieder.
ASTRID	Ja, ich dachte mir ... *(kichert)* ... es wär doch niedlich, wenn ich mir zur Ersten Heiligen Kommunion einen Büstenhalter wünsche, oder so ne klitzekleine ...
PATER LEPPICH	*(fällt ihr donnernd ins Wort)* Die Welt besteht nicht nur aus Gangstern, Dirnen und Skandaldamen des Films! Es gibt noch eine saubere Jugend, die sich dagegen wehrt, daß Deutschland zum Schweinestall von Europa werden soll.
ASTRID	*(verstört)* Aber ich wollte doch nur ...
PATER LEPPICH	Wir haben noch Christen genug, die den Adel ihrer Gottes-kindschaft nicht im Gullyloch des Sexualismus absaufen lassen. Lenin hat also doch nicht gesiegt.
JULIANE	O Männo! Immer wieder dieser Lenin. Weißte, was ich glaube, Astrid?
ASTRID	*(kleinlaut)* Nee, wassen?
JULIANE	*(flüstert)* Ich glaube, dieser komische Lenin hat sich im Gehirn des Paters häuslich eingenistet.

ASTRID	*(ängstlich)* Du meinst, wie Hui Buh, das Schloßgespenst? Im Fledermausturm von Schloß Burgeck?
JULIANE Unwesen.	Ja, genau so. Und jetzt treibt er im Oberstübchen sein
ASTRID	*(schüttelt sich)* Brrr ...
PATER LEPPICH	Meine Damen und Herren! Sagen Sie, glauben Sie an eine Totenbeschwörung? Lachen Sie nicht! So etwas gibt es. Ich will sie heute an das Grab eines unheimlichen Toten führen.
JULIANE	Klingt ja schauerlich. Wie innem alten Gruselfilm.
ASTRID	Ich krieg Muffe. Ich glaub, ich ruf lieber die Polizei an.
JULIANE	Ey, Astrid, warte mal! *(zu spät: die Achtjährige hat aufgelegt)* Weg! *(sie schnuppert)* Was riechtn hier so komisch? Wie verbranntes Weihwasser ... Ich glaub, ich dreh mich mal um und kuck mal, was der Pater macht.
PATER LEPPICH	*(dröhnend)* Ja, du unheimlicher Lenin! Dein Körper ist am verwesen, aber dein Geist, der lebt noch fort.

Ein unheimliches Puffen ist zu vernehmen. Offenbar hantiert der Pater in seiner Sprecherkabine mit geweihten Knallfröschen.

JULIANE	Ich glaube, es hackt. Was macht der denn da in seinem Kabäuschen?
PATER LEPPICH	*(im Hintergrund nähert sich ein Martinshorn)* Steh auf aus dem Grab und schau dir die Menschen an, die du mit deinem seelischen Leichengift angesteckt hast!

Und wieder pufft es.

JULIANE	Oje! Ich glaub, gleich brauchen wir nen Feuerlöscher!

POLIZEIWACHTMEISTER   *(durchs Megaphon)* Achtung, Achtung! Pater Leppich!
Ihre Redezeit ist beendet!

PATER LEPPICH   *(während sich hastig Schritte nähern)*
Ja, meine Herren von der Polizei! Ich habe es gehört. Nun gut,
ich muß schließen. Aber nein! Nein! Ich schließe nicht!

POLIZEIWACHTMEISTER   Es muß sein, Hochwürden.
(Handschellen klicken)
Glauben Sie mir, es ist besser so.

PATER LEPPICH   Schaun Sie! Dort hinten steht eine Kirche mitten im Bordellviertel. Wir gehn dort hinein ...

POLIZEIWACHTMEISTER   Hier entlang bitte, Hochwürden.

PATER LEPPICH   ... und werden beten und sühnen. Eine Kirche mit dem
Allerheiligsten, dort brennt das ewige rote Licht. Das ist
etwas anderes als die roten Barlampen des Satans. Aber bitte
nur die Männer ...

*Die Stimme des Paters und die Schritte der Polizisten sind leiser geworden. Bevor sie ganz
verklingen, schaltet sich der Chor ein.*

DIE BAND   *(trällert)*
Baba Baba Babaaa Babaaa
Baba Baba Babaaa Babaaa
Baba Baba Babaaa Babaaa
Baba Baba Babaaa Babaaa
Baaa Haaaaa

In den Gesang hinein beginnt der Sprecher mit der Abmoderation.

SPRECHER   Nicht immer hält das rote Licht, was es dem Wandersmann
verspricht ... Kein Zweifel – Pater Leppich hatte den Verstand
verloren. Es gab gar kein Bordellviertel in der Nähe des Funk-
hauses. Das rote Licht, das er durchs Studiofenster erblickt
hatte, kam von einer alten, kaputten Ampel. Und die Kirche,
die er meinte, gesehen zu haben, und in die er nun mit seinen
treuen Hörern ziehen wollte, war ein längst geschlossenes
Pissoir, direkt hinter der Ampel am alten Stadtpark. Armer
Pater ...

(gerührt) Und so endet ein wenig traurig die erste und einzige Sendung von *Laß uns miteinander reden* am 3. Juli 1971. Sicher haben viele unsrer Hörer längst erraten, wer sich hinter Juliane, der Oberschülerin mit der netten Stimme, verbirgt? Kaum war ihr Co-Moderator mit Brevier und Rosenkranz im Streifenwagen verschwunden ...
(wir hören das sich entfernende Martinshorn)
... da stürmte sie auch schon die Charts. Mit ...

JULIANE   *(singt)* Am Tag, als Conny Kramer starb ...

SPRECHER   ... ging's los. Und dann folgte Hit ...

JULIANE   *(singt)* Wenn du denkst du denkst,
                 Dann denkst du nur du denkst ...

SPRECHER   ... auf Hit ...

JULIANE   *(singt)* ... Hell war der Mond
                 Und die Nacht voll Schatten ...

SPRECHER   ... auf Hit ...

JULIANE   *(singt)* ... Stimmen im Wind,
                 Die sie so zärtlich und so liebevoll sind ...

SPRECHER   Und wenn sie nicht gestorben ist, dann stürmt sie noch heute
                 ...
                 (stolz und feierlich) ... unsere Juliane Werding!

Die am Telefon vorgetragenen Lieder erschienen 1972 auf der Schallplatte *In tiefer Trauer.*

GUSTCHEN MÖLLER

OLD WABBLES GOLGATHA

Von Indsmen gekreuzigt – die dark and bloody grounds *des Dr. Karl May*

»Ich kenne nur Karl May und Hegel; alles, was es sonst gibt, ist aus beiden eine unreinliche Mischung.«
Ernst Bloch

Am Ende der *Old Surehand*-Trilogie wird Old Wabble, ein eingefleischter Gottesleugner, von Utah-Indianern mit dem Unterleib – quer zum Baum, damit sich die erwünschte Kreuzform ergibt – in eine Fichte hineingeschoben, »welche die Stärke eines achtjährigen Kindes« besitzt und »in Schulterhöhe gespalten« ist. Während dem »König der Cowboys« langsam die Geschlechtswerkzeuge zerquetscht werden, findet der alte Sünder heim zu Gott. Als Beichtvater hat sich rechtzeitig Old Shatterhand eingefunden. Unter Heulen und Zähneklappern wird das Kirchenlied *O Ewigkeit, du Donnerwort* deklamiert und der steinalte Trapper mit dem schlohweißen Haar, der optisch an die Bluesrocklegende Johnny Winter erinnert, darf in Frieden scheiden.

Doch nicht immer klappt die Bekehrung durch Eierzerquetschen. Drei

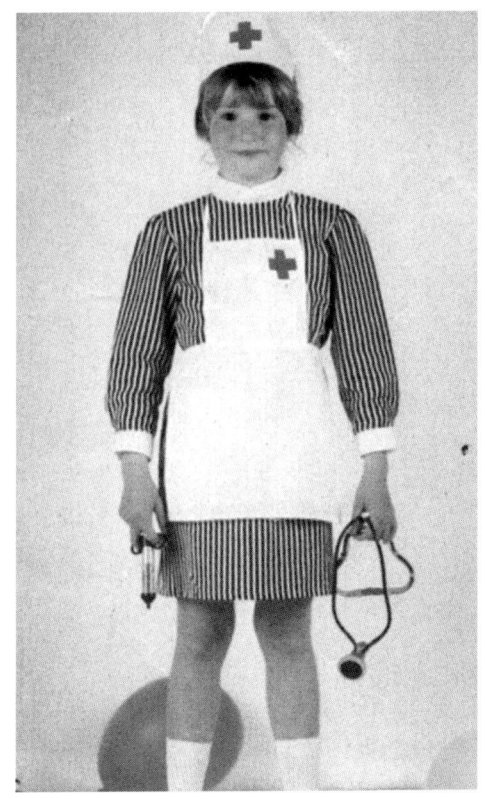

Seiten vor Toresschluß wird dem fiesen Daniel Etters noch schnell durch einen herabstürzenden Felsbrocken der Genitalapparat, der im Laufe des Romans freilich nie zum Einsatz kommt, »zu Mus zermalmt«: eins der bei Karl May so beliebten Gottesurteile. Zwar steht auch diesmal Old Shatterhand als Beichtvater bereit, doch Etters kennt keine Reue und muß ohne Absolution zur Hölle fahren. Es folgt das Happy End, und Kolma Puschi, ein als »Indsman« verkleidetes Frauenzimmer, darf ihre verschollenen Söhne, das Brüderpaar Schahko Matto/Old Surehand, nach knapp zweitausend Seiten in die Arme schließen.

»Meine Werke«, sagt Karl May, »sind, man kann das wörtlich nehmen, mit meinem Blute aus den Wunden geflossen, deren Narben ich noch heut an meinem Körper trage.« Die Bemerkung läßt an die großen Stigmatisierten denken. An Personen der Zeitgeschichte wie Christina von Stommeln oder die berühmte Resl von Konnersreuth († 1962), die immer wieder freitags wie auf Kommando aus allen Löchern blutete (das schwer zu fassende Phänomen wurde von Luise Rinser in ihrem Frühwerk *Die Wahrheit über Konnersreuth* bis aufs i-Tüpfelchen untersucht).

Blutiger Freitag:
Resl von
Konnersreuth

Es mag Ende der Sechziger Jahre gewesen sein. In die Gemeinschaft der Gläubigen war ich längst feierlich aufgenommen. Der Weiße Sonntag, das Fest der Erstkommunion, lag glücklich hinter mir, und Christus hatte sich mir bereits mehrfach im »Gastmahl der Liebe« geschenkt, als ich eine weitere wichtige Initiation erfuhr. Die Tür neben dem Weihwasserbecken tat sich auf und ein Mann trat mit verheißungsvollem Lächeln ins Kinderzimmer. In den Händen hatte er ein dickes grünes Buch. Ich lag fiebernd im Bett, und wie durch Watte hörte ich die magischen Worte meines Vaters: »Die ersten 50 Seiten sind langweilig – aber dann!« Er reichte mir das kostbare Werk – auf dem Titel stand *Durch die Wüste* – und ich wußte: Es ist kein Traum! Endlich bin ich reif für Karl May!

Ab da habe ich alle grünen Bände verschlungen, die Großeltern oder Patentanten auf den Gabentisch legten, bis eines Tages andere Leidenschaften (Michel Vaillant, *Rock-Lexikon*) in den Vordergrund traten und ich Karl May – wie es schien, für immer – aus den Augen verlor.

Im November 2005 hatte ich plötzlich einen Rückfall, wie aus heiterem Himmel, und in den folgenden Monaten stopfte ich rund 11.000 Seiten *Gesammelte Reiseerzählungen* in mich hinein. Eine gewaltige Leseleistung, die, wenn

Weihnacht bei Familie Storch

ich mich nicht verrechnet habe, etwa der Roger Willemsens entspricht, der die magische Zahl von 23 Bänden durchgeackert haben muß, um sie in Hunderte von Knüttelversen zu verwandeln. Das Ergebnis (*Ein Schuß, ein Schrei. Das Meiste von Karl May*) schwankt zwischen lachhaft und plemplem: »Scheint der Mensch auch schnellverderblich, / wirkt doch Winnetou unsterblich, / kämpft fürs Gute unverdrossen, / wird auch dabei Blut vergossen.« Und so weiter und so fort.

Wer war der Mann, der seine Ich-Helden als galoppierende Beichtväter durch die »dark and bloody grounds« hetzte, durch die Gluthöllen der afrikanischen Wüste, und dem Egon Erwin Kisch, Ernst Bloch und George Grosz zu Füßen lagen? Der auf Abertausenden von Seiten seinen Helden das Lasso schwingen läßt wie ein Weihrauchfaß, getrieben vom Geheimnis des Glaubens und vom Wort, das Fleisch geworden ist? Und der Genitalapparate wie Walnüsse zertrümmert?

Eines Tages darf Winnetou, den blauschimmernden Schopf unter einem Zylinderhut verborgen, seinen Blutsbruder »Scharlieh« im Dresdner Gesangsverein besuchen: In seinem dreibändigen Roman *Satan und Ischariot* (1893–1896) feiert der Erzähler mit sich selbst das Fest

Der Autor bei seiner ersten heiligen Kommunion

der Dreifaltigkeit: Old Shatterhand (Amerika), Kara Ben Nemsi (Afrika) und Karl May (Europa) werden auf dem Papier erstmals zum Dreibund erhoben. Im wirklichen Leben hatte Karl May sich zu dieser Zeit längst zur Trinität bekannt.

»Ich bin mit Narben bedeckt wie ein Soldat der alten Garde Napoleons I.«, schreibt mit einer Hand, die »die Waffe mehr gewohnt als die Feder« ist, der Dichter bereits am 14. November 1893 an den Afrikamissionar L. Martin. Bald verliert er alle Scheu: Der berühmteste aller Westmänner, dessen Kugel nie fehlgeht, der mit der geballten Faust den stärksten Feind fällt und »sogar dem Neger« die Hand reicht (*Der Sohn des Bärenjägers*), tritt ab Frühjahr 1897 selbstbewußt und wie Gott ihn schuf vor seine Leser.

»Der rote Gentleman«: Winnetou

Der Sohn des Bärenjägers (Bleistiftzeichnung von Wenzel Storch)

Vergnügungsreisen durch Deutschland und Österreich führen die »alte Schmetterhand« alias Kara Ben Nemsi Effendi zu besonders treuen Fans. Auch wenn der liebe Gott ihm nur »die Hände eines Künstlers, fast Frauenhände« (Elisabeth Larson) verliehen hat, Karl May versichert dennoch glaubhaft, mit seinen Greifwerkzeugen »jüngst einem Fürwitzigen beinahe die Hand zerquetscht« zu haben (»Schier ungläubig sah das Auge auf die harmlos scheinende Hand«, berichtet der erstaunte junge Priester Wilhelm Scherer, »die sich zum Fausthieb ballen konnte, dessen Wirkung von Bewußtlosigkeit bis zum Nimmererwachen vom Besitzer genau berechnet wurde«). Und die etwas krummen Beine? Nun, die kommen »vom vielen Reiten«.

O-Beine »vom vielen Reiten«:
Kara Ben Nemsi Effendi

Gern hebt Karl May das Hosenbein, um Schuß- und Pfeilnarben vorzuzeigen. Oder er zeigt seine Muckis, stemmt Tische und verblüfft, wie im Münchner Café Luitpold, gutgläubige Leser mit ausgesuchten Eßgewohnheiten: »May vertilgte nach seiner eigenen Aussprache täglich oft 10–14 Pfd. Fleisch« und sei oft »gezwungen, dasselbe roh zu essen«, nicht ohne es vorher unter dem Sattel weichzureiten. Er habe »fast sämtliche religiösen Werke und die ältesten Lehren der Völker in ihrem Urtext gelesen« und führe auf weiten Reisen über 1.700 Patronen mit sich, die er alle während seiner freien Zeit selber mache, wie Ernst Abel beeindruckt in seinen Erinnerungen vermerkt. Außerdem verstehe der Autodidakt, meldet der *Bayerische Courier* am 10. Juli 1897, »über 1.200 Sprachen und Dialekte«. In Selbstauskünften ist May meist bescheidener: »Ich spreche und schreibe: Französisch, englisch, italienisch, spanisch, griechisch, lateinisch, hebräisch, rumänisch, arabisch 6 Dialekte, persisch, kurdisch 2 Dialekte, chinesisch 2 Dialekte, malayisch, Namaqua, einige Sunda-Idiome, Suaheli, Hindostanisch, türkisch und die Indianersprachen der Sioux, Apachen, Komantschen, Snakes, Utahs, Kiowas nebst dem Ketschumany 3 südamerikanische Dialekte. Lappländisch will ich nicht mitzählen«, teilt er am 2. November 1894 dem sechzehnjährigen Carl Jung auf Anfrage mit.

Karl May auf dem Kriegspfad: »Wie die Schwimmer von einem Schwimmkrampfe sprechen, so reden die Westmänner von einem Anschleichekrampfe, welcher gar nicht weniger gefährlich ist als der erstere.«

Der Weltläufer, der bislang über seine sächsische Heimat kaum hinausgekommen ist, beginnt Massenaudienzen zu veranstalten, wobei der Andrang so groß wird, daß seine Verehrer ein paar Mal mit der Wasserspritze verscheucht werden müssen, daneben pflegt er einen regen Briefwechsel. »Verzeihen Sie, daß ich nicht eher antworten konnte. Ich war zur Auerochsenjagd in den Kaukasus geladen, wo man Old Shatterhand (also mich) schießen sehen wollte. Und nun liegen hier daheim ca. 4000 Briefe von Lesern welche alle Antwort haben wollen«, läßt er Neugierige wissen, und dem geistlichen Direktor des Konvikts zu Montabaur vermacht er »einige in einem Glasröhrchen sorgfältig verschlossene tiefschwarze Haare aus Winnetous Haarschopf« – in Wahrheit ausgezupftes Pferdehaar.

»Ich schwang ihn mir einigemale um den Kopf«: Aus Old Surehand I

Im Januar 1896 bezieht May, der als Nachfolger Winnetous – der Apatschenhäuptling ist am 2. September 1874 nach einer Nottaufe verschieden: »Ich habe ihn, da kein Wasser da war, mit seinem eigenen Blute getauft« – angeblich Oberbefehlshaber von 35.000 roten Kriegern ist, endlich auch eine standesgemäße Residenz. An der Fassade wird ein goldener Schriftzug angebracht: »Villa Shatterhand«. In seinem Arbeitszimmer wimmeln –

Vorne rechts die mit Menschenblut getränkte Häuptlingsflagge: Karl May in seinem Arbeitszimmer

Bernhard Grzimek, Heinz Sielmann und Horst Stern würden die Hände über dem Kopf zusammenschlagen – selbstgeschossene Bären, Löwen und Panther, und am Schreibtisch flattert die Häuptlingsflagge: »mit Menschenblut bemalt, jedes Viereck mit dem Blute eines Feindes, den ich im Nahekampf mit dem Messer erlegt habe«. Hier schreibt der Mann, der als Kettenraucher (Zigarre) nur ein Zündholz am Tag verbraucht, seine wortgewaltigen Scharteken. Und unterhält sich nach Auskunft seiner Frau oft lautstark lachend und weinend mit den Ausgeburten seiner Phantasie.

»Old Shatterhand gehört zu demjenigen Stamme der Bleichgesichter, welcher noch niemals das Kriegsbeil gegen die roten Krieger geschwungen hat«, so erläutert Winnetou einem skeptischen Shoshonenhäuptling in *Der Sohn des Bärenjägers* die Herkunft seines weißen Bruders. »Wie heißt dieser Stamm?« – »Es ist der Stamm der Deuscheh, welcher weit im Osten jenseits des großen Wassers wohnt.« – »Er ist dessen Häuptling?« – »Nein. Die Krieger der Deuscheh haben mehrere Häuptlinge, welche Kön-ig genannt werden; der oberste Häuptling aber wird Kai-sa genannt. Er ist ein alter,

Karl May mit seinem »Bärentöter«

kluger, tapferer Krieger, der in allen Kämpfen gesiegt und doch niemals einen Skalp genommen hat.«

Dieser Kai-sa, dessen Roß laut Winnetou vor Freude zittert, wenn sein Herr in den Sattel steigt, soll schon bald reich beschenkt werden. Der Reiseschriftsteller will sein Henry-Repetiergewehr Wilhelm dem Zweiten »für Militärzwecke zur Verfügung stellen«. Eine Zauberflinte, mit der man »100 Schüsse per Minute abzugeben vermag, ohne daß der Lauf heiß wird«. So steht's nicht im *Bärenjäger*, sondern im *Bayerischen Courier* vom 7. Juli 1897. Vorher müsse er sich in den Rocky Mountains noch einen Grizzly holen: »Dann aber werde ich vor den deutschen Kaiser treten: ›Majestät, wir wollen einmal miteinander schießen.‹ Ich werde ihm meinen Henrystutzen vorführen. Derselbe wird in der gesamten deutschen Armee eingeführt werden, und kein Volk der Erde wird dann je den Deutschen widerstehen können.«

Daß mit den Deutschen nicht zu spaßen ist, wissen die Schurken der Savannen und Felsenberge nur zu gut: Immerhin hat jeder zweite Westmann einen deutschen Paß. Sam Hawkens, der Hobble-Frank oder die Tante Droll (bürgerlich: Sebastian Melchior Pampel) sind wie Old Shatterhand geborene Sachsen. Ob der dicke Jemmy (Jakob Pfefferkorn), die Vettern Timpe und Klekih-petra, der Hauslehrer Winnetous und Nscho-tschis, alles wackere Landsmänner. Und Old Firehand ist gar ein ehemaliger deutscher Oberförster.

Um das Leben im Dschungel zu überstehen, muß man robust sein

Besonders bunt geht es in *El Sendador* zu, der neben *Old Surehand* und dem sogenannten *Orientzyklus* besten der *Gesammelten Reiseerzählungen*. Im wilden Gran Chaco läßt Karl May seinen Ich-Helden von einem indianischen »Damenbataillon« mit nicht enden wollenden »Deutschland hoch«-Rufen empfangen – im Urwald herrschen bald darauf Zustände wie während der letzten Fußballweltmeisterschaft.

Der »alte Desierto«, der versteckt in einer Totenkopfhöhle haust, stammt aus Schleswig-Holstein, und in seinem Rosengarten kommt es zu rührenden Szenen: Man gibt sich reihum als deutschblütig zu erkennen. Was Wunder, daß auch Unica, die Herrin der Toba-Indianer, ein fehlerfreies Deutsch spricht, gerade so, als würde sie »aus München oder Wiesbaden stammen«. Man ist entzückt: »Wettermädchen! So eine Indianerin ist mir freilich noch nicht vorgekommen.« Und am Ende des drolligen Schmökers läßt das Wettermädchen Gran Chaco Gran Chaco sein und folgt ihrem Verlobten, dem Chinarindensammler Adolfo Horno, freudig heim ins Reich. Denn hinter Adolfo Horno verbirgt sich ein Deutsch-Österreicher namens Adolf Horn.

In der Totenkopfhöhle: Szene aus El Sendador

»Die ganze hohe und höchste Aristo-kratie ist begeistert«: Emma May

Zurück in die Wirklichkeit: Inzwischen reißt sich auch der Adel um den vermeint-lichen Savannenläufer, zunächst in der frisch-gebackenen Donaumonarchie. Der Kammer-vorsteher der Erzherzogin Maria Theresia geb. Infantin von Portugal, Graf Ladislaus Cavriani, lädt »Euer Wohlgeboren« May zur Audienz ins Palais Carl Ludwig ein, wo er »außer ihrer kais. Hoheit auch höchstderen Töchter Maria-Annunziata und Elisabeth« zum Gedanken-austausch trifft und munter Autogramme ver-teilt. Am nächsten Tag heißt es: Gabelfrüh-stück im Hause Windisch-Grätz. Ob Louise Gräfin Jankovics Montbel, Pia Baronin von der Kettenburg oder Octavia Gräfin von Strach-witz – fünf Wochen lang ist das Ehepaar May tagsüber in den ersten Häusern zu Gast, nachts beobachtet Mays Gattin Emma den auf der anderen Hotelseite gelegenen Puff.

Die Stimmung ist prächtig, und man stielt sogar dem ebenfalls in Wien weilen-den Mark Twain die Show: »Die ganze hohe und höchste Aristokratie ist begeistert und will Old Shatterhand sehen« (Emma May an Agnes Seyler, 1.3.98). Dem wird's zuviel, und ein »erbliches Hämorrhoidalleiden« (so das Zentrumsblatt *Tremonia*) streckt den Westmann nieder, aber »sogar an meinem Krankenbette saßen Fürsten, Fürstinnen und Prinzessinnen stundenlang«.

Kaum genesen, schneit Besuch von der Klosterschule St. Ursula herein, und auch der Hofkaplan Dr. Heinrich Swoboda (»Es handelt sich mir um einige für die

Jeder Dritte hat sie: Hämorrhoiden sind ein echtes Volksleiden.

Liturgie interessante Details des orientalischen Reisecostümes«) bittet zu einer kurzen Besprechung in die *Goldene Ente*. May wird Mitglied der Leo-Gesellschaft, in der er vom Bischof von Trikala, dem »hochw. apostolischen Feldvicar« Dr. Koloman Belopotoczky, stürmisch begrüßt wird. Hier erklärt er, warum er jene Abenteuer, die er in deutschen Landen erlebt, füglich für sich behält: »Ich muß mich eben hier auch mehr zusammennehmen, um nicht in Zusammenstoß mit der Polizei, mit der Gesellschaft, mit den Irrenanstalten zu kommen.«

Wenig später defilieren »in einer langen langen Audienz alle Glieder des bayrischen Königshauses« an ihm vorbei: »Alles liest May!« Willig läßt sich Old Shatterhand die Sporen küssen, doch schon bald sollten sich dunkle Gewitterwolken über dem Präriejäger zusammenziehen.

Wer das an Kapriolen reiche Leben des Dr. Karl May mit all seinen Albernheiten und Possen, aber auch mit all seiner Drangsal und seinem Jammer miterleben will, kann das neuerdings tun, er muß sich nur durch die 3.000-seitige *Karl-May-Chronik* wühlen. Karl May Tag für Tag, kürzlich erschienen im sogenannten Karl-May-Verlag, der das Lebenswerk seines Namenspatrons – inzwischen sind's runde 90 Bände – jahrzehntelang monopolartig betreute, dabei nach Herzenslust ausweidete und verstümmelte.

Um der Jugend eine Freude zu bereiten, wurden Fremdworte und unnötige Roheiten behutsam getilgt, zum Beispiel die schöne Stelle, an der der jähzornige

Der junge Dichter um 1885

Winnetou auf dem Weg zum Silbersee einem pampigen Utah-Häuptling »die Hirnschale« zertritt. Beeindruckend brutal geht es auch in *Das Waldröschen oder Die Rächerjagd rund um die Erde* zu. In diesem unter Decknamen erschienenem »Enthüllungsroman über die Geheimnisse der menschlichen Gesellschaft« werden von Karl May auf 2.612 Seiten – Gewaltfreunde hergehört! – 2.293 Menschen getötet. Respekt!

Auch den gelegentlichen Frivolitäten in Mays anonym erschienenen Kolportageromanen rückte man unerschrocken zu Leibe. »Wohl aber vermesse ich mich, die ganzen unsittlichen Bände in kurzer Zeit von allen Schlacken zu säubern, indem ich einfach die schamverletzenden Busen absäble«, lautete die Losung des Verlegers Dr. Euchar Albrecht Schmid, unter dessen beherzter Ägide Teile des Werks von Fachleuten, darunter ein fleißiger Kaplan, neu geschrieben wurden.

Ab 1935 lag Mays pazifistisches Alterswerk *Winnetou IV* in einer nagelneuen, schneidigen und »rasseechten« Version vor. Die Rothäute durften sich nun zu

»völklichem Schlaf« niederlegen und litten am »Fluch einer unheldischen Zeit« (»sie entnervt ihr Geschlecht«). Und pünktlich zum Zweiten Weltkrieg erschienen Teile von Mays Kolportageroman *Der verlorne Sohn oder Der Fürst des Elends* in einer antisemitisch aufgepeppten Fassung, die es, nur leicht bearbeitet, noch bis 1995 zu kaufen gab. Und die Rio Reiser zu dem Gassenhauer *Der Fremde aus Indien* inspirierte, nachzuhören auf der Schallplatte *Ton Steine Scherben IV*.

Winnetous Himmelfahrt: Deckelbild von Sascha Schneider, 1904

Blutsbrüder: Winnetou und »Scharlieh«

Lesen sie weiter auf Seite 113: Wie alles gut wird gut und die historisch-kritische Ausgabe erscheint. Und was Jim Knopf, Aleister Crowley und Wolfgang Mischnick mit Karl May zu tun haben.

NINO DE WURSTELO

Dreiundzwanzig Filzstiftgemälde,
drei Fotomontagen, eine Buntpapierphantasie
und zwei Bastelarbeiten

Meine schöne Nachbarin

Stadtwerke Hildesheim

In Bed With Petra Pau

Die Heilige Dreifaltigkeit (Eine Buntpapierphantasie)

Wolken

Frau Luna

Verkehrsschild aus der guten alten Zeit

Entwurf für eine »Scheiße«-Tapete

Toffes Muster

Original Wim-Thoelke-Kumpel-Ofen (Klinkertapete und Edelholz-Dekofolie mit den echten Augen von Wim Thoelke aus »Hörzu«)

Schmetterlinge können nicht weinen (Bastelarbeit für Jürgen Marcus)

African Queen (rechts und links: Jim Knopf)

Es war der Sommerwind (für Thekla Carola Wied)

Es war der Sommerwind 2

Sessel

Couch

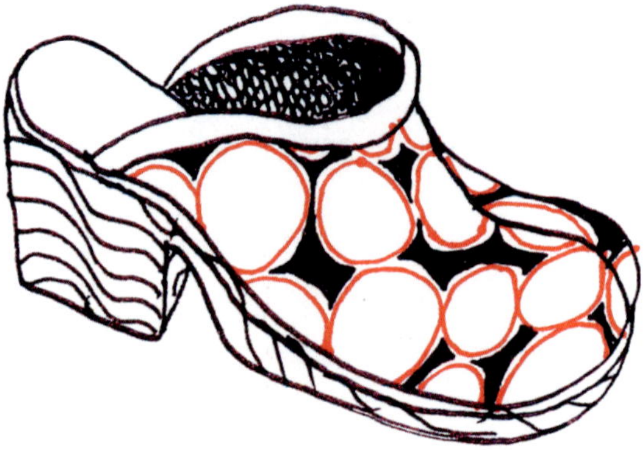

Clogs

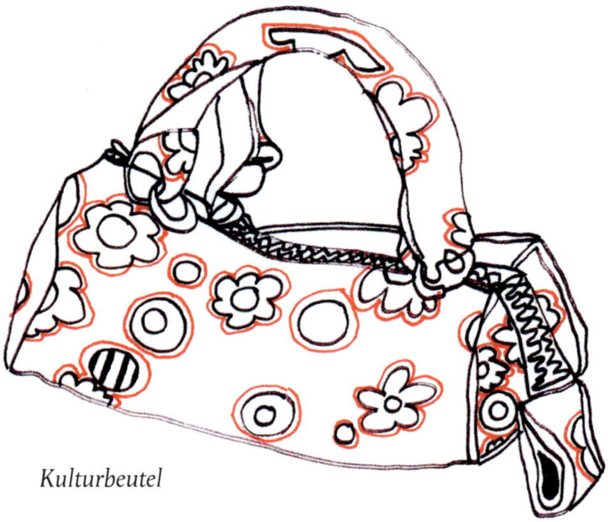

Kulturbeutel

Musiktruhe

Elke Sommer

Nino de Wurstelo (der einzige Schlagersänger, der sich auf Wurst reimt)

Die Heilige Familie 1

Die Heilige Familie 2

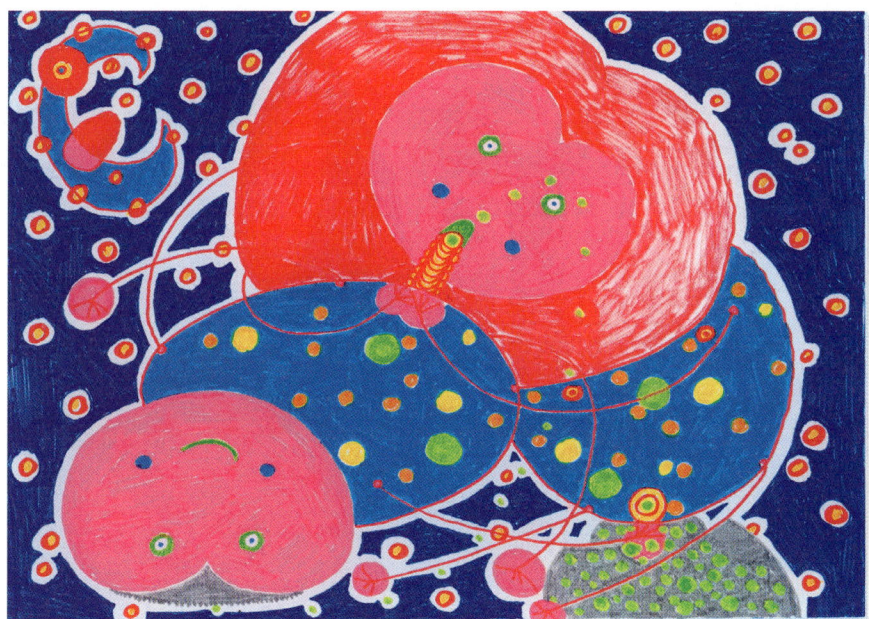

Die Heilige Familie 3

Mein Freund, der Baum

*Glockenhose
blau*

*Glockenhose
grün*

*Glockenhose
flieder*

Herzlichen Glückwunsch!
John Holmes wird 60

ZENTAURENSEX IN DER DAMPFSAUNA

*Was haben Jim Knopf, Aleister Crowley
und Wolfgang Mischnick mit Karl May zu tun?*

»Wäre ich ein Junge gewesen, hätte ich Karl Mays Werke verschlungen.«
Karin Struck

»Wenn ich eine Frau wäre, würde ich mich heiraten.«
Werner Höfer

Vor genau zwanzig Jahren erschien mit *Der Schatz im Silbersee* der erste Band der auf 99 Bände angelegten historisch-kritischen Karl-May-Ausgabe. Die »Predigten an die Völker, welche noch nach Jahrhunderten nicht verhallen werden« (Karl Emil Göttelmann), liegen im Urtext inzwischen weitgehend als Reprint oder digital auf 71.000 Bildschirmseiten vor. Die Exegeten klettern wie trunken in den Schluchten der Werke herum, mal mit, mal ohne Seil. *Mays Droschkenparabel und das Enneagramm oder Die Gottesgeburt in der Seele des Menschen, Old Shatterhands Berceuse oder die Ballade vom dozierenden Säugling in Rondoform, Babel und Bibel. Ansätze zur feministischen Theologie im Erlösungsdrama Karl Mays*: nichts bleibt unerforscht. Heute weiß man nahezu alles über »Behaustheitsphantasien« und »Hosenrollen im Werk Karl Mays«, zu schweigen von »Mays Kußgewohnheiten« und Wichsverhalten. Ihm sei das Glück beschieden, »in einem Aktenband den Nachweis zu entdecken, daß der Seminarzögling May Masturbation betrieben hat«, freut sich 1963 der May-Forscher

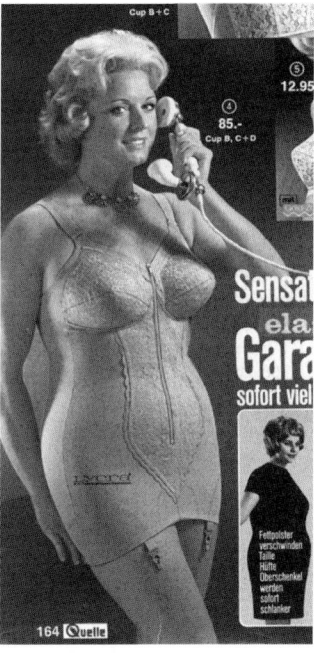

Wichsvorlage, letztes Jahrhundert

Hainer Plaul, und in *Lektüre und Onanie.*
Das Beispiel des jungen Karl May auf dem Se-
minar in Plauen wird noch fünfunddreißig
Jahre später der »Onanisten-Karriere«
Karl Mays behutsam nachgespürt.

Fröhliche Wissenschaft! Schuldlos los-
getreten hat die Forscherlawine in den
sechziger Jahren Arno Schmidt mit *Sitara*
und der Weg dorthin. Schmidts *Studie über*
Wesen, Werk & Wirkung Karl Mays bleibt
bis heute die beste Untersuchung zum
Thema, nicht zuletzt, weil Schmidts For-
schungsergebnisse möglicherweise einfach Quatsch sind. Sein Befund lautet,
leicht verkürzt und etwas salopp formuliert: Während bei Herrschaften wie
Adalbert Stifter (*Witiko*) die Reise über
allerlei Tittengebirge meist in Richtung
Vulva gehe, ritten Mays Helden durch
eine »Welt, aus Hintern erbaut«, mehr
oder weniger schnurstracks ins nächst-

Mit Arno Schmidt unterwegs im Wilden Westen

beste Arschloch hinein, falls nicht zufällig ein Abstecher zum »Loch der alten Frau« (*Old Surehand III*) zu bemeistern sei. Ob Wilder Westen oder Orient, für Schmidt alles eine kunterbunte Mischung aus schwuler Dampfsauna und Swingerclub am »Herrenüberschußabend«, mit Schwerpunkt Damen ab 60. Und Kara Ben Nemsis treuer Diener Hadschi Halef Omar? Der liebenswürdige kleine Kerl ist nichts weiter als des Dichters eigener kregler Schwanz: »Halef Ben Penis Ibn Phallus«.

Bereits Jahre vor *Sitara* hatte Arno Schmidt in *Die Gelehrtenrepublik*, seinem »Kurzroman aus den Roßbreiten«, dem Ich-Erzähler Charles Henry Winer eine der bizarrsten Frauengestalten Karl Mays als Konkubine beigesellt: die behaarte Riesin Taldscha, zu deutsch »Schneeglöckchen«. Die Taldscha aus dem Spätwerk *Ardistan und Dschinnistan* (1907–09) ist »eine jener tief und edel angelegten Frauen«, von denen Mays Alterswerk überquillt. Sie gehört zu den »wirklichen ›Haarmenschen‹« – nur Nasenspitze und Augen gucken raus – und erinnert verdammt an Big Foot von Robert Crumb.

Crumb goes May:
Whiteman und Big Foot

Arno Schmidt läßt dem weiblichen Koloß zwar seinen Namen (»Ssáldscha, mit mittelscharf gelispeltem ›Ss‹ am Anfang«), verwandelt ihn aber für seine Zwecke in eine Zentaurin (»4 schlanke Beine. / Und vorne dran eben ein nacktes Mädchen«), die den Ich-Erzähler sexuell so fordert, daß am Ende nur noch Brennesseln helfen: Routiniert wird die Vorhaut zurückgezogen und Winer läßt sich von seinem Pferdemädchen mit Nesselstauden einreiben (»ein uralter Zentaurentrick«). Eine Textstelle, die auch Konstantin Wecker gelesen haben wird, denn in seinem Roman *Uferlos* macht er alles genau nach – allerdings mit Kokain – und hat zur Belohnung »den Ständer des Jahrhunderts«.

Ständer des Jahrhunderts durch uralten Zentaurentrick: Wecker

Doch zurück ins wirkliche Leben: Kurz vor der Jahrhundertwende befindet sich Karl May auf dem Höhepunkt seines Erfolges. Der Präriejäger schmiedet große Pläne und meldet seinem Verleger Fehsenfeld, man erwarte sein nächstes Werk, Band 25 der *Gesammelten Reiseerzählungen*, »mit Schmerzen«, denn es habe »eine wohlvorbereitete, großartige Bewegung auf religiös-ethisch-sozialem Gebiete« einzuleiten, »an deren Spitze sich der Königl. Hof in München mit allen Gliedern des Wittelsbacher Hauses stellen wird«. Der Verleger – der Briefwechsel mit Friedrich Ernst Fehsenfeld wird, so Gott will, bald komplett im Karl-May-Verlag vorliegen – versteht, wie übrigens häufig, nur Bahnhof, weil die Briefe seines Zugpferds, dem er bei Erscheinen des 25. Bandes einst ein Jagdschloß versprochen hat und in dem er immer noch den leibhaftigen Old Shatterhand/Kara Ben Nemsi vermutet, immer verstiegener werden.

Der Dichter als Kara Ben Nemsi

May plant inzwischen wahrhaftig eine Orientreise und sticht am 4. April 1899 – er hat angeblich »vier Kisten voll Geschenke« für Hadschi Halef Omar dabei und vorsichtshalber sein Testament gemacht – mit dem Reichspostdampfer Preußen in See.

»Karl der Lügner«: May als Old Shatterhand, 1896

Während Deutschlands und Österreichs Fürstenhäuser für ihn beten, erleidet der Dichter, weitab vom Vaterland, einen Kulturschock nach dem anderen und verschickt, um nicht durchzudrehen, Hunderte von Ansichtskarten. Natürlich made in Germany: »Ich kaufe auf meinen Auslandsreisen derartige Druckerzeugnisse ausdrücklich nur, wenn deutschen Ursprungs«, erläutert er einem verdutzten Gehilfen, als er in Kairo eine halbe deutsche Bücherstube leerkauft.

Daheim gerät derweil die Old-Shatterhand-Legende bedrohlich ins Wanken. Die Presse fällt über »Karl den Lügner« her und langsam kommt auch ans Licht, daß die fünf umfangreichen Hintertreppenromane, die zwischen 1882 und 1888 unter so putzigen Decknamen wie Capitain Ramon Diaz de la Escosura beim Verlag H. G. Münchmeyer erschienen sind (in der historisch-kritischen Ausgabe füllen sie allein 29 Bände), aus Mays Feder stammen. Das Geschrei ist groß, denn angeblich wimmeln die Kitschromane von Lüsternheiten, Nuditäten und Kokotterien. In Wahrheit handelt es sich um tollen Schund voller Förstersöhne, Zwingherrn und Canaillen, durch harmlose Pikanterien – hier und da wogt mal zaghaft ein Busen – etwas aufgelockert.

Kuriosität am Rande: Weil die May-Gemeinde mehrheitlich mit dem Ende des Kolportageromans *Deutsche Herzen, Deutsche Helden* (1885–1888) unzufrieden ist – der Roman war nach dem Vorbild des *Felix Krull* weit offen stehengeblieben –, macht sich ein Sohn des FDP-Politikers Wolfgang Mischnick ein Jahrhundert später an die schwierige Aufgabe, die zahlreichen, in der Luft hängenden Handlungsstränge zu verknüpfen und den dreitausendseitigen Roman fertigzustellen. Harald Mischnicks Opus, in dem das üppige Personal rund um Lord Eagle-nest (Kalyna, Zykyma, Badija usw.) noch einmal mit dem Busen wippt, erschien unter dem Titel *Das letzte Rencontre* und ist längst vergriffen, aber vielleicht bei der FDP noch erhältlich.

*Das letzte Rencontre
(Bleistiftzeichnung von
Wenzel Storch, Winter 1985)*

Als Karl May nach 16 Monaten als neuer Mensch und als »das gerade Gegentheil vom früheren Karl« aus dem Orient zurückkehrt (den alten habe er selbst »mit großer Ceremonie« im Roten Meer versenkt), gilt er in der Heimat als Schwindler und Sittenverderber. Seine Vorstrafen – May hatte sich in seiner Jugend zu ein paar lustigen Hochstapeleien hinreißen lassen – werden ans Licht der Öffentlichkeit gezerrt und eine beispiellose Hetzjagd beginnt. Egon Erwin Kisch, Erich Mühsam und manch anderer springt ihm publizistisch bei; auch Karl Liebknecht, der die Winnetou-Bücher »immer wieder gerne« zur Hand nimmt, steht treu an seiner Seite. Allein, was hilft's? Mays Verdienste sind mit einem Schlag vergessen.

»Abertausende theilen mir z. B. mit, daß sie früher Sozialdemokraten waren, jetzt aber, nachdem sie meine Bände gelesen haben, brave Menschen und gute Unterthanen sind«, hatte er noch eben einem Berliner Buchhändler vermelden können, ja sogar: »Ein regierender Herr, der das weiß und viele derartige Zuschriften selbst gelesen hat, sagte kürzlich zu mir: ›Sie wissen gar nicht, was wir Ihnen zu danken haben.‹« Und nun? Selbst Mutter Kirche läßt ihn fallen wie eine heiße Kartoffel. Hatte es bislang Einladungen geregnet, hatten Domkapitulare und »Geheimkämmerer Seiner Heiligkeit« ihn umschwärmt, hatten die deutschen Bischöfe seine Werke mit »Empfehlenden Worten« bedacht und fanatisierte Mönche sogar Raubdrucke seiner Werke angefertigt – Deutschlands Gottesmänner wenden sich jetzt jäh und brüsk ab. Den Herrschaften mag freilich schon so manches durch den Kopf gegangen sein: Als bei einer Gesellschaft des Verlegers Pustet – von ferne läutet das Aveglöcklein – einmal spontan der »Engel des Herrn« gebetet wird, wundert sich nicht nur der anwesende junge Priester über das Verhalten des vermeintlich römisch-katholischen Dichters. Der benutzt nämlich die falsche Hand, um damit ungelenk »ein Kreuzzeichen nachzumachen«.

Mays Christentum steht offenbar auf wackeligen Beinen. Statt sonntags zum

Im Reich der Edelmenschen: Karl May im Kreis seiner Freunde, um 1904

Hochamt zu gehen, hält der Savannenläufer, der seine Räuberpistolen am liebsten in katholischen Blättern wie dem *Deutschen Hausschatz* oder der Knabenzeitschrift *Der gute Kamerad* veröffentlicht, in seiner Villa Shatterhand spiritistische Sitzungen ab. Dort geht es hinter zugezogenen Vorhängen drunter und drüber. Im Verlauf der Séancen regnen frische Blumen von der Decke, der Geist des »alten Dessauers« erscheint, um polternd den Tisch umzuwerfen, und auch das seinerzeit bekannte »sächsische Blumenmedium« schaut kurz mal rein, wird vom Kenner May

allerdings als Schwindlerin »ent-larvt«. Nur Aleister Crowley, der König der Magier, läßt sich nicht blicken: Der kraxelt in jenen Jahren lieber in den Schweizer Alpen herum.

Jetzt, da er von allen Seiten »drohende Revolver« auf sich gerichtet sieht, bereut der greise May den Größenwahn vergangener Tage und zieht sich ins Schneckenhaus seines Spätwerks zurück. Hier flüchtet er sich in Fegefeuerallegorien und liefert sich symbolische Gefechte mit seinen Erzfeinden. Die Leser sind verstört, denn statt Wigwams und Marterpfählen stehen neuerdings Hohe Häuser in der Gegend herum, und man muß sich auf ver-

Seltenes Photodokument: Aleister Crowley als chinesischer Gott des Lächelns

steinerte Gebete, verkalkte Seelen und eingemauerte Herrgötter gefaßt machen (*Im Reiche des silbernen Löwen III* und *IV*). Und May kann's nicht lassen: In einer anonymen Selbstrezension, die als Waschzettel des Fehsenfeld-Verlags erscheint, feiert er sich als neuen »Rätsellöser«. Dort heißt es selbstbewußt: »Er führt seine treue Gemeinde, nachdem er sie durch seine ersten, leichtgeschriebenen Bände gewonnen hat, aus den Niederungen des Lebens empor zu Wichtigerem und Schwererem.« Sein neuestes Werk *Ardistan und Dschinnistan* (das mit den Haarmenschen) liefert nicht nur »granitene, marmorene, alabasterne und goldene Kolossalgedanken«, es lockt auch mit der »glückverheißenden Beantwortung aller gegenwärtig aufgeworfenen ›Menschheitsfragen‹«, inklusive der Frage Nummer eins. »Vor allen Dingen soll darauf hingewiesen sein, daß der Verfasser in diesen beiden Bänden die Absicht verfolgt, die Frage des Weltfriedens zur Lösung zu bringen. Die Lösung ist zwar außerordentlich frappierend, aber so einfach und selbstverständlich, daß sich der Leser baß verwundert, sie nicht selbst schon längst gefunden zu haben.« Die Lösung soll an dieser Stelle nicht verraten werden, Interessierte sollten sich aber darauf einstellen, daß auch dieser Roman nach rund tausend Seiten einfach abbricht und »weit offen« (Th. Mann) stehenbleibt.

Was ja nicht das schlechteste sein muß. Hätte Michael Ende sein Sequel zu *Jim Knopf und Lukas, der Lokomotivführer* nicht vollendet, dem Leser wäre der Schock der letzten Seiten erspart geblieben: In *Jim Knopf und die Wilde 13* erfährt man, daß Lukas' bester Freund in Wahrheit Prinz Myrrhen heißt und vom Mohrenkönig Kaspar (bekannt aus Matthäus 2) abstammt. Jim Knopf ein Urenkel der Heiligen Drei Könige – ich weiß noch, daß ich als Kind fast gekotzt hätte.

*Prinz Myrrhen
(Filzstiftzeichnung
von Wenzel Storch)*

Am Ende seines Lebens geht Karl May noch einmal auf Tour. In Augsburg predigt er im Dezember 1909 über »Sitara, das Land der Menschheitsseele« und im Wiener Sophiensaal macht er am 22. März 1912, eine Woche vor seinem Tode, vor zwei- bis dreitausend Zuschauern den ganz großen Topf auf: Darin schwimmen neben *peace, love and happiness* sämtliche Religionen der Welt und zahlreiche Glückskekse. Das Publikum ist erlesen. Außer Bertha von Suttner spitzen angeblich Georg Trakl, Heinrich Mann und Karl Kraus die Ohren. Und noch jemand lauscht der Legende zufolge gebannt: der spätere »Führer« Adolf Hitler. Der in zweistündiger freier Rede gehaltene Vortrag trägt den operettenhaften Titel »Empor ins Reich der Edelmenschen!«.

Was den Wüsten- und Wildwestpoeten auf seine alten Tage offenbar umtreibt, ist eine bunte Mischung aus Bergpredigt, Science Fiction und einem irgendwie urgemütlichen Germanentum. Schon in seiner Reiseerzählung *Satan und Ischariot* hatte er in Betrachtung eines undankbaren mexikanischen Haziendero betrübt feststellen müssen: »Gemüt besitzt überhaupt nur der Germane.« 15 Jahre später heißt es leicht abweichend in einem Brief an die bayerische Prinzessin Wiltrud: »Nur der Germane hat Gemüth, und nur der Indianer hat Gemüth. Diese Beiden werden einander verstehen.« Seine Prognose: »Nur der Germane ist fähig, eine neue Rasse zu zeugen. Und nur der Indianer besitzt die vitale Kraft, ihm dabei zur Seite zu stehen«. Das kapiere, wer will, doch auch wenn Prinzessin Wiltrud sich nach Lektüre solcher Briefe manchmal fragen muß, »ob May spinne«, wie sie ihrem Tagebuch anvertraut, »nach und nach versteht man das Geschriebene ganz gut.« Und noch einer schien zu verstehen.

»Heilrufe verkünden sein Nahen. Der größte jetzt lebende deutsche Mann steht vor mir. Ich halte seine Hand, sehe in seine gütigen strahlenden Augen.« Jahrzehnte nach dem Tod ihres Mannes sollte Mays zweite Ehefrau Klara, die vom Dichter zu Lebzeiten privat Nschotschi gerufen wurde und Kennern des Spätwerks (*Winnetou IV, Das Geldmännle*) als »das Herzle« bekannt ist, der Edelmensch erscheinen: »Es waren heilige Minuten. Ein Gottgesandter hatte meinen Lebenskreis berührt.« Verzaubert steht sie vor »dem Führer, dem Erlöser«. Und der Gattin Gedanken gehen, händchenhaltend, »zurück zu Karl May, der sein ganzes Leben wie ein Wegbereiter für diese Hitlerzeit war«.

Wenn auch diese Deutung grober Unfug oder zumindest ein bißchen übertrieben ist, so war doch für Hitler, falls man den *Spandauer*

»Das Herzle«, genannt Nscho-tschi: Mays Gattin Klara, 1904

Tagebüchern glauben will, Winnetou »das Musterbeispiel eines Kompanieführers«. Wie es sich gehört, hatte der spätere Reichskanzler seinen May mit der Muttermilch eingesogen, ihn als Bub bei Kerzenschein gelesen bzw. »mit einer großen Lupe bei Mondlicht«, wie er selbst am 17. Februar 1942 bei einem Tischgespräch im Führerhauptquartier zugibt. Mays Bücher hätten ihm »die Augen für die Welt geöffnet«.

Und noch Jahre nach Hitlers legendärem Bündnis mit dem Monopolkapital sah es auf dem Berghof nicht viel anders aus als in Millionen von Kinderzimmern: Die Bücherregale bogen sich unter der Last der grünen Bände. Wie der Reichspressechef der NSDAP, Otto

Adolf Hitler, Selbstportrait von 1925
(Öl auf Karton, 58 x 41 cm)

Aus dem Leben eines Luftwaffenarztes:
»Winnetou in Feldgrau«, ca. 1942

Dietrich, mitteilt, will der Führer kurz nach der Machtübernahme alle noch einmal persönlich durchgearbeitet haben. Schwer vorstellbar, wie »der böse Mann mit dem kleinen Bart« (J. Delay) sich bei Mondlicht durch das krauspazifistische Spätwerk quält. Immerhin hat er sich manch taktischen Rat holen können: »Sie wurzeln in überholten Begriffen«, schwadroniert er einmal, im November 1939, über die mangelnde Kreativität seiner Generäle, »ihnen fallen keine Listen ein. Sie hätten mehr Karl May lesen sollen!« So wurde denn Ende 1944 vom Generalstabschef des Heeres endlich befohlen, Karl-May-Lektüre zur Ausbildung des Volkssturms einzusetzen.

Und auf welcher Seite stand Old Shatterhand? Ein Sprung über den großen Teich führt uns zu Lex Barker, der bekanntesten Shatterhand-Inkarnation. Barker (späterer Spitzname: Sexy Lexy) war damals noch als Tarzan unterwegs und lud eines schönen Tages Kirk Douglas zum Tennisspielen ein. Dabei prahlte er – wie der jüdische Schauspieler Issur Danielovitsch alias Kirk Douglas genüßlich in seinen Memoiren erzählt –, sein Club habe den Vorzug, Juden keinen Zutritt zu gewähren. Wobei er bei dem semmelblonden Kollegen freilich an den Rechten geriet.

»Old Shatterhand trägt einen sehr deutschen Bart und seine Faust schmettert imperialistisch herab.« Das schrieb ärgerlich Ernst Bloch, der May andererseits für einen »der besten deutschen Erzähler« hielt. Der Tübinger Denker verfügte laut Carl Zuckmayer über eine »geradezu enzyklopädische Kenntnis sämtlicher Karl-May-Bücher und -Figuren« und

hätte bei Wim Thoelke auftreten können. Bei einem Spaziergang veranstalteten Bloch und Zuckmayer einmal eine Art Karl-May-Quiz, bei dem auch komplizierte Verwandtschaftsverhältnisse abgefragt wurden: »Schließlich legte Bloch mich durch eine Frage hinein«, erinnert sich der Autor des *Schinderhannes*, »die ich nicht beantworten konnte: wie die Cousine des ›Schut‹ geheißen habe. Es stellte sich dann heraus, daß er gar keine hatte.«

Häuptling „Grauer Wolf", Peter Bresseler, 76, Rentner aus Neustadt, ernannte Wim Thoelke im Indianerlager zum „Großen Manitou"

Bloch wußte halt, was der *Ulysses*-Übersetzer Hans Wollschläger – der die Taufnamen sämtlicher Kinder von Sam Hawkens im Traum herzählen konnte – in einem Radiogespräch einmal so formulierte: »Wer in seiner Jugend von May nicht berührt worden ist, mit ihm keine Identifizierungsfreundschaft schließen konnte, sich von ihm im Getümmel seiner frühen Unordnungen und Leiden nicht gütlich zureden ließ, dessen Erwachsenenstatus ist mir höchst suspekt, weil die Enthaltung auf einen elementaren Bedürfnismangel schließen lässt, der ein lebenslanges Defizit garantiert.«

Um das zu verhüten, taufte der schlaue Zuckmayer seine Tochter dann auch vorsichtshalber auf den Namen Winnetou.

Enthaltung läßt auf Bedürfnismangel schließen: Cover der Fachzeitschrift »Bierfront«

ASTRONAUTEN-GEFLÜSTER

DIE KLAPSMÜHLE
IHRES VERTRAUENS

In Diskotheken ist es laut, das mochten die Hildesheimer nicht. Das letzte Mal, daß es in Hildesheim so richtig laut wurde, war am 22. März 1945. Das hatten sie in schlechter Erinnerung.

Zwar verbargen sich ab den Siebzigern in den Wäldern rund um Hildesheim allerlei Tanzpaläste mit Namen wie »Förster Beatclub« (zwischen Groß Förste und Klein Förste) oder »Entenstall«. Aber keines dieser Etablissements versteckte sich so gekonnt vor den bösen Blicken von Eltern und Lehrern wie das »be bop«: hoch oben auf einem Berg mitten im dunklen Wald. Eigentlich wie im Märchen.

Neben dem *Aktenzeichen XY ... ungelöst*-Kitzel hatte das den Vorteil, daß man zwischen den Liedern unaufwendig einen durchziehen konnte. Einen donnern gehen, wie das damals hieß. Jedenfalls waren die Büsche voll mit Leuten, die alle den gleichen Gedanken hatten und sich zwischen den Blättern mit irgendwelchen Substanzen stärkten.

Eine besondere Freude war es dann immer, mit glasigen Augen auf die Lichter hinabzublicken, die aus dem »Potte«, wie der Hildesheimer stolz seine Stadt nennt,

*Dämmerstunde
im Hildes-
heimer Wald*

Hildesheim von oben (Filzstiftgemälde von Wenzel Storch, 1985)

heraufleuchteten. Ein Anblick, von dem man sich mitunter kaum losreißen konnte. Aus diesem Potte, in dem die Geschäfte auch heute noch »Butterbrodt« oder »Stulle« heißen, sind sie alle gestiegen, die großen Söhne der Stadt. Männer wie Bernd Clüver, Holger Apfel oder Eckart von Klaeden.*

Doch keine Rose ohne Dornen. Denn wenn man dann wieder reinkam, hatte man fast immer das Pech, daß der DJ sich inzwischen in seiner Plattensammlung verheddert hatte und auf einen Sack voller Jazzrock gestoßen war. Dieser Fund mußte natürlich mit endlosem Gedudel gefeiert werden. Das war andererseits wieder ein Glück, denn diese Grabbelmusik lockte Typen an, die mit verzückten Bewegungen wie Kraniche über die Tanzfläche flatterten. An besonders schönen Tagen tanzte

dann noch das Zauberpferd oder es erschienen gollumartige Gestalten aus den umliegenden Dörfern**, von denen es hieß, daß sie in irgendwelchen Kondomfabriken arbeiteten. Wobei natürlich keiner wußte, wo diese Fabriken genau liegen. Damals war ja manches ziemlich unklar.

Am schönsten war eigentlich immer der Showdown. Wenn die Flascheneinsammler ihre letzte Runde machten und Herrschaften wie Widu auf der inzwischen leeren Tanzfläche erschienen, um sich wie die böse Stiefmutter vor dem großen Spiegel aufzubauen. Und während sich langsam eine klapsmühlenhafte Stimmung auf den Tanzsaal legte und Widu sich unsterblich in sein Spiegelbild verliebte, packte man seine sieben

Jesus heilt den Harthörigen durch Ohrenzuhalten

* Bernd Clüver, »der Junge mit der Mundharmonika«, kam laut *Popfoto* Nr. 12/1974 am 10. April 1948 in Hildesheim zur Welt und stand angeblich jahrelang bei Blaupunkt am Band. Holger Apfel bekleidet das schöne Amt des stellvertretenden NPD-Bundesvorsitzenden. Eckart von Klaeden, laut Manuel Andrack »der Typ, bei dem man sich in der Schule freute, wenn das Gesicht noch einmal in den Schlamm gedrückt wurde«, war bzw. ist Korvettenkapitän, Mitglied der Studentenverbindung Gottingo-Normannia und CDU-Schatzmeister.

** In denen es in den Sommermonaten angeblich stank »wie im Arschloch des T-Rex« (Bernd Röthig in *Merian* 1/1973).

Sachen zusammen und dachte schaudernd an die Kacke, in der man morgen wieder versinken würde. Irgendwann wurde das Pfeifen im Ohr leiser, und dann konnte man ihn blubbern hören, den Brei aus Schule, Kirche und Elternhaus, der draußen auf einen wartete.

Und draußen blubbert der Brei (aus: Popfoto, die verrückteste Popzeitschrift der Welt, Nr. 12/1971)

4 KALENDERBLÄTTER

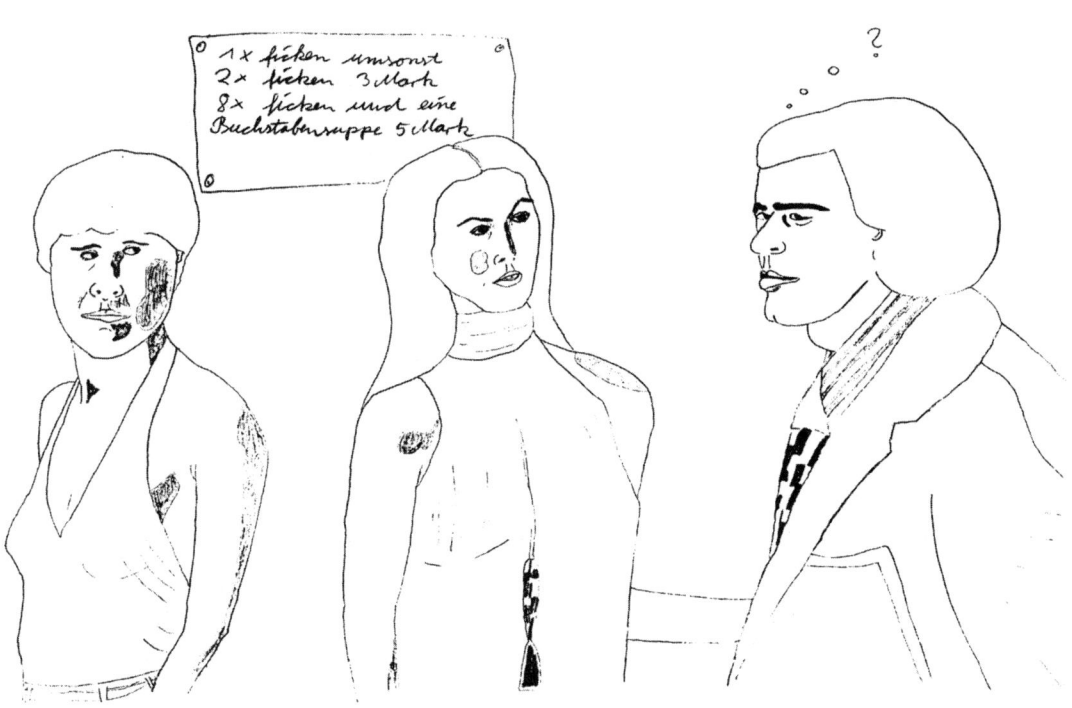

Bunte Woche im Puff

Samstags gehört Vati mir

Zeugen Jehovas

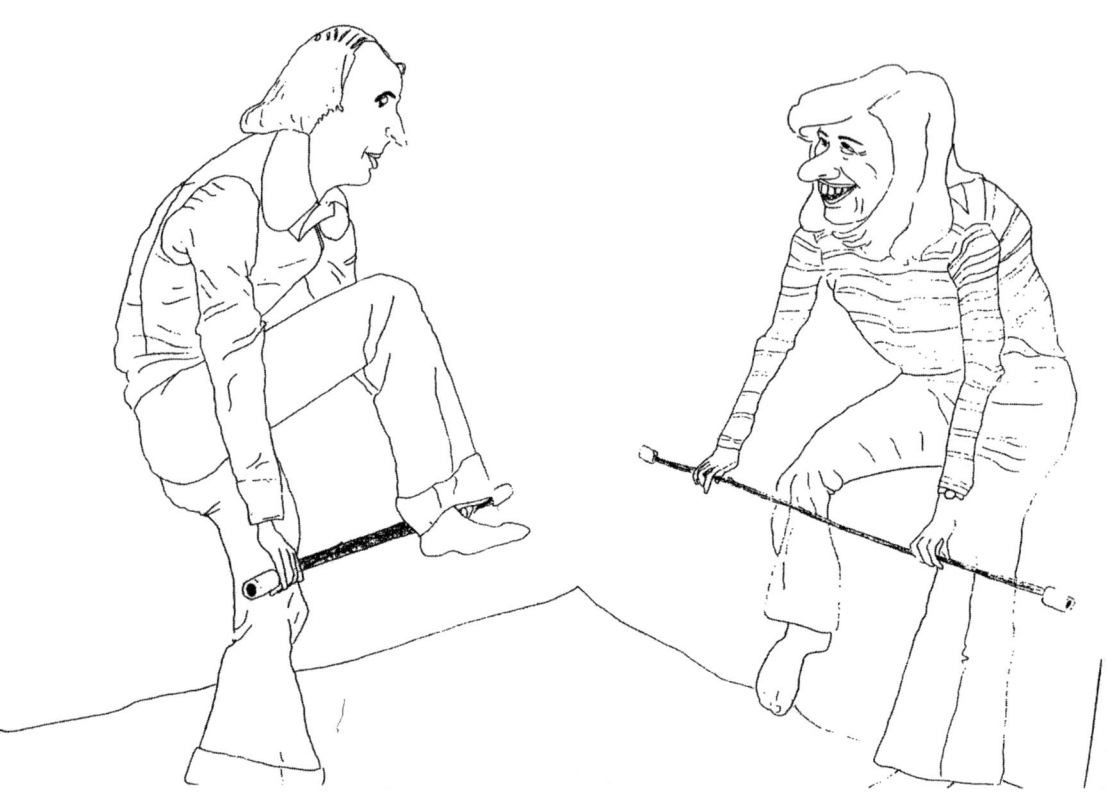

Komm, mach doch auch mit!

RUMPELSTILZ
UND DROSSELBART

Ein Galoppritt durch die Kinderstube des Deutschrock.
Nebst einer wehmütigen Erinnerung an das
Postermagazin Pop und einer Verneigung vor den
Politrockpionieren Eulenspygel.

»Und darum läßt sich eines nie wieder gut machen:
versäumt zu haben, seinen Eltern fortzulaufen. «
Walter Benjamin

»Die schmachvolle Anbe-
tung des Fetischs Jugend
sollte aufhören«, ruft Günter Zehm den Lesern einer
auf den Namen des Erd-
balls getauften Tageszei-
tung zu: »Denn die Demo-
kratie ist zuerst für Erwach-
sene da.«

Als der als Pankraz be-
kannte Mann – der sich seinen Schmucknamen einst
bei den Eisheiligen holte
und damit noch heute beim
Jugendmagazin *Junge Freiheit* seine Kolumnen ver-
ziert – diesen Appell zu

Fetischisten im Jahre Null

Papier bringt, schreiben wir das Jahr 1972. Die Enterprise schwebt mit ihrer
430 Mann starken Besatzung erstmals über die Schulhöfe, und die Ponderosa wird
um einen Esser ärmer: Hoss stirbt an einer Lungenembolie. Der Steinkauz wird
Vogel des Jahres.

Der dicke Hoss (r.) mit Little Joe

Ich gehe in die 5 a und die drei Eisheiligen – ein in der großen Pause viel belachter Witz – heißen Langnese, Schöller und Dr. Oetker. Die gesellschaftlichen Verkehrsverhältnisse darf man sich so vorstellen, wie sie der Farbfilm *Ein Mann sieht rot* zwei Jahre später abbildet: Der Feind steht nicht links oder rechts. Der Feind steht vor dir. Er ist erziehungsberechtigt oder sonstwie weisungsbefugt. Und – daran kannst du ihn erkennen – er ist alt.

Nach Feierabend las «mein Papá» (Lys Assia) bei einem Gläschen Kellergeister das *Liboriusblatt*, *Stadt Gottes* oder *Das Echo der Liebe*. Meine Blätter – Fachzeitschriften aus der Welt der Musik – hießen *Popfoto* und *Pop*. Meine Lieblingsbands hießen Jethro Tull, Creedence Clearwater Revival oder Grand Funk Railroad. Bands, von denen ich nie einen Ton gehört hatte. Je komischer der Name, desto besser gefiel mir die Gruppe. Doch in erster Linie ging ich nach dem Aussehen.

Qualität war damals noch an der Haarlänge erkennbar. Da ich meine Fachmagazine sorgfältig betrachtete, hatte ich bald

Pop, Juli 1971

raus, welche Gruppen gut waren. Die reichbebilderten *Pop-* und *Pop-foto*-Hefte bargen in ihrem Inneren vielfarbige Riesenposter. Nicht lange, und ich war inwendig neu tapeziert. Poster an Poster hing in jenem Kämmerlein, das Hermann Hesse die Kinderseele nennt: jene bunte Stube, zu der nur ich den Schlüssel besaß, und von der meine Eltern so gut wie nichts wußten.

Nie im Leben hätte ich zu fragen gewagt, ob ich die wunderschönen Plakate – »bitte, lieber Papi, bittebittebitte!« – im Kinderzimmer an die Wand hängen dürfe. Schließlich lebten wir glücklich und zufrieden hinterm römisch-katholischen Mond. Umso erstaunter war ich, als im Winter '72 – ich war gerade elf dreiviertel – ein Traum in Erfüllung ging.

Blick in die Kinderseele, Sechziger Jahre

Einmal im Jahr freuen sich die Kinder der Ungläubigen auf den Weihnachtsmann. Der hatte bei uns nichts verloren. Wir warteten mit glühenden Bäckchen auf das Christkind, das am Heiligen Abend seine milden Gaben – frische Unterhosen und Strümpfe, das eine und andere Spielzeug und Teller voller Pfeffernüsse – unter den Tannenbaum legte. Zum Dank wurde stundenlang geflötet, denn meine Eltern hatten, wie alle Christeneltern, einen Flötenfimmel.

Hausmusik: Geißel der Kindheit

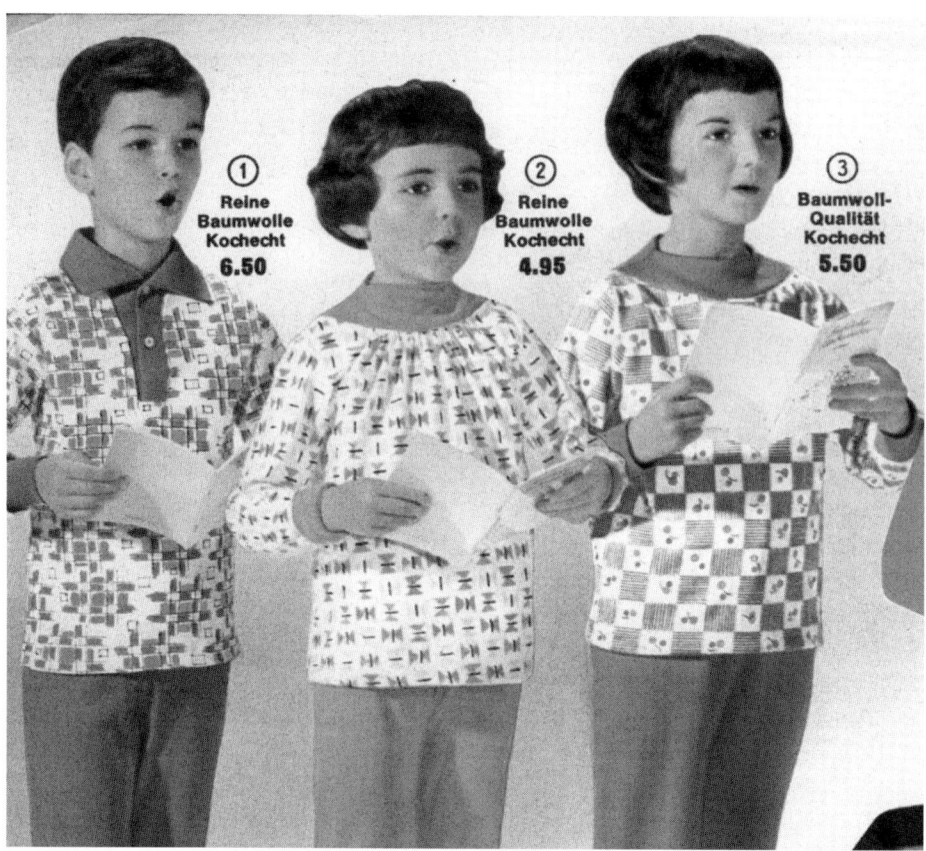

Das Christkind kam hereingeflogen und brachte einen festlich verpackten Kofferplattenspieler. Dazu legte es eine Schallplatte auf den Gabentisch. Ich war baff. Hatte es sich durch die Worte auf meinem Wunschzettel foppen lassen? Und bei Black Sabbath an das Dritte Gebot, an Opfertisch und Liturgie, gedacht? Konnte das Christkind etwa gar kein richtiges Englisch?

Auf alle Fälle war ich ab dem 24. Dezember 1972 im Besitz einer Black-Sabbath-LP. Dachte ich zumindest, als ich die kostbare Schallplatte wie eine Hostie ins Kinderzimmer trug. Hören durfte ich sie am Heiligabend noch nicht, denn morgen, hieß es, sei auch noch ein Tag.

Am ersten Feiertag legte ich die schwarze Hostie auf den Plattenteller. Bis zum Mittagessen hatte ich

Das 3. Gebot: »Gedenke, daß du den Sabbath heiligest«

beide Seiten bestimmt fünfmal durchgehört. Als ich nach dem Pudding zurück
ins Kinderzimmer stürmte, waren Platte
und Plattenspieler verschwunden. Ich
suchte wie verrückt und bald konnte es
keinen Zweifel mehr geben: Ich war be-
stohlen worden. Wie sich herausstellte,
von den eigenen Eltern.

Kein Wunder, daß auch ich bald anfing zu klauen. Nachdem es mir gelungen
war, alle elf *Asterix*-Hefte auf einen Rutsch
unter den Anorak zu schieben, wurde
ich übermütig. *Pop* und *Popfoto* mopste ich
nun regelmäßig und eines Tages, ich war
inzwischen zwölf, passierte es: Eine ver-
schrumpelte Oma hatte mich ins Auge
gefaßt und begann laut zu kreischen.

Welche Schmach. Ausgerechnet mit
Popfoto mußten sie mich erwischen. Denn
Popfoto war nicht halb so gut wie *Pop*, da
waren viel zu viele Schlagersänger drin,

*Unter Dieben: Weihnacht im Hause
Storch (der Autor r. in Strumpfhosen)*

Langhaariger Mann aus Popfoto

Spastis wie Bernd Clüver und
Jürgen Marcus. Der Kassierer
kam angerannt und nahm mich,
gemeinsam mit der Alten, ins
Kreuzverhör. Schnell wurde klar:
Schlimmer als das Delikt war der
Umstand, *was* ich hatte klauen
wollen. Ein Schmuddelheft – voll
mit langhaarigen Männern!

Ein Bild nach dem anderen
wurde mir unter die Nase ge-
halten: Bäh. Ob ich später auch
mal so rumlaufen wolle? Igitt.
Vor Schreck fing ich an, mir in
die Hose zu pissen. Wer's nicht
selber erlebt hat, dem sei gesagt:
Die Situation ist – von außen betrachtet – heiter, aber man kriegt
das Gesicht dazu nicht hin. Still
und leise lief die Pisse das Hosenbein hinunter.

Dabei war doch immer alles gutgegangen. Wie oft war man beglückt nach Hause gelaufen und hatte die Beute im Kinderzimmer versteckt. Wie oft hatte man, wenn die Luft rein war, die Begrüßung überflogen (»Hi, Folks«), in den Rubriken »Flash« (»Wolken am Pop-Himmel«) oder »Popla« (»Schleichende Rock-Krise?«) gestöbert, verständnislos die »Lipro«-Seiten überblättert (da ging's, der Name sagt's, um Liebesprobleme), die Intimspray-Anzeigen betrachtet oder sich in den Lesergedichten verloren? (»Wir machen Radau, weil wir nicht / weinen wollen«, las ich einmal in einem traurigen Klagelied, abgedruckt im winterlichen *Popfoto* und verfaßt »von einem unbekannten Halbstarken«.)

Intimspray-Reklame aus Pop

An den Gitarrengöttern mit ihren bizarr geformten, langstieligen Instrumenten konnte ich mich nicht satt sehen. Am Schicksal der Rockbands – an ihren unentwegten Gründungen, Umbesetzungen und Trennungen – nahm ich warmen Anteil. Fiebernd verschlang ich die großen Reportagen. »Was ist los mit Ten Years After?«, »Die Pophochzeit des Jahres« oder »Eric Clapton – der einsame Superstar«: eine rührende Geschichte, die mit »Seine Eltern wollten ihn nicht haben« anfing und mit »Jetzt kann er wieder lachen« aufhörte.

Natürlich versuchte ich auch, die Witze auf der »Crazy-Pop«-Seite zu verstehen. Witze, die noch komplizierter gebaut waren als die Bilderwitze auf der Rückseite von *Leuchtfeuer Ministrant*. Das vom *Arbeitskreis für Ministrantenbildung* betreute Monatsmagazin mit den bunten A-3-Postern – mal gab's einen Brotlaib, mal einen Singvogel zu bewundern – lag im Unterschied zu den Heften mit den Uriah-Heep-Postern immerhin umsonst in der Sakristei aus und mußte nicht jedes Mal geklaut werden.

Werfen wir – »Wer seinen Horizont erweitert, verkleinert den Himmel«, sagt Klaus Kinski – einen Blick in die Geschichtsbücher: Unter dem Motto »Deutschland erwacht – Popmusik aus deutschen Landen« fand im September 1968 eine Feierstunde mit Guru Guru, Tangerine Dream und Amon Düül statt, die den meisten Forschern als die eigentliche Geburtsstunde des Krautrock gilt. »Give

„Wenn ich nur wüßte, was den Blumen fehlt." — „Hast du es schon mal mit Wasser versucht?"

Lustiger Witz aus Leuchtfeuer Ministrant

Deutsch a Chance, auch wenn's schwerfällt«, bat *Pop* 1970 seine Leser, und die Zeit der Lemminge und Elektrolurche, der Leeren Hände und der Wolkenclowns hob an. Plattenfirmen für deutsche Musik wurden eingerichtet und – ganz im Stile der Gründerzeit – auf Namen wie Pilz, Ohr, Zebra, Kuckuck oder Spiegelei getauft.

Und die Bands? Nun, die hießen Parzival oder Odin, Emtidi oder Eiliff. Nannten sich Sitting Bull oder Baumstam, Eloy oder Minotaurus, Grobschnitt oder Sperrmüll, Gomorrha oder Armageddon. Verpaßten sich Namen wie Elster Silberflug und Holde Fee, Ramses, Gäa, Kalacakra und Epidaurus.

Wer sich für was Besseres hielt, hieß Novalis oder Hölderlin. Oder Erlkönig. Oder Wallenstein. Oder gleich Gantenbein (»Textrichtung: deutsch, geil + ärgerlich«). Die neue Gantenbein unterm Arm – das sah »schocke«

Holde Fee im deutschen Wald

Deutscher Dichterhain (Faller-Katalog, Ende 20. Jahrhundert)

aus, besonders auf dem Schulhof. Man mußte sich allerdings Sprüche wie »Haste 'ne Matralle?« oder «Du bist wohl nicht ganz edel im Schädel?« anhören.

Inspiration fanden die deutschen Rocker nicht nur in den Wipfeln unsres Dichterhains. Manch schönen Namen pflückte man zwischen Dornen und Gestrüpp: *Im Gehölz der Kindheit* – so hieß, glaube ich, eine Lyriksammlung, die ich mal in einer Grabbelkiste fand. Man stöberte unter den Röcken der Großmütter und nannte sich Rumpelstilz oder Drosselbart. Oder, wie die Band des späteren »Rockpalast«-Moderators A. Metzger, Hotzenplotz. Später kam noch Schneewittchen hinzu, ein singendes klingendes Damenkränzchen, dem strahlend und trällernd ein Frollein Angi Domdey vorstand.

Rockmusiker bei der Arbeit (Bleistiftzeichnung von Wenzel Storch, 1985)

Ob Thapsus oder Störenfried: Je bekloppter der Name, desto interessantere Musik vermutete ich dahinter. Was mochte Düde Dürst – ein Schwytzerdütscher – zusammen mit seiner Band Krokodil für Klänge aushecken? Was für dufte Vögel verbargen sich hinter Walpurgis? Ich halluzinierte soft-apokalyptischen Blocksberg-rock, zumal der Bassist laut *Popfoto* Georg Fürchtenicht hieß. Elektrifizierte Besen,

mollig warme Harzgeist-Orgeln und schnalzende Peitschenknall-Percussion – angesiedelt im Nie-mandsland zwischen *Child In Time* und *Nutbush City Limits* – gaben sich in meinem Oberstüb-chen ihr Stelldichein. Dazu ek-statisch tanzende Speckhexen: In meiner noch im Wachstum begriffenen Phantasie wanden sich – bei Donner und Blitz und im Stile der Ikettes – vom Regen durchnäßte Spinatwachteln und Gewitterziegen.

Grillende Kinder im Harz

Eine typische Besetzungsliste jener Tage liest sich so: Dieter Weberpals (Flöten, Gong), Mandi Riedelbauck (Sax, Flöte, Fagott), Norbert Kirchner (Gitarre, Percussion), Reinhold Weberpals (Orgel, Piano), Friedel Pohrer (Baß), Yogo Pausch (Schlagzeug, Percussion). Wenn sich die Band dann Gebärväterli nennt und ihr Werk *Im Tal der Emmen* auf Brutkasten Re-cords erscheint, könnten die Lieder dann nicht einfach *Die angespannte Beziehung zwischen einem Schmetterling und einer Distel* heißen? Genau so heißen sie, und man

sieht, daß früher alles besser war.

Die Bands hießen eben alle, wie sie woll-ten: Annexus Quam zum Beispiel. Oder Rufus Zu-phall: ein Name, wie aus *Zettel's Traum* gepurzelt, jener 18 Pfund schweren Wortoper eines belieb-ten Heidedichters, die viele für so abgedreht halten wie die *Schwin-gungen* von Ash Ra Tem-pel oder die *Affenstunde* von Popul Vuh.

Sonntagnachmittag: Ein Heidebewohner schmökert in Zettel's Traum

Gesetzt den Fall, der Bargfelder Einsiedel hätte mit seiner Frau – nach dem Vorbild von Paul & Limpe Fuchs – solipsistische Hausmusikabende veranstaltet, statt verstaubte Schinken wie den *Fürst des Elends* oder die *Anna von Geierstein* zu deklamieren: Dem deutschen Volke wäre vielleicht die schönste Etymmusik der Welt geschenkt worden. Und wer kann's wissen? Vielleicht hätten es die beiden »Dilletanten« (W. Müller) – mit Alice an den elektrischen Kochplatten und Arno an den verkabelten Zettelkästen – sogar in Helga Feddersens »Plattenküche« geschafft?

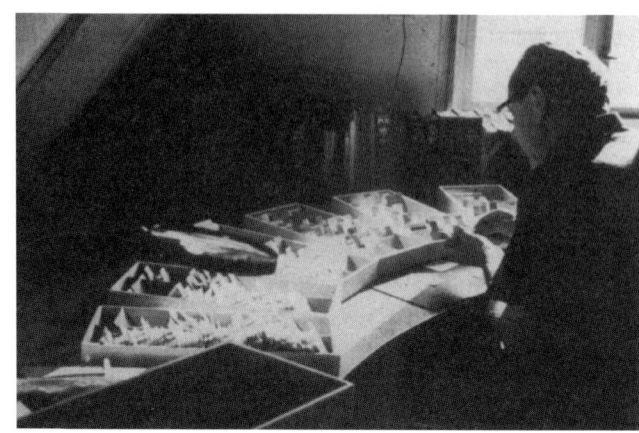

Aber der Traum von der Bargfelder Katzenmusik bleibt natürlich, was er ist: ein schöner Traum, der, sobald die Göttin der Morgenröte

Arno Schmidt am Mischpult

ihr puterrotes Haupt erhebt, zu Staub zerfällt. So wie Rufus Zuphall eine x-beliebige Quatschkapelle bleibt, die mit dem Gehirntier hinter den Celler Bergen nicht das geringste zu tun hat, auch wenn die zweite LP hundertmal *Phallobst* heißt.

Mit dreizehn Jahren, wir schreiben inzwischen das Jahr 1974, geriet ich über Umwege in den Besitz zweier Langspielplatten der Politrockformation Eulenspygel. Es war ein magischer Moment: Die Plattennadel senkte sich und meine Eulenspygel-Phase begann.

New-Wave-Duo Alice & Arno:
»Tanz den Walter Eggers«

»Eulenspiegel« – so heißen heutzutage Biergärten und Musikkneipen, Buchläden, Kindergärten und uralte Witzeblättchen aus der Zone. Aber Rockbands? Mit 13 dachte ich: Warum nicht? Was natürlich am so herrlich unkonventionellen Ypsilon lag. (»Weshalb ich mir kein Ypsilon an den Namen genäht habe, ist mir unverständlich«, schüttelte Walter Kempowski noch im hohen Alter den Kopf: »Das hätte den Absatz meiner Bücher vervielfacht.«)

Doch halt! Eulenspiegel mit ie: hieß so nicht vor Urzeiten ein Singspiel des Minne-Rock-Ensembles Ougenweide? Eine Kapelle, der der Dichter Martin Walser einiges verdankt, man schlage einmal dessen vorletzten Roman auf. Der wird bevölkert von Amei Varnbühler-Bülow-Wachtel, Amadeus Stengl, Leonie von Beulwitzen, Erewein von Kahn und Gundi Powolny.

Na, klingelt's? Wem diese leicht versaut tönenden Namen bekannt vorkommen, dürfte ein Ougenweide-Connaisseur

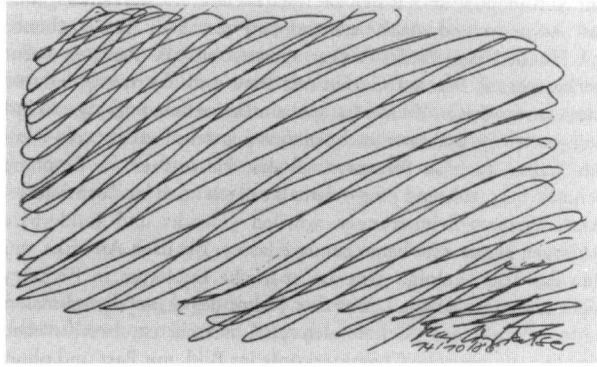

Walser-Autogramm in Kempowskis Poesialbum, 14.10.1986

sein. Und die Kritikerzunft muß sich fragen lassen: Wie kann es angehen, daß der preisbehängte Mann vom Bodensee, um sein Werk mit Personal aufzuplustern, wahllos nach alten Plattenhüllen greift? Ohne, daß ihn jemand rügt? In diesem Falle – *Angstblüte* von 2006 – dürfte es sich um die flüchtig abgeschriebene Besetzungsliste einer Mittsiebziger-Ougenweide-Produktion handeln – vielleicht sogar um *Eulenspiegel.*

Frontispiz aus Angstblüte, Vorzugsausgabe

»Till Eulenspiegel vom Bürger verlacht, / Lustige Klingel am Rock. / Sei ein Narr und spi-hihi-hihiel«, heißt es frohlockend im Opener von *Eulenspygel 2,* wie die Politrocker von Eulenspygel ihr Debutalbum von 1971 originellerweise nannten.

»Gut ist's ein Narr zu sein« (André Heller), aber ach! Die Menschen – man hört's mit einem lachenden und einem weinenden Ohr – »verstehen ni-hihi-hicht«: Und schneller als man denkt kommt der Instrumentalpart, und Till Eulenspygel führt sich – mit seinen klingenden Schellen, seiner Narrenkappe und seiner Zaddel-

143

EULENSPYGEL 2

*Machte 1971 den Musikfreund verrückt:
Das Huhn in der Pfanne*

tracht – in den Gehörgängen auf wie der berühmte Elefant im Porzellanladen. Was der »Schelm aller Schelme« (A. Schmidt) mit seinem Gesang vorne aufbaut: die Musik reißt's mit dem Arsch wieder ein.

Es empfiehlt sich, hat man die erste Seite durchgehört, sich zunächst einmal flach hinzulegen. Denn die Musik geht schwer auf die Birne. Nur die »Härtesten der Harten« (*Rock Hard*) werden die Kraft aufbringen, die ganze Platte auf einmal durchzuhören, geschweige denn, durchzutanzen. (Letzteren sei unbedingt die Quadrille empfohlen. Aber Obacht. Für eine Eulenspygel-Quadrille sollte man fit

sein, zumal sich alle naselang die Gelegenheit zu einem Galopp bietet.)

Die Band ist wahrhaftig mit allen Wassern des Prog- und Konzeptrocks gewaschen. Alle musikalischen Unarten werden nacheinander oder gleichzeitig vorgeführt. Unwirsches Geigengewrummel zum Beispiel. Oder Wettlauf zwischen Gitarre und Orgel. Gern umwerben sich Flötist und Tastenmann, wie es gelegentlich auch Werner Hostermann und Ove Volquartz bei Annexus Quam tun oder Hansi und Öcki bei Xhol Caravan, den späteren Xhol (*Motherfuckers GmbH & Co. KG*).

Überhaupt, die Keyboarder! Manch einer malträtierte sein Instrument seinerzeit mit

Spaß im Kuhstall: Quadrille mit Melkeimern

einer Tastenwut, als sei – bibber! – Jon Lords wilde verwegene Jagd hinter ihm her; als säße ihm Rick Wakeman, der Gollum mit dem Elfenhaar und dem funkelnden Herr-der-Ringe-Mantel, wie ein Alb im Nacken; als triebe ihn das fliegende Mello-

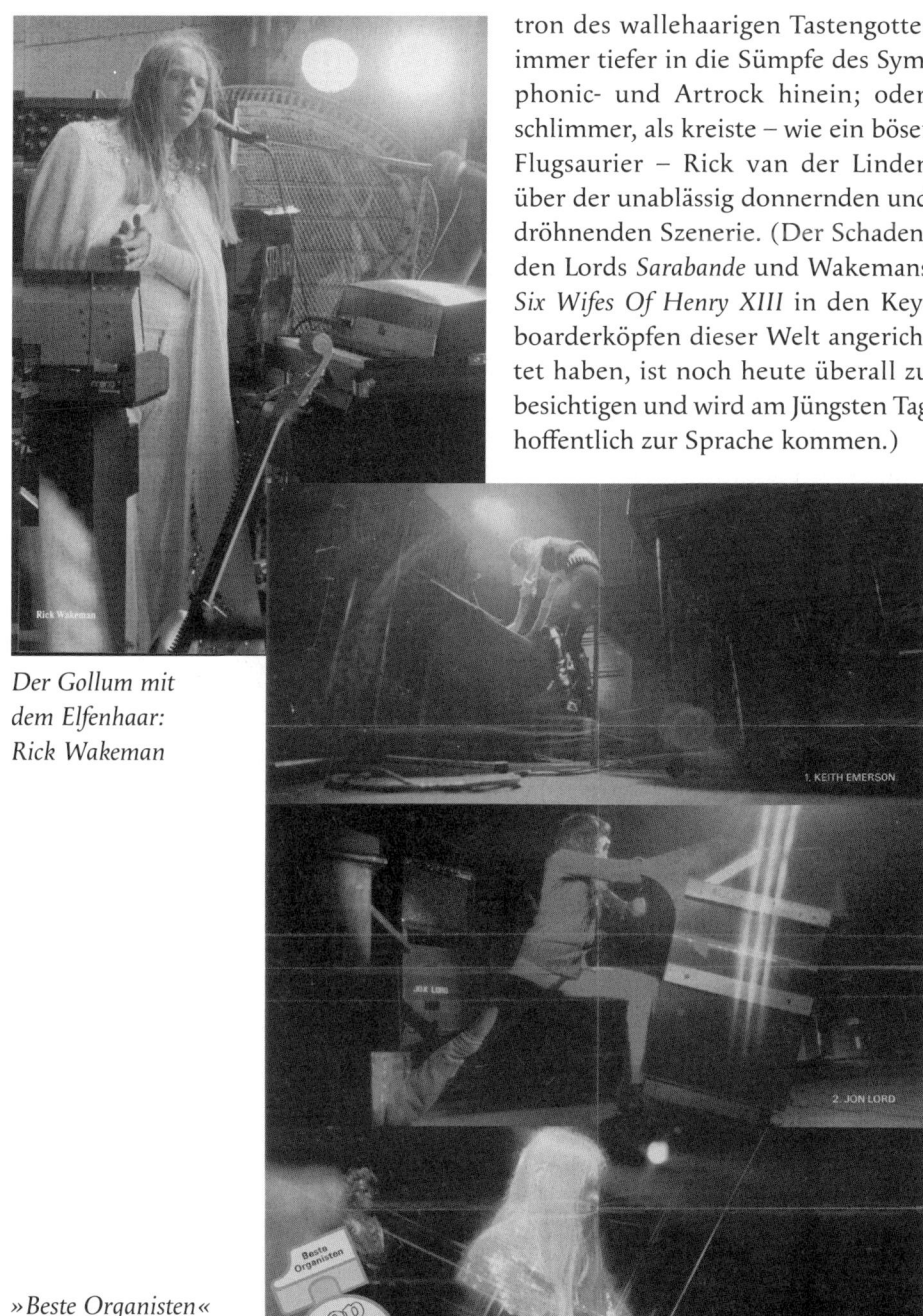

tron des wallehaarigen Tastengottes immer tiefer in die Sümpfe des Symphonic- und Artrock hinein; oder, schlimmer, als kreise – wie ein böser Flugsaurier – Rick van der Linden über der unablässig donnernden und dröhnenden Szenerie. (Der Schaden, den Lords *Sarabande* und Wakemans *Six Wifes Of Henry XIII* in den Keyboarderköpfen dieser Welt angerichtet haben, ist noch heute überall zu besichtigen und wird am Jüngsten Tag hoffentlich zur Sprache kommen.)

Der Gollum mit dem Elfenhaar: Rick Wakeman

»Beste Organisten« bei der »Hammer-Wahl 74«: Emerson, Lord, Wakeman (Pop-Poster, März '75)

Doch zurück zu Eulenspygel. Die eierten, Kenner mögen das im Detail auseinanderprokeln, irgendwo zwischen Van der Graaf Generator und Yes, zwischen Procol Harum und Ekseption herum. Was sich für heutige Ohren wie musikalischer Schabernack anhört und streckenweise nach extrem verkorkster Karnevalsmusik klingt, war damals eine todernste Angelegenheit.

Es war die Zeit der nicht enden wollenden Trommelsolos und der tödlichen Plektrumduelle. Wo man hinschaute: Die Bands zerplatzten wie Seifenblasen, um sich sofort neu zu formieren. Die Bandleader kamen nicht mehr ins Bett, denn ständig wurde umbesetzt und aufgelöst. Es wimmelte von Gruppen, die vor Kreativität barsten. Doch der Ausbruch ungebremster Spielfreude und Könnerschaft hatte Folgen, und schon bald hing die Rockmusik wie ein totes Pferd am Glockenturm.

Tastenwunder K. Emerson: Kugelschreiberzeichnung aus Wenzel Storchs Matheheft (6. Klasse)

Wie aber sah's derweil beim kleinen Bruder, dem Jazz, aus? Ach je! Dieser Zappelphilipp unter den Musikstilen pfiff schon lange aus dem letzten Loch, und man brauchte keine Lupe, um zu sehen, daß sich auf seiner Oberfläche ein ekliger Ausschlag gebildet hatte: Jazzrock.

Kein Progrock ohne ausgiebiges Flötensolo

Beim sogenannten Jazzrock – der Begriff steht für klebrige Partnertauschmusik – drängelten sich die Grabbelmusikanten. In immer neuen Konstellationen zappelte und hibbelte alles durcheinander: Wie in einem Ameisenhaufen wimmelten die Jaco Pastoriusse, die Paco de Lucías und die Miroslav Vitoušše, die Gato Barbieris und die Airto Moreiras, die Nippi Nojas und die Zawinullen umeinander. Es war – man kann's nicht anders sagen – zum Mäusemelken.

Die Eulenspygel-Platte ist vom Jazzrock nur leicht infiziert. Dafür durchzieht sie ein unterschwelliges Modalgenudel, das bei Livegigs bestimmt die Kirchenbänke wackeln ließ. Der dumpfe Klang der drögen Dampforgel paßt allerdings bestens zum vorbeterartigen Gesang, der eine Messerspitze vom Harlekin, zwei Teelöffel vom Pierrot und zwanzig Schöpfkellen vom Rattenfänger hat.

Der eine der beiden Sänger – keine Ahnung, ob Detlev »Keucher« Nottrodt oder Mulo Maulbetsch – zelebriert weihevoll eine Art gesungenes Wah-Wah: »Sprecht ein Wort, / nur ein Wo-hort, / nur ein Wo-ho-hort«, fleht er in *Son My (My Lay)* im Duett mit einem Fistelstimmenchor. Seine Adressaten sind die GIs in

Rückkehr der Rattenfänger: Eulenspygel 1972

147

Vietnam, deren »Emschiegarben in die wehrlose Menge« prasseln, wozu es aus den Boxen – als säße ein Specht im Geäst – leise knattert. *Das Lied vom Ende* wiederum wendet sich direkt an den Hörer, und es werden – wir nähern uns der Auslaufrille – dunkle Tage heraufbeschworen: »Wenn du nichts mehr tau-augst, / wenn du nichts mehr tau-au-augst, / wenn du nichts mehr tau-au-au-augst ...«

Der Hit auf *Eulenspygel 2* – das Lied, das wie *Prince Kajuku* auf *UFO II* schon bald am meisten knistert – ist *Konsumgewäsche* mit seinem dreimal vorgetragenen Kehrreim: »Du mußt kaufen, kaufen, kaufen. / Kotzt dich das nicht ahahan?«

*»Du kriegt eine in die Fresse, / wenn du dich nicht verführen läßt. /
Du mußt kaufen, kaufen, kaufen ...«*

Diese Art des Effektgesangs beherrscht, nicht ganz so vollendet wie Nottrodt/ Maulbetsch, auch Peter Josefus (ab '79 Joséfus), Frontmann von Franz K. In *Au Weia, Mensch Meier* singt er: »Doch irgendwie macht Perfektion / mich innerlich ganz schla-happ. / Und nun dieser weiße Killerhai, / Meier, Mann, da schnall ich a-hab!«

Ahab? Hieß so nicht der Käpt'n in *Moby Dick*? Wer bei Franz-K.-Texten nach versteckten Anspielungen sucht, dürfte es schwer haben. Die Politrockpioniere aus Witten, die auf ihren Tourneen – ihren Namenspatron zu ehren – mit einem Leichenwagen zwischen den Jugendzentren herumfuhrwerken, lieben es schlicht: »Au Weia, Mensch Meier, / du und der weiße Hai. / Au Weia, Mensch Meier, / schöne Schweinerei« lautet der Kehrreim, an dem sich die »Deutobaldmuffelinskys«, wie Eckhard Henscheid die Heerscharen tollgewordener Franz-K.-Exegeten nennt, die Zähne ausbeißen können. Wie am Refrain ihres größten Hits: »B-O-C-K / Bock / R-O-C-K / Rock / Bock auf Rock / Wir haben Bock auf Rock, / denn dieser Rock bringt Bock ...«

Ähnliches – jedenfalls im semantischen Sinne – stieg dreißig Jahre später im Norden des Landes aus dem Sarg. »Die Sonne scheint in Schwarz-Rot-Gold, / der Kaiser hat es so gewollt. / Champagner perlt wie Mädchenblut. / Die Welt ist Pop, die Welt ist gut«, begeisterte sich Heinz Rudolf Kunze (*Ich hatte Sex mit Hitler*) im Sommer 2007 beim »Grand-Prix-Vorentscheid«. Ich war perplex: War Kunze nicht – irgendwann im Jahr 2000 – auf der Expo in Hannover öffentlich verbrannt worden? Auf einer Veranstaltung des »ZDF-Fernsehgartens«? Verdammt, wo hatte ich das nur gelesen? Ja, richtig, im Filmmagazin

Bock auf Rock: Kelly-Family-Puzzle (1995)

Splatting Image, kurz nach der Jahrtausendwende, als Randnotiz in einem Interview mit der Schauspielerin Maren Beautte (*Gang Bang Slut 3*). Doch offenbar war ich auf eine Zeitungsente hereingefallen oder ich hatte die Meldung falsch verstanden, denn dort im Fernsehapparat sang Kunze ja gutgelaunt: »Der deutsche Wald lädt Bären ein. / Sie sollen uns willkommen sein. / Humor ist wenn man's selber tut. / Die Welt ist Pop, die Welt ist gut.«

»Immer schön artig sein, sonst holt dich die Dogge von Heinz Rudolf Kunze«: Das war Mitte der Neunziger, nachdem des Sängers Riesenhund »das Kind der Reinemachefrau totgebissen« hatte (*Berliner Morgenpost*), eine beliebte Drohung, um verzogene Blagen zur Räson zu bringen.

Denn – das gilt nicht nur für Doggen – »Gewalt ist Schitt.« Unter dieses pfiffige Motto stellte das Bundeskriminalamt 1978 eine großangelegte Kampagne, deren Maskottchen eine mit ebendiesem

Immer schön artig sein

Slogan verzierte Rasierklinge war. Die konnte man sich, wenn man mochte, zusammen mit einem modischen Halskettchen im Jugendzentrum um die Ecke abholen. Als musikalische Schirmherren gaben sich der Protestsänger Georg Danzer (*Wir werden alle überwacht*) – ein Mann, dessen Dasein sich laut Wikipedia demselben Glaskolben wie Wolfgang Ambros, Ludwig Hirsch und Peter Cornelius verdankt – und die Politrocker von Franz K. die Ehre.

Und so erschienen im Musikmagazin *Sounds*, das 1983 im Alter von elf Jahren verstarb, um ein Vierteljahrhundert später im Hause Springer wiedergeboren zu werden, acht – in Ziffern: 8 – viertelseitige Anzeigen (Heft 10/78), in denen für *Mach dich nicht mit Gewalt kaputt*, »die neueste Single von Georg Danzer«, geworben wurde: »Du solltest sie Dir mal in aller Ruhe anhören, bevor Du zuschlägst«, heißt es dort, an die Schlägertypen unter den *Sounds*-Lesern gerichtet, und noch im Folgemonat schob man eine protzige Doppelseite nach. (Das November-Heft hatte es in sich, denn zwölf Seiten vorher fand sich ein Inserat der Bundesanstalt für Arbeit, das scheinbar ungelenk mit »Liebe Leserin oder lieber Leser, ich weiß nicht recht, wie ich Dich wohl anreden soll« beginnt und mit »Dein Josef Stingl« endet.)

Natürlich gab's auch was zu gewinnen. Wer an der Lotterie des BKA teilnahm, konnte – in

BKA-Annonce in Sounds, *November 1978*

Anlehnung an die gerade abflauende Louis-de-Funès-Welle – einen Flug mit einem Polizeihubschrauber oder eine Fahrt mit dem Polizeiboot abstauben, außerdem lockten »3.000 Georg-Danzer-Platten« (*Konkret* empfahl seinerzeit, anstelle der Danzer-Single besser Konstantin Weckers *Willy* auf den Plattenteller zu legen). Der Kandidat mußte sich nur seine spezielle Gewalterfahrung von der Seele schreiben und ans BKA schicken.

Wie so was aussehen konnte, führte die Annonce in sechs Beispielen vor: »Ich hab' Reifen gestochen. Einfach so. Jetzt, wo ich 'n eigenes Gerät hab', weiß ich, wie beschissen es ist, ewig 'n Platten zu haben.« Anderes Beispiel: »Nach zehn Bier hat es Günter mit 80 Sachen erwischt. Als wir die Alte erschrecken wollten. Hat glatt den Laster übersehen, der Idiot. Seitdem ist ›Oma-Schreck‹ bei mir nicht mehr drin.« Und, damit's auch der schmusigste Rocker kapiert: »Als Sylvie ab-

Wenn wir aus der Pinte kamen, stand oft 'ne Parkbank oder Telefonzelle im Weg. Jetzt mache ich statt Zappes Karate. Und schlag schon mal 'nen Ziegelstein durch.

haute, hab' ich erst mal 'ne Schaufensterscheibe eingeschmissen. Das brachte Sylvie nicht zurück. Aber 'ne Menge Ärger. Jetzt geh' ich mit Babsi. Also, wo ist das Problem?«

Verschmuster Rabauke (Federzeichnung nach Manet von Wenzel Storch, 1983)

Schlägertype,
Siebziger Jahre

Der Soundtrack für all die *Sounds*-Leser, die herausgefunden hatten, daß das dauernde Sackermentieren zwar Bock, resp. Böcke, aber auch 'ne Menge Ärger bringt, steht ein Jahr später frischgepreßt in den Plattenläden: Franz K.s *Gewalt ist Schitt* bockt mit Titeln wie *Renn, Bruder, renn, Vergiß es* oder *Seht Ihr den Clown*, dessen Text – zum Mitschunkeln für Altrowdys – aufs Cover gedruckt ist: »Verlassen steht das Zirkuszelt / in der Abendsonne da. / Langsam geh ich nach Haus, / wie es damals war. / Schweigend die große Stadt, / voller Melancholie. / Wer den Clown nicht ernst nimmt, / begreift das Leben nie.«

Von den Zirkusfreunden aus Witten zurück zu den Progrock-Pierrots aus dem Schwabenlande. War das Debüt *Eulenspygel 2* noch in einem Studio in Maschen (gleich bei der Autobahn) aufgenommen worden, schipperte man für das Nachfolgealbum *Ausschuß* über den verregneten Kanal bis nach London. Das berühmteste Tonstudio der Welt sollte es sein.

»Sie macht dich kaputt. /
Jedes Glück zerfällt in Schutt.«

Die Plattenbosse hatten – wie immer, wenn's um Politrock ging – die Spendierhosen an. Sie wußten ja, daß die meisten Bands nicht mal ein »Mischpültlein« besaßen, wie Jonas Porst auf dem Cover des Ihre-Kinder-Erstlings *Ihre Kinder* die Zauberapparatur mit den vielen Knöpfen neckisch nennt. (Das Mischpültlein der Nürnberger Band verdankt sich der

Eulenspygel auf dem Weg ins Studio

Anzeige mit Appel und Ei, 1972

Brieftasche ihres Managers: Jonas Porst ist ein Sproß des Fotomillionärs und späteren Rinderbarons Hannsheinz Porst, dem in den alten Tagen das rare Kunststück gelang, gleichzeitig Mitglied der FDP und der SED zu sein.)

Hier, in den nebelverhangenen Apple Studios, spielten übrigens auch die ›deutschen Beatles‹ – wir müssen den Uhr-

Mischpültlein in der Abbey Road, April '72

zeiger rasch fünfzehn Jahre vordrehen – ihren Erfolgshit *So lang' man Träume noch leben kann* ein: »Wahnsinn, immer wenn ich das Lied höre, krieg ich 'nen Knödel in den Hals«, heißt es beklommen in einem Youtube-Kommentar, »das schaffen nicht viele!« Was daran liegen mag, daß der Sänger der Band vormals und ehedem – wie so manches, man denke an T. Piper, die deutsche Stimme von Alf – aus der Asche von Amon Düül II gestiegen war.

Doch was gehen uns Gordon Shumway und die Münchner Freiheit mit ihrem Sänger Stefan Zauner an? Fünf Tage hatte Eulenspygel Zeit, um Worte wie

»KZ-Tradition« fürbittenmäßig in die exquisiten Mikrophone des Apple Studios zu jammern. Glücklicherweise waren keine anspruchsvollen und schwer zu singenden Metaphern zu bewältigen, wie sie mir noch das Hörvergnügen auf *Eulenspygel 2* streckenweise vergällt hatten. Hätte ich meine Eltern fragen sollen, was »Frühstücksei-Papier« bedeutet?

Ausschuß ist ein halbes Konzeptalbum. Die erste Seite gehört der Fürsorgeoperette *Abfall*, die mit den Worten »Im Namen des Volkes, halt die Schnauze!« beginnt. Mit 13 war ich von dieser Begrüßung schwer beeindruckt, und heute, beim Wiederhören nach drei geschlagenen Jahrzehnten, muß ich verdattert feststellen: Der Schlußteil im Nonnenkloster ist durchaus komisch. Das liegt am feierlichen Klageton der Jungmännerstimme, der Passagen wie »Im Nonnenkloster mußte ich büßen für alle Sünden meiner Mutter« oder »Als ich ein wenig Liebe fand, im Bett mit Dieter, wurde ich öffentlich blutig geschlagen« in ein

Dorfpolizist mit Frühstücksei-Papier, Nashville/Tennessee

Drei Herzen im Dreivierteltakt: Züchtigung im Weißen Rössl

ulkiges Licht taucht. Und das Rockoratorium zur ›opera buffa‹ macht.

In *Pop* oder *Popfoto* hatte ich bereits anno '72 von einer »Rockoperette« gelesen, die angeblich *Scheiße* hieß. Der Sänger, so schwärmte das Blatt, würde bei Liveauftritten auf einem Klo sitzen. Ich war schwer geplättet: Wow. »Wie geil ist das denn?« würde ich heute, als Elfjähriger, wahrscheinlich ausrufen. Die Band hieß Checkpoint Charlie und sie hatte einen Tastenmann, der Joachim Krebssalat hieß. Weiß man das, weiß man, wie die Musik klingt.

»Der Kiesinger frißt und rülpst und scheißt. / Es hängt der Christ der Christenheit / überm Fernseher hoch im Zimmereck. / Franz Josef Strauß ist fett und frißt viel Speck«, singen, nein schreien, nein kreischen die

Checkpoints auf ihrer ersten LP *Grüß Gott mit hellem Klang* von 1970. Und man sieht: Als Gott den Politrock schuf, hatte er keinen guten Tag erwischt.

»Wer hat dem Papst die Tiara geklaut? / Biafra schreit vor Hunger laut« brüllt, nein zetert das Politkabarett aus voller Lunge – bzw. es plärrt: »Laß sie verrecken, die mordenden Mutterficker auf den Scheißhäusern der Zeit.«

Frißt viel Speck: Strauß mit Tochter Monika

Wer sich bei Wörtern wie Kotflügel, Spritztour und Stoßstange oder bei Namen wie Rainer Maria Riemen vor Prusten nicht halten kann, ist bei Checkpoint Charlie richtig. Auch, wer sich gern ein Nickerchen (hihi) am Nensterchen gönnt und es liebt, sich ein i für ein u vormachen zu lassen: »Achting, Achting, hier spricht der Polizeifick« quäkt es an die gefühlte achtzigmal aus den Rillen.

Man könnte meinen, die fünf ungezogenen jungen Menschen seien unbeaufsichtigt im »Steiff-Kinderland« aufgewachsen, so sehr erinnern die Texte an die geschmacklosen Zustände im Reklameheft *Für Dich* der Margarete Steiff GmbH aus dem Jahre 1987.

Nachdem sie das Glück hatten, einen – übrigens von einem Wellensittich bewachten – Piratenschatz zu heben, ein paar große Fische zu angeln, eine kreisrunde Geburtstagstorte zu backen und mit befreundeten Fröschen und Mäusen im Fesselballon über das Märchenland zu fahren, braten sich zwei erschöpfte Teddybären zum Abschluß eines gelungen Tages ein paar herrlich duftende Kackwürste: »Und es dauerte gar nicht lange«, so klingen die *Geschichten aus dem Steiff-Kinderland* aus, »da saßen sie schon um ein lustig flackerndes Lagerfeuer herum und ließen sich die leckeren Würstchen schmecken, die sie

Beim Souper vergißt man die »Scheißhäuser der Zeit«: Teddys grillen sich leckere Kackwürste

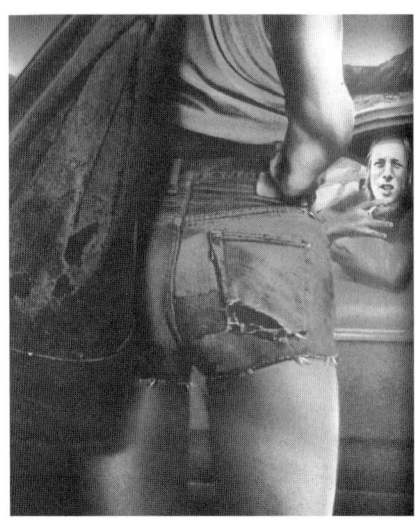

Auf dem Weg zum Freiluftfestival

an langen, spitzen Stöcken über das Feuer hielten.«

Wer da mitgrillen könnte! Doch was soll's? Wer das Pech hatte, nicht im Märchenland zu wohnen, der mußte auf Lagerfeuerromantik keineswegs verzichten. Er brauchte ja nur den Daumen auszustrecken, und schon schaukelte er hinaus aufs Land. Hinaus aufs Freiluftfestival.

»Autostop machen« hieß das damals. Und was man dort draußen alles zu Gesicht bekam: In den späten Siebzigern durfte ich in einem Erdloch bei Vlotho – oder war's Porta? Die Erinnerung ist leicht durchlöchert – dem Liedermacher Julius Schittenhelm dabei zuschauen, wie er sein teilweise im Adamskostüm angetretenes Publikum mit Weisen wie *Er dreht sich hinein ins Hirn* unterhielt.

Der schon ältere Herr hieß nicht nur so, er sah auch so aus, als sei er direkt aus einem wurmstichigen Wilhelm-Raabe-Buch gesprungen. Bei Raabe heißen die Leutchen zwar nicht Schittenhelm, aber immerhin Wunnigel oder Freifrau von Poppen, Ernesta Piepenschnieder oder Onkel Püterich. Auch Raabes Mohren, deren es einige gibt, sind im Unterschied zu den Buschmännern im *Großen Wilhelm Busch Album* keineswegs namenlos (sieht man von Buschs oftgebleutem, schwarzverpichten Molo ab), sondern heißen Wichselmeyer oder – im *Abu Telfan*, einem der schönsten und verdrehtesten Romane des 19. Jahrhunderts – Madam Kulla Gulla. Und nicht wenige der Raabeschen Helden sind, wie jener Schittenhelm, wirrhaarig und struppelig.

Der unfrisierte Barde, dem die Welt Klosprüche wie »Waf-

Warten auf Schittenhelm: Open Air in Vlotho

fenkram ist Affenkram« verdankt, gebietet über eine Gesangstechnik, die der eulenspygelschen womöglich verwandt, in ihrer Wirkung aber ungleich drolliger ist: Schittenhelm hat eine Vorliebe, die Vokale ungebührlich lang zu ziehen. Vor allem am Versende: »Mich ängstigt nicht der Jude, nicht der Kommuniist. / Sie beide war'n dereinst verfolgt, der letztre iist. / Das eine ging mir immer über den Verstaaand, / so wie ich jetzt das andre unverständlich faaand.« Nicht nur die Zeitformen purzeln bei Schittenhelm durcheinander, auch die Reime sind wie durch den Wolf gedreht. Es gibt Lieder, in denen er die Kontrolle verliert und sich gar nicht mehr einkriegt. »Ich wünsch dir Glüüüüüüüüüüüüüüüüüück« singt er in *Mondviecher,* und beim Wiederhören ist mir vor Lachen fast schlecht geworden.

Doch Obacht. Finger weg von Schittenhelms 79er-LP *Müllmutanten,* einer Platte, die – was Gitarrenbehandlung und Gesangsstil angeht – frappant an Charles Manson und Wolf Biermann erinnert. Wer über drei Abspielgeräte verfügt, kann ja mal Biermanns *Liebeslieder,* Mansons *Lie* und Schittenhelms *Müllmutanten* gleichzeitig ablaufen lassen: Es klingt wie aus einem Guß.

Charles Manson (Kugelschreiberzeichnung
von Wenzel Storch, ca. 1990)

Wer Schittenhelms Webseite aufsucht, bekommt einen Sack voll Schüttelreime über den Kopf geschüttelt, und einige sind sogar recht lustig (»Ein Hoch gebührt dem Suppengrüne, total bewährt bei Gruppensühne.«). Optisch erinnert Schittenhelm seit der Jahrtausendwende – glaubt man dem Cover seiner CD *Quarks bis Ethik*, ein Werk, das Quantenschaum und »Superstring-Nudelmantsche« besingt – an Commander Straker aus der Fernsehserie *U.F.O.* (ZDF, 1971 f.).

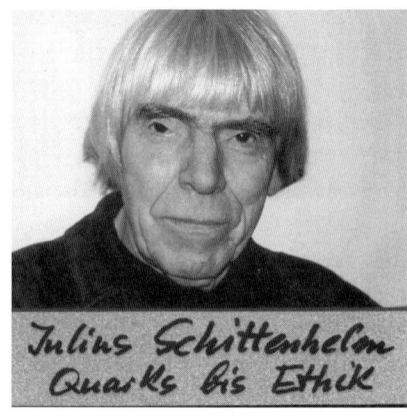

Doch zurück in die Wirklichkeit. Wo waren wir? Ach ja, bei Eulenspygel. Nun, das

Commander Straker strikes back

Ende des Musikschalks ist schnell erzählt. Als sich die gesellschaftlichen Verhältnisse nach zwei LPs nicht ändern wollten, fing man an, sich zu kabbeln. Eulenspygel taufte sich in Tyll Eulenspygel und, als das nichts half, in Tyll um (lt. *Pop* 1/75). Die Lieder hießen jetzt nicht mehr *Untertanenfabrik*, sondern *Nervenzusammenbruch einer Gitarre*. Als wär's ein Stück von Gebärväterli. (Vielleicht hätte man sich von Anfang an auf den *Narrentanz* beschränken sollen, so wie Emma Myldenberger, die Minnerocker um den Krummhornisten, Glockenspieler und Okarinisten Biber Gullatz aus dem Odenwald.)

Auf dem Weg in die Unterhosenfabrik: Fleißige Zwerge im Odenwald

Für Historiker: *Eulenspygel 2* dürfte etwa zeitgleich mit *Warum geht es mir so dreckig?* aus dem Ei geschlüpft sein (letztere, die weltbekannte erste Scherben-Scheibe, nicht bei Spiegelei, sondern auf einem volkseigenen Label mit dem brutalabstoßenden Namen David Volksmund Produktion) und wäre damit eine der allerersten deutschen Politrockplatten überhaupt. Älter sind wohl bloß *Grüß Gott mit hellem Klang* von Checkpoint Charlie und *Fließbandbabys Beat-Show* von Floh de Cologne, eine Band, die sich dem Backe-Backe-Kuchen-Rock verschrieb.

1972 folgten, neben den Debüts von Komkol und Kattong, *Sensemann* von Franz K. und *Kollege Klatt* von Lokomotive Kreuzberg. Klatt war ein Schweinerockkollege, der sich später mit Nina Hagen in den Hitparaden tummelte. Kaum war Lok Kreuzberg zur Nina Hagen Band gereift, da marschierten auch schon die Bots (*Was wollen wir trinken?*) zur Tür herein:

Gefürchtet für seine Phonstärke: Petzi trifft den Frontmann von Lokomotive Kreuzberg

Getextet von Dr. Diether Dehm und Günter Wallraff: »Was wollen wir trinken, sieben Tage lang?«

ge brennt«) hatten sich wie die Bots auf guten alten Klapsmühlenrock spezialisiert. Ihr Liebstes war, in Garnisonsstärke den Kalvarienberg hinaufzustürmen. Kaum auf Golgatha eingetroffen, führte man Gesänge, Tänze und Sketche auf, in der Art von Dschinghis Khan, einer Trachtengruppe um den unseligen Leslie Mandoki. Das Dreieralbum *Proletenpassion* ging anno '77 weg wie warme Semmeln.

fünf Holländer am Halsband von Dr. Diether Dehm, einem musizierenden Sonderpädagogen und Schlagertexter (»... und es hat Zoom gemacht«), der oft und gern mit dem Angstforscher und Nacktkulturler Dr. Dieter Duhm verwechselt wird.

O weh. Fast hätte ich Die Schmetterlinge vergessen. Die Wiener Schmetterlinge (»Denn wir sind die Schmetterband, / die keine Vorsicht kennt, / alles beim Namen nennt, / was auf der Zun-

»Friede, Freude, Eierkuchen«: Klaus der Geiger in seiner großen Zeit

Während Klaus der Geiger und Bands wie Teller Bunte Knete die Systemfrage stellten, ging's anderswo zu wie bei Hardenbergs unterm Sofa: »Du siehst Träume, verschlossen in gläsernen Tränen, und du spielst mit dem Schatten deines Schreis«, singen die Staubmäuse, beziehungsweise spricht's am Ende von *Waren wir*,

dem Willkommensgruß auf *Hölderlins Traum*, jener berühmten Plattenseite, die mit *Requiem für einen Wicht* ausklingt. Und der humanistisch Gebildete denkt wehmütig an die »Barke mit der gläsernen Fracht«.

Textlich hielt man sich an die Fritzen, nach denen man sich benannt hatte. Was soll der Geiz, wenn man Hölderlin oder Novalis heißt? Die poetischen »Leckerkramverfertiger« (H. Heine) galten vielen als die Freaks

»Requiem für einen Wicht«: Sexklamotte, frühe Siebziger

des 18. und 19. Jahrhunderts. War nicht Novalis an Schwindsucht und Hölderlin, wie Rapunzel, in einem Turmverlies dahingewelkt? Kein Wunder, daß Hölderlin ihr zweites Album *For Fritz* nennen wollten, was die ignorante Plattenfirma zu verhindern wußte.

So ist, wie Novalis-Fanclubs lange glaubten, der Vers »Wer Schmetterlinge lachen hört, / der weiß, wie Wolken schmecken« auch nicht dem Friedrich Freiherrn von Hardenberg aus der Feder getropft, sondern dem nachmaligen Nena-Gitarristen Carlo Karges, dem Dichter der *99 Luftballons*.

Während diesseits der Elbe die Schmetterlinge lachten, flossen jenseits der Mau-

Schmetterlinge können nicht weinen: Bastelarbeit von Wenzel Storch, 80er Jahre

Vorläufer der Gruppe Renft: Die Wilde 13

er – des, wie die Klassiker sangen, Erdenwunders mit den »schmucken Türmen, festen Toren« – dicke Krokodilstränen. Die Männer der Klaus Renft Combo, die sich Haarkleid und Bühnenkluft bei der Wilden 13 – im »Land, das nicht sein darf« – abgeschaut hatten, bezwangen das »Krokodil auf der Regenwiese« und ließen sich für doppelbödige Zeilen wie »Das Mädchen war kalt wie meine Füße« oder »In ihrem Himmelbett spielte ich ein Menuett« frenetisch feiern. Die Zonensonne brannte, als »Morgen ist ein neuer Tag, / ich pfeif auf die Hühnergötter« per Ostwind in den Westen reiste: Dahinter steckten die Laubenpieper von Stern-Combo Meissen. *Wir pfeifen auf den Gurkenkönig* hieß, als ich 13 war, in westdeutschen Fernsehstuben die tausendmal bessere Parole. Hark Bohm sei Preis und Dank dafür.

Mitte der Siebziger ging die böse Saat, die Peter Gabriel – eine Art André Heller des Progrock – in seinen Brutkästen herangezüchtet hatte, explosionsartig auf: Auf Westdeutschlands Bühnen gerierte man sich, kaum, daß die Nebelschwaden sich verzogen hatten, wie im Tollhaus. Hölderlin-Bratschist Nops Noppeney – oder war's Bassist Kassim Käseberg? – umkreiste seine Bandkollegen in der Gestalt eines Riesenvogels, und die Kautabakrocker von Grobschnitt, die sich mit lustigen Namen wie »Mist«, »Popo«, »Wildschwein« oder »Toni Moff Mollo« behängt hatten, rissen den Musikfreund mitten hinein in *Rockpommels Land*. Ein Gutes hatte die Sache: Sänger Wildschwein grunzte freundlicherweise auf englisch.

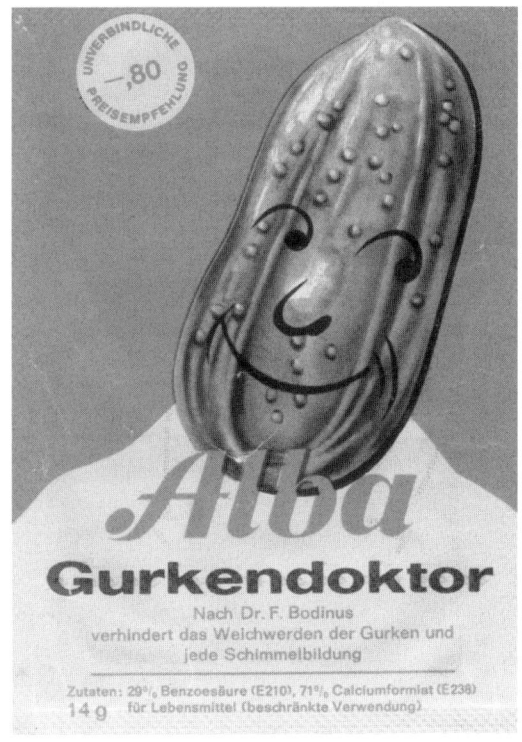

War in der Ostzone unbekannt:
König Alba, der sogenannte Gurkendoktor

Wäre es nicht besser gewesen, gar nicht erst mit dem deutschen Quatsch anzufangen und beim guten alten Englisch zu bleiben? So wie die Melodicrocker von Harlis? »My girl doesn't like it, she's crying all day / But I don't care at all, I got to get on my BMW«, jubelt Charly Maucher (was für'n toller Name!), der 1970 im Verein mit Peter Panka das Hardrockungeheuer Jane aus der Taufe hob, frohgelaunt im Harlis-Klassiker *BMW*: »So many towns and all the chicks were okay / But I never stay long, I got to get on my BMW«. Lustig ist das Bikerleben, und schon hopst die nächste Fleischereifachverkäuferin auf den Bock: »Come on baby, jump on the machine / Get those good vibrations, if you know what I mean …«

So many towns and all the chicks were okay

DER VERTRETER

SCHULMÄDCHEN-REPORT
8. TEIL

»Was Eltern nie erfahren dürfen«

FRAUEN KOMMEN LANGSAM – ABER GEWALTIG

Unter der Überschrift »Wo ist Böll?« spürte das *Zeit*-Magazin *Leben* im August 2007 der Frage nach, warum in drei Teufels Namen das deutsche Volk seinen Böll vergessen hat. Bei dem ellenlangen Text handelt es sich um das redaktionelle Umfeld für eine Kontaktanzeige des Romanciers Maxim Biller, der – eigentlich total süß – auf diesem Wege versucht, »jemanden zu finden, der auch Böll liest und mit mir darüber spricht«.

Böll vergessen? Im Land der Böllizisten? War nicht gestern noch seine *Katharina Blum* beliebter als Plumpaquatsch, Pillhuhn und Fliewatüüt zusammen?

Wir erinnern uns: Die Hauptperson ist eine »Kommunistensau«, »rote Wühlmaus« und »Kreml-Tante«. Als ihr das dämmert, schmeißt sie einen Flacon Kölnisch Wasser, eine Flasche Tomatenketchup, eine Flasche Salatessig, eine Flasche Worcestersauce und diverse Cremetuben an die vier Wände ihrer kleinen Wohnung. Nach diesem Wutausbruch sind ihr ein anonymer »Zärtlichkeitsanbieter« und ein »Todesherbeiführer« auf den Fersen. Der Todesherbeiführer mit dem originellen Namen Tötges will sie interviewen, d. h. »bumsen« – spätestens hier ahnt der moderne Leser: Hinter der Sache kann nur der *Entenhausener Kurier* mit seinem

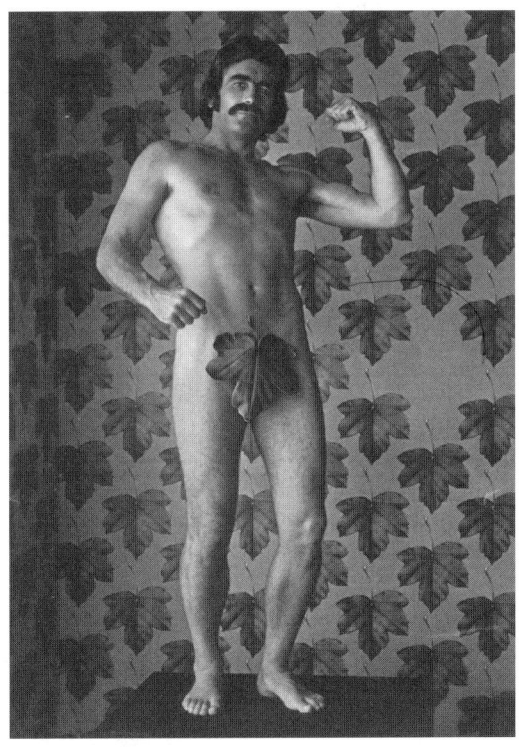

Anonymer Zärtlichkeitsanbieter

verrückten Schriftleiter Kai Diekmann stecken. Und am Ende des Buches bumst es dann auch, »aber gewaltig« (Ina Deter).

Wenn schon *Die verlorene Ehre der Katharina Blum* nicht viel mehr ist als ein aufgeblasener Pennälerscherz, sprachlich braucht sich Bölls Erzählung nicht hinter den Arbeiten eines – sagen wir – Max von der Grün (*Vorstadtkrokodile*) zu verstecken. Wobei den Kollegen vom heiteren Fach naturgemäß die schöneren Anfangssätze glücken: »An einem Aprilabend fuhr Charlotte Müller, genannt Karlchen, mit ihrem rostigen Kombi, der bis zum Kragen mit Töpferwaren aus dem Westerwald beladen war, in München ein.« So souverän hebt Barbara Noacks gleichaltrige Aussteigerromanze *Drei sind einer zuviel* an – übrigens grandios verfilmt mit Jutta Speidel –, Böll hingegen notiert zugeknöpft und irgendwie verdruckst: »Für den folgenden Bericht gibt es einige Neben- und drei Hauptquellen, die hier am Anfang einmal genannt, dann aber nicht mehr erwähnt werden.«

Drei sind einer zuviel (Filzstiftzeichnung von Wenzel Storch)

Aber scheiß auf den Anfang! Dafür hat Böll den Knalleffekt am Schluß. Und der Schluß ist immer noch die Hauptsache, »wenn der nicht gut ist«, das wußte schon Karl May, »so sieht das Buch aus wie ein Pferd ohne Schwanz«.

Böll bemüht zur Erläuterung des Konstruktionsprinzips, nach dem er seinen »Bericht« zusammengeklatscht hat, die von ihm erfundene Pfützensymbolik. Irgendwas soll anscheinend »trockengelegt« werden. Bei Kapitel 25 z. B. handelt es sich »lediglich um den Durchstich eines Nebenpfützenstaus«. Und in den Pfützen schwimmt das übliche Böll-Personal. Diesmal heißen die Herrschaften Sträubleder und Beizmenne, gegen Ende stoßen noch Kneipenwirt Kraffluhn und »ein gewisser

»Gut, jetzt bumst's«: Blum und Brettloh

Kottensehl« hinzu. Und auch die Blum heißt eigentlich nicht Blum, sondern Brettloh. Stellt sich die Frage, ob *Die verlorene Ehre der Katharina Brettloh* als Titel nicht schöner gewesen wäre.

Daß Böll in Sachen Namensgebung ein Händchen hatte, ist bekannt. Hier gibt sich der Nobelpreisträger viel Mühe, ist aber noch nicht ganz auf

Eva Kreyl-Pint erschrickt: Graf Erle zu Berben bedroht Kapspeter (Actionszene aus Bölls letztem Roman Frauen vor Flußlandschaft)

der Höhe seiner gestalterischen Kraft. Erst in *Fürsorgliche Belagerung*, als Gestalten wie Blurtmehl und Holzpuke, Blörl, Pliefger, Lühler und Pottsieker zum Leben erwachen, ist er auf dem Gipfel seiner Kunst angelangt.

Es wär' an der Zeit, daß endlich einmal ein Heinrich-Böll-Figurenlexikon rauskommt. Thomas Mann und Karl May haben ja auch eins. Bei May heißen die Leute allerdings nicht Bur-Malottke oder Dr. Kluthen, sondern – man kann das kompromißlos finden – Kattapattamattafattagattalattarattascha (freilich nur in *Old Surehand* Bd. 1).

Heinrich Böll: *Die verlorene Ehre der Katharina Blum.*
Kiepenheuer & Witsch, Köln 1974

OH HAPPY DAY

Abgemalt aus alten Bilderbüchern

Er freute sich:

Dr. Franz Kafka

Kafkas Schwester verließ das Elternhaus mit elf Jahren.

Kafka blieb noch eine Weile bei den bösen Raben in Prag.
Am Tage seiner Großjährigkeit machte er sich auf den Weg ins Ausland.

*Sein beknacktes Mienenspiel erregte sofort die Aufmerksamkeit
der Einheimischen.*

*Mama und Papa suchten ihn überall. »Wenn wir ihn nicht bald finden, Frauchen,
dann beschmeißen wir die ganze Landschaft mit Scheiße.«*

ARNOS BÄRENHÖSEL

Nachrichten von Katzen und Menschen: Im Tagebuch von 1955 plaudert Alice Schmidt wieder einmal aus dem Nähkästchen

»Der hatte doch nur seine Alice und sein Fernrohr und sein Maggi.«
Jörg Schröder, *Maggi Pur*

Wie mag es im Ehealltag zugehen, wenn man den Glauben an die Dreifaltigkeit verloren hat? Oder, schlimmer, das Brot des Lebens nie empfangen durfte? Theologen und christliche Paartherapeuten können sich jetzt schlau machen, indem sie einen Blick in die Tagebücher von Alice Schmidt werfen. Soeben ist Band 2, das Diarium aus dem Jahr 1955, erschienen.

Christliche Paartherapeuten

Auf den letzten »Bärdel-Piepertag« folgt der »1. Kohlenbutz-Häseltag« – ein typischer Monatswechsel im Hause Schmidt. Und als der letzte »B 1107=Dierdelherren-Tag« zur Neige geht, steht schon der »1. Nödel-Bommelleuteltag« vor der Tür. Man sieht, ganz ohne höhere Wesen geht es nicht.

Anders als die Christen, die »zum fürchterlichen Himmel heulen, daß die Sterne daran zittern«, wie Adalbert Stifter in seiner *Narrenburg* schreibt, huldigt das Ehepaar Schmidt einer Privatreligion – die Forschung nennt's Mythologie –, die ohne Heulen und Zähneklappern auskommt. Bei Bärdel und Häsel handelt es sich, wie bei Eulchen, Piepmatz und Bauhund, um sogenannte Monatsherren, die als selbstgemalte Schutzgeister den Wandkalender zieren.

Das Ehegespann liest gemeinsam den Segen über die Manuskripte des Hausherrn, bevor der Postbote sie hinaus in die Welt trägt. Um einen Blick in die Zukunft zu tun, wird das Hauptwerk eines längst vermoderten *Konkret*-Lesers aufgeklappt (auf die Frage »Was wären seiner Ansicht nach denn die bemerkenswertesten deutschen Zeitungen?« hatte der wieder zum Leben erwachte Goethe, freilich nur auf dem Papier eines Schmidt-Ulks von '56, an erster Stelle den *Konkret*-Vorläufer *Studentenkurier* genannt) und das *Faust*-Orakel befragt. Auch vermeidet man es nach Möglichkeit, ohne die drei wasserscheuen Mohren – drei aus einer Pralinenschachtel ausgeschnittene Sarotti-Mohren, die bei Badeausflügen »in Gummihaut etc. verpackt« mitplanschen dürfen – auf große Fahrt zu gehen.

Beschützt von Eulchen, Piepmatz & Co:
Arno Schmidt um 1955

Drei Mohren, im Laufschritt und mit Naschwerk

Der Großteil des Tagebuchs spielt in den gemütlichen vier Wänden, wo Alice Schmidt der verhaßten Hausarbeit nachgeht oder ihrem Mann als Tippse und Korrekturleserin zur Seite steht. Einmal verfaßt sie selbst – wär' doch gelacht! – unter dem Titel *Die Organistin* eine Kurzgeschichte, kriegt aber prompt eins auf den Deckel: »Du wärst so der richtige Blut-und-Boden-Schmierer der Nazis geworden«, schimpft Nödel, wie Alice ihren Arno traditionell nennt.

Alle paar Wochen wird dem Gehirnriesen der Kopf gewaschen, zum Beispiel am 3. Februar: »I wasche 'm Nödel sein Köpfel. Jetzt hat er wieder 'n großen dicken Lockenkopf«, heißt es da, und am 8. Mai lesen wir: »Nö'l Kopf 'ab'waschen!!«, danach »zu mittag: Quarkauflauf«.

Während ein Verlag nach dem anderen Schmidts Manuskripte ablehnt, geht auch im Haushalt allerlei schief: Pünktlich zum Frühlingsanfang landet der Suppenbeutel – Frau Alice hatte sich schon gewundert: »das Wasser sieht so seltsam blau im Topf aus« – im Färbewasser, in dem eben noch die Bluse schwamm. Die blaue Hühnersuppe wird wacker weggelöffelt, und als man wenig später liest: »wasche Arnos Bärenhösel«, sieht man sie vor sich, die Bärenhose in der Hühnerbrühe.

»Stumme Anbetung, die auch Maschine schreiben kann«: Alice Schmidt, 1959

»Hurra! Hurra! Heut ist Nödeltägel da!« freut sich die Verfas-

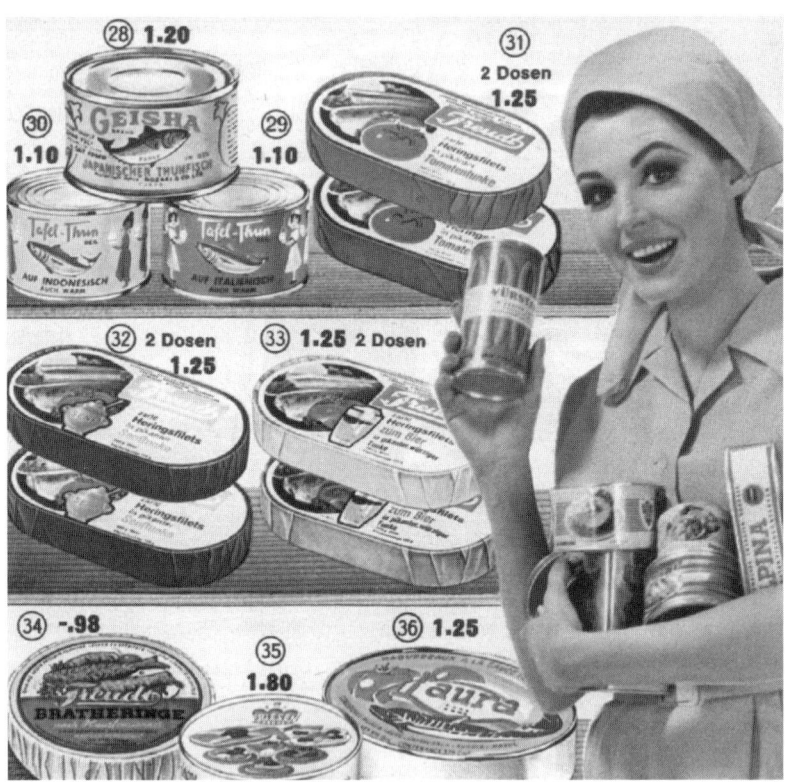

Hurra, das Freßpaket ist da!

serin am 18. Januar, doch nicht immer ist die Stimmung so ausgelassen wie an »Nödels Geburtstag«. Was Wunder? Die großartigste Fähigkeit des Menschen ist, nach Oliver Maria Schmitt, »die Zahlungsfähigkeit«, und ausgerechnet hier hapert's. Auch wenn regelmäßig Freßpakete eintrudeln – mal gepackt von Schwester Luzie, mal vom »Mä5«, wie Alice Schmidt den neuen Mäzen Wilhelm Michels nennt –, muß der Haushaltsvorstand Zeitungsartikel, Kurzgeschichten und Übersetzungen »am laufenden Band« (R. Carrell) produzieren, um halbwegs über die Runden zu kommen. Logo, daß er bald drauf und dran ist, die Dichtkunst in die Tonne zu treten. Auf der häuslichen Bühne schaltet er am 14. 2. von Null auf Hundertachtzig und gibt den Wüterich: »soll alle seine geschriebenen Bücher wegnehmen, will nichts mehr davon sehen. (Tue es schweigend, damit er sie nicht zerreißt. Was wird er nun ausbrüten?)«, heißt es bange. »Dann

beide N.«, fährt das Tagebuch nach einem Gedankenstrich fort, wobei N nicht für Nödel, sondern für Nickerchen steht. Doch der nachmittägliche Matratzenhorchdienst will das Blatt nicht wenden: »Mache nichts Gutes mehr!«, prophezeit Schmidt nach dem Aufwachen. »Jetzt wolle er nur noch ›Scheiße‹ schreiben«, meldet das Tagebuch, nachdem der Dichter sich zwischenzeitlich wieder berappelt hatte, am 17. Mai.

1955 ist das Jahr, in dem Schmidt *Das steinerne Herz* vollendet, allerhand Kurzgeschichten aus dem Ärmel schüttelt und, angestupst von Alfred Andersch, mit der Serie der berühmten Funkdialoge beginnt. Insgesamt erscheinen 32 Zeitungsartikel, nebenbei wird noch etwas »Literaturschlamm« übersetzt und gegen Ende des Jahres verfaßt er sogar »mal was lockeres, hübsches«, das zur eigenen Belustigung ge-

Wüterich im zarten Saitling

schriebene Possenspiel *Tina oder über die Unsterblichkeit*. Es ist auch das Jahr, in dem »die Pflaume Thomas Mann« ins Elysium einzieht und Schmidt über Nacht eine Anzeige wegen Gotteslästerung und Pornographie am Hals hat.

»Die Menschen«, wußte schon Vetter Just, eine Type aus Raabes *Alte Nester*, »fordern nur zu gern gerade die zum Tanze auf, welche der Schuh drückt.« Der Dichter, der sich bereits im Kerker schmachten sieht, soll für seinen Kurzroman *Seelandschaft mit Pocahontas*, den ohnehin kaum einer liest, öffentlich Buße tun. »Könne mir nicht denken, was für Zwiebelmethoden es im Gefängnis gäbe«, notiert seine Frau schaudernd, »u. wenn er dann dem Wärter eine reinhaute, gäbs gleich wieder 'n ½ Jahr drauf.«

»Armer Nödli!« Man überlegt, ob man nicht lieber »in die Ostzone« rübermacht und flieht schließlich von Kastel ins evangelische Darmstadt, um einer Anklage beim Landgericht Trier zu entgehen. Vom kleinen Kaff springt die Handlung in die große Stadt, und in der Wohnung des menschenscheuen Dichters geht's bald zu wie im Taubenschlag. Bewunderer und Gönner geben sich die Klinke in die Hand. Der Maler Eberhard Schlotter steht mit kupferfarbenen Gardinen, die Dichtersgattin Kreuder mit Pflaumenmarmelade und der Architekt Kurt Jahn mit frischgeschossenen Wildschweinkeulchen auf der Matte.

Unbekannte Knastbrüder, Fünfziger Jahre

Antrittsbesuch mit selbstgeschossenem Fleisch

Und unten im Auto wartet schon ungeduldig HAP Grieshaber auf eine Audienz.

Frau Alice genießt den Trubel, doch für den Privatgelehrten und passionierten Eigenbrötler ist es eine Tortur. Wie soll bei dem Rummel das Werk gedeihen? Schon auf dem Lande wünschte das Hirntier sich, sobald Besuch vor der Tür stand, lieber in den nächstbesten Knast. Der Mann, der sein Leben – und das Leben seiner Frau, wozu er als Haushaltsvorstand ja berechtigt war – ganz den neuen Prosaformen geweiht hatte, war ein großer Abwimmler und Wegschicker: Als ein Herr mit Hitlerbärtchen, getrieben von dem Wunsch, ein selbstgemachtes Gedicht zur Zither vorzutragen, ans

Fenster pocht, tut Schmidt ihm kund, »er verstehe nichts von Gedichten« und schreibe ausschließlich Romane, »die sich nicht reimten«. Und weil der Groschen nicht gleich fällt: »ihm ein Buch – irgendeins – aufgeschlagen, gezeigt: so was«, worauf der Unbekannte seinen Irrtum einsieht und sich trollt.

Schlimmer als solche Heimsuchungen sind ausgewachsene Reisen. Bei einer Spritztour mit Familie Michels – eine Lustpartie im Opel Kapitän (»grau, prächtig verglast«), bei der auch die drei Mohren mit an Bord sind – läßt man sich zunächst betont langsam »durchs staunende Dorf« schaukeln, doch am Ende der mehrstündigen Sause durch wechselnde Landschaften muß Alice kotzen (»das ungewohnte schleudern im Wagen bei den vielen Kurven«), und Arno meckert: »Zu viele Bilder!« Auch eine Expedition mit der schwäbischen Eisenbahn, die den Dichter zum Schiller-Archiv nach Marbach fährt, wo er Fouqué-Handschriften vertickt und ein grünes Gummikissen klauen kann, endet traumatisch (»Bratwurst gegessen: Zunge verbrannt.«).

Immerhin bringt er eine gute Nachricht mit heim. »Eine berühmte Schauspielerin Bruni Löbel u. deren Mann bis tief in die Nacht Pocahontas deklamiert u. hell begeistert«, hatte ihm Alfred Andersch, den er unterwegs getroffen hatte, freudig gesteckt. Nanu? Bruni Löbel? Und warum erzählt die ehemalige Bruchpilotin (Flugschülerin Julchen, *Quax in Afrika*) in ihren Memoiren gar nichts davon? Vielleicht, weil sich die Löbelsche schon bald – zumindest künstlerisch – dem großen Curth Flatow an den Hals warf, einem heute vergessenen Dramatiker, dem wir nicht nur Stücke wie *Ich heirate eine Familie* verdanken, sondern, zusammen mit Horst Pillau, auch die köstlichen Sketche aus der Quizsendung *Dalli Dalli*.

Heute ein Kindermusicalerfolg: Seelandschaft mit Pocahontas

BRUNI LÖBEL
Eine Portion vom Glück
Erinnerungen
Herbig

*432 Seiten und kein Wort
von Arno Schmidt*

Das Tagebuch der Alice Schmidt läßt sich, das war bereits beim ersten Band so, auch diesmal wieder als Tierbuch lesen. Bis in den Herbst hinein gibt es kaum eine Seite, auf der nicht ein Kätzchen schnurrt. Sobald der Winter seine rote Nase zeigt, werden die ersten »Piepmätze« gefüttert, und einmal wird Katze Minka, von Alice auf frischer Tat bei der Vogeljagd ertappt, mit der Rute verfolgt und – dem Leser will das Blut in den Adern stocken – »in der Stube durchgeprügelt«. Doch auf Blitz und Donner folgt Sonnenschein. »Radio Frkf. meldet, daß ein Junge beim Ausnehmen eines Vogel-

nestes vom Baum gestürzt und an den Verletzungen gestorben. Sehr, sehr gut!«, lesen wir im Wonnemonat Mai, und freuen uns wenig später, daß bei Spaziergängen ganze Konvolute von Schnecken und Regenwürmern gerettet werden können, indem sie von der Straße auf den Acker getragen bzw. geworfen werden.

Wem jetzt das Herz aufgehen will, dem sei gesagt: sich das 55er Tagebuch nur wegen der Tiergeschichten zu kaufen, lohnt nicht

Katzen auf der Jagd

recht, da ist man mit Band 1 besser bedient. Denn im zweiten Buch ziehen die Schmidts ja in die Stadt, und im Möbelwagen findet leider nur Katze Purzel Platz. (Man fragt sich, warum in beiden Tagebuchbänden die zahlreichen Katzen nicht im Personenregister geführt sind; eine Läßlichkeit, die hoffentlich mit dem dritten Band,

Cicciolina, ein Kätzlein des Autors, beim Telefonieren

Mit allen Koch- und Abwaschkünsten entzweit: Alice Schmidt in Kastel

der dann vielleicht – es wär' zu schön! – in Bargfeld spielt, behoben sein wird.)

Tierfreunde werden sich im letzten Viertel des Buches natürlich auf die Einträge stürzen, in denen Purzel ins Badewasser plumpst, die *Geschichte der deutschen Höfe seit der Reformation* vom Regal reißt oder in der großen Stadt, mit rotem Halsband an roter Lederleine, zum erstenmal Gassi geht und sich fast so wunderlich benimmt wie sein Herrchen, wenn dieses sich auf gesellschaftliches Parkett wagt (»Arno sagt: wie 'n Neger der's 1.x Hosen trägt!«).

Zwei Sommer und drei Winter muß der in die Großstadt verpflanzte Gehirnriese als »stummer zürnender Gott, lang ausschreitend« an der Seite seiner Frau die Straßen durchmessen, »dann dreht sich der Wind«, wie J. Werding singt, »etwas Neues beginnt.« 1958 geht explosionsartig das in Erfüllung, was man »Nödel's Traum« nennen könnte: das längere Gedankenspiel vom eigenen Heim. Am Ortsrand von Bargfeld, gut versteckt in der niedersächsischen Pampa, findet sich ein geeignetes Objekt, komplett mit angeschlossenem »Zwergengarten« (P. Hacks), und endlich kann Arno Schmidt ungestört auf seinem Pegasus durch die Wohnung reiten.

Aus Arno Schmidts Arbeitsmappe: Kolderups »MädchenZimmer«

Ein Vierteljahrhundert ward ihm noch geschenkt, und der »Herr der Wort= Weltn« konnte sich nach Herzenslust – den inneren Ofen unermüdlich mit Tabletten, Schnaps, Nescafé und wohl auch Maggi befeuernd – seinem Spätwerk widmen (seiner Frau, der allmählich die Decke auf den Kopf fiel, besorgte er netterweise einen Fernsehapparat). In Bargfeld erblickten Düsterhenn und Kolderup, Dümpfelleu und Nipperchen, die unvergeßliche Tante Heete – eine kaum verblümte Heidi-Kabel-Kopie – und noch tausend liebe Papiergestalten mehr das Licht der Welt.

Tante-Heete-Urbild: Heidi Bertha Auguste Kabel (Schmierfettreklame, Achtziger Jahre)

Dann, es war der 3. Juni 1979, konnte der HErr es plötzlich nicht mehr aushalten. Und er nahm Arno Schmidt auf in sein Reich.

Alice Schmidt: *Tagebuch aus dem Jahr 1955.* Hrsg. Von Susanne Fischer. Suhrkamp, Frankfurt a. M. 2008

KALLE BLOMQUIST LEBT GEFÄHRLICH

Einen größeren Beweis von Liebe konnte mein Hund gewiß nicht erbringen, als mich umzuschmeißen, sodaß die Blinddarmnaht wieder aufriß.

AUS DER PUDERZEIT

*Eine Räuberpistole
aus dem 18. Jahrhundert
erzählt von Liebe,
Rauschgift und Rassenwahn*

»Was ist's weiter? Würde sogar eine Negerin heiraten,
wenn sie nicht schwarz wäre.«
Sam Hawkens in *Winnetou I*

*August Heinrich Julius
Lafontaine (1758–1831)*

Vor uns liegt eine speckige Schwarte aus der
Puderzeit. Doch keine Angst. Jedes Eselsohr wurde
sorgfältig glattgestrichen, jeder Stockfleck liebevoll
entfernt. Dafür müssen die befallenen Blätter,
ein altes Hausmittel, bei Vollmond in Buttermilch
eingelegt werden. Wieder trocken, wird das Ganze
zwischen kostbar marmorierte Kleinoktavdeckel-
chen gepreßt. Fertig ist ein neuer Band der *Haidni-
schen Alterthümer*.

Zum dreißigsten Geburtstag der Sammlung hat
man sich an einen antiken Bestseller gewagt. *Quinctius Heymeran von Flaming* ist ein Fabrikat des Viel-
schreibers August Heinrich Julius Lafontaine, und
natürlich ein Kleinod aus jener Mottenkiste, die die
Lieblingsscharteken Arno Schmidts beherbergt.

Der Bargfelder Bücherwurm hatte am *Quinctius Heymeran von Flaming* einen Narren gefressen.
Schmidts Alter Ego, der Altertumsforscher Daniel
Pagenstecher, hatte sogar erwogen, das vierbändige Werk mit auf den Mond zu
nehmen. Auch Wieland, Novalis und Lichtenberg brachten dem *Flaming* mehr als
nur Wertschätzung entgegen. Alle drei konnten sich nach der Lektüre nicht mehr
einkriegen und lobten die wunderliche Geschichte, die sich um die Geschicke eines
tumben Freiherrn dreht, über den grünen Klee.

Daniel Pagenstecher mit »KindsBraut« Franziska:
Illustration zu Zettel's Traum von Wenzel Storch (1984)

Wenn auch nicht unbedingt »Laugh=Fontainen« aus dem Buch aufschießen, wie
Arno Schmidt in seinem Hörspiel *Eine Schuld wird beglichen* behauptet, schnurrios
ist die Sache allemal. Allerdings macht es der Autor uns und seinem Helden nicht
leicht.

Papa Flaming verbringt den Lebensabend in verzückter Betrachtung seiner
Stammbäume. Der Sohn ist ein »sanfter Rebell« (S. Waggershausen) und zieht sich
schon früh Philosophen und »Querdenker«, Leute wie Franz Joseph Gall oder Ray-
mundus Lullus, rein. Auch wenn er oft nur Bahnhof versteht, er kann's nicht lassen,
die abstrusesten Folianten aufzuschlagen. Besonders die Werke des wissenschaft-
lichen Rassismus haben es ihm angetan. Er liebt es, »wie ein Seehund hineinzu-
springen« und »wie ein Maulwurf darin herumzuwühlen«. Nicht lange, und
Quinctius Heymeran verschlingt die tollsten Physiognomiker und Schädelkundler
und aalt sich in den Freuden des Rassenwahns. Um das geflügelte Wort aus Enten-
hausen zu Ende zu zitieren: Es ist ihm »ein Hochgenuß«, immer neue Hirngespin-
ste in die Luft zu schmeißen und sich Ressentiments und Vorurteile »auf die Glatze«
prasseln zu lassen – ganz so wie Onkel Dagobert seine geliebten Talerchen.

Ein Zug freilich, der den begüterten Baron von der reichsten Ente der Welt (deren Vermögen Mitte des 20. Jahrhunderts die »Fünf-Pimpillionen-Grenze« überschreitet; »5 Pimpillionen und 396 Tripstrillionen« sind es laut Dr. Erika Fuchs im Jahre 1957) krass unterscheidet: Die ganze Welt soll an seinen Freuden – sprich Lesefrüchten – teilhaben. Eines Tages überrascht der Baron seine Untertanen mit der Ankündigung, er werde sie, zwecks Veredelung, in verschiedene Sorten einteilen, »wie die Hunde, in Mopse, Pudel, Spitze.«

Frohgemut beginnt er mit der Selektion. Wer blond und blauäugig ist, ist zu Höherem geboren und kommt ins Töpfchen. Doch die Sache will nicht klappen, denn Quinctius Heymeran von Flaming ist ein Rassist zum Knuddeln. Egal, welche Scheiße ihm durch den Kopf schwappt: In seiner Brust klopft ein Herz aus Gold. Am liebsten würde er alle, auch die Aussortierten, in den Arm nehmen und ganz fest drücken.

Als überraschend eine Mohrin auf den Plan tritt, ist es – hoxpox – um ihn geschehen. Dabei ist Iglou, so der Name der Dame, nicht unbedingt das, was man einen heißen Feger nennt. Im Gegensatz zu Wielands Gulleru – in Christoph Martin Wielands *Abderiten* heißt es schwärmerisch: »die Wangen rund wie die Backen eines Trompeters«, dazu riesen-

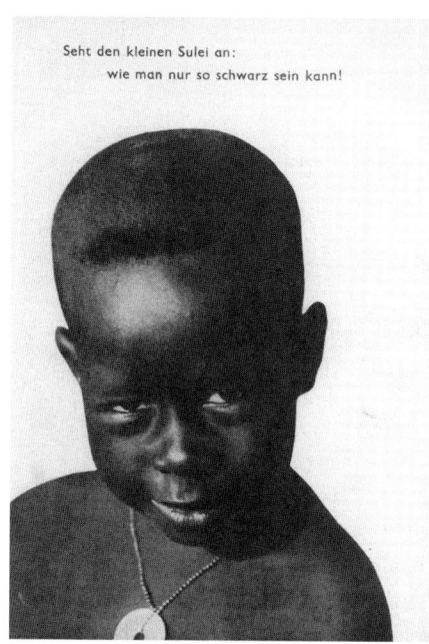

Rassismus mit Herz: Bilderbuch Sulei, der kleine Negerjunge von Herbert und Gerty Kaufmann

hafte Ohren und Lippen, die »einer aufgeborstnen Nelke« gleichen – wirkt Iglou eher hausbacken und gibt sich gern ein wenig trauerklötig.

Sie hat unzweifelhaft was deutsches; und als der Baron, der gegen seinen Willen eine glühende Neigung zu ihr faßt, sie am Ende des Romans zum Altar führt, ist sie längst vorschriftsmäßig

Wielands »schöne Gulleru«, gesehen mit den Augen von Robert Crumb

getauft. Die Mohrin heißt fortan Christiane, wird aber vom Autor, dem das vielleicht selbst zu albern war, weiter Iglou genannt.

»Die Romans«, sagt Heidegger, »handeln hauptsächlich und meistentheils von der Liebe und Buhlerey.« Diesem Gattungsgesetz, von Gotthard Heidegger 1698 formuliert, gehorcht auch der *Flaming*, und zum großen Finale geht es zu wie bei Kai Pflaume: Nur die Liebe zählt – doch Vorsicht! Wer Pikant-Gewagtes, womöglich Gepfeffertes – à la »Am Abend hilft die Jägerin dem Jäger in die Negerin« – erwartet, geht leer aus und wird das Buch enttäuscht in die Ecke schmeißen.

Iglou, die auch im Ehestand gern die aus Afrika mitgebrachte Laute schlägt, führt ein sanftes und sittenfrohes Unterrockregiment (das ganze Gegenteil einer schwarzen Hochzeitshexe, wie sie uns z. B. als »garstige Rußika« bei Brentano begegnet), und der Baron mutiert, angetörnt durch »den einfachen hohen Geist der Mohrin«, zum Hausmann: »Bald zeichnete er für Iglou Muster für Stickereien«, und durchs Oberstübchen flackern nur noch selten Flashbacks des alten Rassenwahns.

Brentanos »garstige Rußika«, eine Vorgängerin des Grimmschen Pechmariechens

Die Mär vom geläuterten Rassisten ist mit über tausend Seiten nicht die einzige schwatzhafte Schnurre, die Lafontaine verfaßt hat. Die Regale der Leihbüchereien bogen sich unter seinen empfindsamen Werken, sein Œuvre schwoll mehr und mehr an und schließlich brachte er's zum meistgelesenen Autor der Goethezeit. 1831, sein Stern war bereits am Sinken, verschied August Heinrich Julius Lafontaine, dessen Mutter die dickste Frau Braunschweigs war, als dickster Mann von Halle.

Während er *Leben und Thaten* des rasenden Freiherrn ersann, wirkte Lafontaine als preußischer Feldprediger im revolutionären Frankreich. Nicht etwa als Bäckermeister, wie man meinen könnte, bringt man in Anschlag, auf welche Weise er sein Thema pausenlos durchknetet – nicht viel anders als einen großen Klumpen Teig. Man fühlt sich an die Wiederkäuerszenen in Immermanns *Münchhausen* erinnert, doch immer, wenn man das Buch zum dritten, neunten, zwölften Mal in die Ecke pfeffern will, liest man sich wieder fest. Dabei fällt auf: Am besten gelingen Lafontaine die Abschweifungen. Gilt es zu schildern, was dieser oder jener Figur jenseits der Haupthandlung widerfährt, nimmt *Quinctius Heymeran von Flaming* Fahrt auf.

Die rührend-brutale Opium-Episode ist solch ein Höhepunkt, oder der umfangreiche Bericht über die Amouren der flatterhaften Julie.

Der plätschernde Erzählton täuscht darüber hinweg, daß die meisten Figuren wie beim Autoskooter wirr durcheinander eiern, um an unvermuteter Stelle – nach guter alter Kolportagemanier – neu und frisch aufeinanderzuprasseln. Wobei das

Regenwurmartiges Gewusel der Komparsen: Die Liebe des Ulanen

wohltuend überschaubare Personal dafür sorgt, daß man sich als Leser nicht unnütz verheddert. Wer einmal in den Tiefen eines labyrinthischen Monsterromans – man denke an das grandiose Geflecht aus buckligen Rittmeistern, mörderischen Clowns und fetten Seiltänzerinnen, aus Kräutersammlern, Kurtisanen und Kunstmalern, wie es Karl May in *Die Liebe des Ulanen* knüpft – versunken ist, weiß das zu schätzen.

Bevor *Konkret*-Leser nun ihr Sparschwein schlachten, sei angemerkt: Schon unsere Vorfahren mußten für die Erstausgabe des *Quinctius Heymeran von Flaming* 6 Reichstaler berappen. »Dafür konnte sich ein Zeitgenosse«, erfahren wir im 150-seitigen und durchweg lesenswerten Nachwort, immerhin »72 Pfund Kalbfleisch kaufen«.

August Lafontaine: *Quinctius Heymeran von Flaming*. Zweitausendeins, Frankfurt a. M. 2008

♥ DIE REGELUNG ♥

Sylvia hat mit ihrer Mutter eine Abmachung getroffen: Sie mußte versprechen, mit ihrem Freund Thomas nie mehr als nur Petting zu machen.

Dafür darf sie mit ihm in ihrem Zimmer ungestört sein. Sie ist mit dieser Regelung, die auch von Thomas akzeptiert wird, sehr zufrieden.

Doch eines Tages beobachtet Sylvias jüngere Schwester die beiden beim Intimkuß. Deswegen kommt es dann zu einem FAMILIENKRACH

RUCKEDIGU, EJAKULAT IST AM SCHUH

Melinda Gebbie und Alan Moore erzählen in Lost Girls *von bebenden Lustgrotten und zuckenden Freudenspendern. Und verbeugen sich, ohne ihn zu kennen, vor Thomas Mann.*

»Wie schön, daß es die Comics gibt.«
Max Horkheimer

Ein Kammerdiener läßt sich herab: Ulf Poschardt im Safer-Sex-Anzug

Der Wonnemonat Mai stand vor der Tür, und mit einem artigen Diener bedankten sich die Showmaster des öffentlich-rechtlichen Fernsehens bei ihren weiblichen Gästen für ein Näpflein »Fotzensekret«.

Frühlingsgefühle, wohin man sah. Zwei Wochen, nachdem Oliver Pocher von der Rapperin Lady Bitch Ray – die in ihren Liedern viel Schönes und Wahres vorträgt und dabei charmant »Kackbratze« auf »Dorfmatratze« reimt – »zwei Sonntagsproduktionen« geschenkt bekommen hatte, ließ sich Ulf Poschardt für *Die Welt* in jene Feuchtgebiete hinab, von denen die Republik, deren Kammerdiener er ist, neuerdings raunt und flüstert.

Dort unten, wo der Doyen der Ungewaschenen, Meerkönig Gurumusch, regiert, stieß der Taucher zwischen allerlei Glibbereien auf Charlotte Roche. Keine schlechte Gelegenheit, sich für ein Glas

Wasser zu bedanken, das ihm jene Lady Bitch Ray unlängst im fernen Österreich über den Maßanzug kippte, denn der ehemalige Schriftleiter von *Vanity Fair* verabscheut nichts so sehr wie ein beklecktertes Beinkleid.

»Die Uneleganz und der Nicht-Ästhetizismus wird von Figuren wie Charlotte Roche zur heroischen Pose verklärt«, erläutert Poschardt, als er wie der kleine Wassermann schleimgekrönt wieder zum Vorschein kommt, »und ist

Geil und ungewaschen: Meerkönig Gurumusch

doch nur Vorhut des kleinbürgerlich Egalitären, das Deutschland nach der Ausbürgerung seiner Moderne nach 1933 zur Staatsräson erklärt hat.«

Wie immer man zu Kernseife und Wurzelbürste steht, eines scheint sicher: Jahrzehnte nach *Schulmädchen*- und *Hausfrauen-Report*, nach *Sexfront* und *Laß jucken, Kumpel* klatscht eine neue Sexwelle übers Land. Der liebe Gott muß es gut mit den Deutschen meinen, daß er ausgerechnet jetzt *Lost Girls* erscheinen läßt, jenes langerwartete Sittengemälde, hinter dem 15 Jahre Arbeit im Dienst der Pornographie stecken.

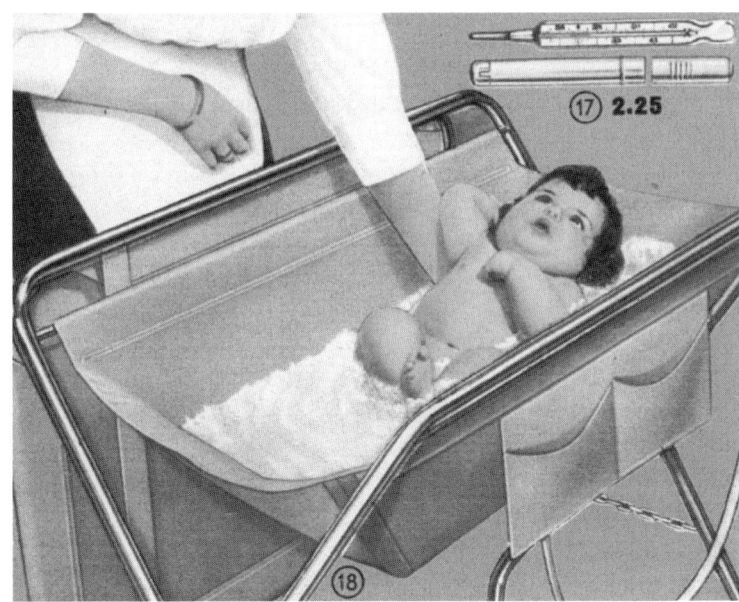

In Gefahr: das deutsche Reinheitsgebot (Kinderbadewanne, BRD 1964)

189

Die unzüchtigen Texte stammen von Alan Moore, die Buntstiftgemälde sind von Melinda Gebbie.

Der Autor, dessen Bedeutung für die Welt der Comics gar nicht hoch genug eingeschätzt werden kann, gilt vielen als bester lebender Geschichtenerfinder. Da ist viel dran, wenn man vom großen Stan Lee absieht, der uns vor Jahrzehnten das Marvel-Universum schenkte mit allem, was gut und teuer darin ist.

Alan Moore trägt fast so viele Haare im Gesicht bzw. auf dem Kopf wie der Löwe Nupp in Carla und Vilhelm Hansens klassischer Bildergeschichte *Petzi als König* (das ist, *Petzi*-Leser wissen es, die Geschichte mit dem »Bumstier«). Der Hüne mit der biblischen Stimme, der sich vor Beginn seiner Karriere als Tierenthäuter resp. Toilettenmann durchschlug, sollte mit dem 500-seitigen *Watchmen*-Garn – wir schreiben das Jahr 1986 – die wildbewegte Welt der Superhelden

Aus Moores Gehirn gestiegen: Mina Harker und ihr Club der Kavaliere

nachhaltig umkrempeln. Moores Hauptwerke – neben *Watchmen* vor allem *V for Vendetta, Swamp Thing, Brought to Light, From Hell, Big Numbers* und *The League of Extraordinary Gentlemen* – gehören zu den Kronjuwelen der Comicgeschichte. Hinzu kommen noch Meisterwerke zweiten Grades (*Top 10* zum Beispiel oder die Nazi-Trash-Veralberung *Tom Strong*) bzw. dritten, wie seine *Superman*-Storys oder sein *Wildcats*-Run.

»*Du bist mir ein Schelm, Nupp! Versteckst dich da unter so vielen Haaren!*«

Und nun also *Lost Girls*. Der 3,2 Kilo schwere Schuber beherbergt drei wahre Prachtbände – bei so viel Opulenz muß einem zwangsläufig Oberinspektor Derrick einfallen. Dessen Handgelenk schmückt eine goldene

Rolex. Nicht aus Prahlerei, wie Horst Tappert in seinen Memoiren (*Derrick und Ich. Meine zwei Leben*) kundtut, »sondern weil er weiß, wie wertvoll die Zeit ist und daß sie ein kostbares Gehäuse verdient hat«. Doch worum geht's eigentlich in *Lost Girls*?

Die Geschichte sei »schon ganz mit historischem Edelrost überzogen«, heißt es im »Vorsatz« zu *Der Zauberberg*. Nicht auszuschließen, daß sie ihrer Natur nach »das eine und andre« mit dem Märchen zu schaffen habe. Während Thomas Mann dem Leser vor der Tür die Honneurs macht, führen uns Alan Moore und Melinda Gebbie augenblicklich in die Beletage. Ohne Umschweife öffnet das Hotel Himmelgarten seine Pforten: Eine märchenhafte Lustgrotte tut sich auf.

Horst Tappert als Don Quijote

Willkommen im Hotel Himmelgarten!

oder Verdie Foster denken, liebe Gestalten aus der TV-Serie *Die Waltons*). Die Dorothy aus dem *Zauberer von Oz* will was erleben und ist von Kansas an den Bodensee gereist.

Lost Girls – die Geschichte spielt am Vorabend des Ersten Weltkrieges in den österreichischen Bergen – hat mancherlei mit den alten Fabeln zu schaffen. Dafür bürgt schon das Personal. Direkt aus dem zauberhaften Land kommt Dottie Gale (der Name läßt an Flossie Brimmer

Das zauberhafte Land

Kaum angekommen, gesellt sich ihr ein Hauptmann Rolf Bauer bei, der ihr die laue Nacht im Hotelgarten galant versüßt. Nachdem er ihr das gewährt hat, was man unter Kavalieren (»Uuh ... oh, Rolf, was machst du mit mir?«) einen Intimkuß nennt, bekleckert er pittoresk ihre silbernen Schuhe.

Bevor Dottie sich auf ihr Zimmer zurückzieht, verabsäumt sie nicht, die besudelten Schuhe zum Putzen vor die Tür zu stellen – wir sind schließlich im Hotel Himmelgarten. Im Zimmer schräg gegenüber, auf der anderen Seite des Flurs, logiert »Eure Ladyschaft«, die den Vorgang heimlich beobachtet. Zu beider Wohl, wie sich herausstellt. Den bekleckerten Schuhen ist es vergönnt, eine Mädchenfreundschaft zu stiften.

Ruckedigu, Ejakulat ist am Schuh: Aus Lost Girls

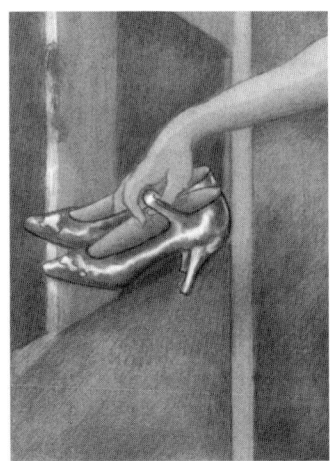

Sperma verbindet

Die feine Lady von gegenüber ist, wie das Landei aus Kansas, ein einstiger Kinderbuchstar. Die Zeiten mit Grinsekatze und Co. sind lange vorbei – die kleine Alice ist in Unehren ergraut, und entsprechend wissend und versaut schaut sie aus der Wäsche. Alice Fairchild

Nach ein paar Zügen herrschen Zustände wie im Lande Buta

hat sich das Hotel Himmelgarten zum Exil erwählt, denn ihrer erlauchten Familie in England ist das alte Mädchen eher peinlich. Wird doch Lady Fairchild von sinnenfrohen »Anwandlungen« geplagt und ist, mit den Worten einer ehemaligen Dienstmagd, »meistens zu hacke, um sich nur'n Arsch abzuwischen.«

Nachdem Dorothy mit Alice zu Abend gespeist hat, reicht ihr die Dame aus dem Wunderland die Opiumpfeife. Wir sind – holterdipolter – in ein romantisches Märchen geraten, und nach ein paar Zügen herrschen Zustände wie im Lande Buta. Anders als in der kleinen, verdorbenen Geschichte, die ein von der *FAZ* geliebter »sozialistischer Romantiker« vor Jahrzehnten niederschrieb, bleibt der Tisch im Hotel Himmelgarten immer reich gedeckt, denn der Verzehr von Köstlichkeit ist im Vorkriegsösterreich – im Unterschied zu jenem Phantasiereiche, in dem es als unschicklich gilt, morgens »ungefickt« aus dem Haus zu laufen – keineswegs verpönt.

Leckereien sind an der Tagesordnung. Nicht lange, und die Körperflüssigkeiten sprudeln. Bald tropft es aus allen Löchern, und spätestens in *Buch 3* wimmelt es von bebenden Lustgrotten und zuckenden Freudenspendern. Ganz, wie es sich für ein pornographisches Triptychon gehört.

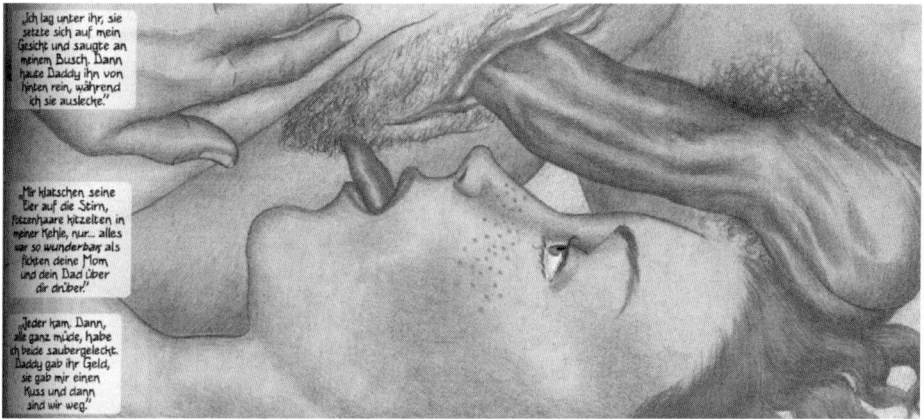

Menschen im Hotel: Melinda Gebbie zitiert Vicky Baum

Daß die »Hochzeitstorte von Hotel« ganz nebenbei eine urgemütliche Rauschgifthöhle ist, zeigt erneut, daß Alan Moore sich sein Herz für Drogen bewahrt hat, durchzieht doch die nicht selten erfreuliche Wirkung der verschiedensten Rauschgifte immer wieder sein Schaffen. Man denke nur an die berühmte Nummer 34 der DC-Serie *The Saga of the Swamp Thing*.

Alles beginnt damit, daß die verknallte Abby (»Im Frühling gefällst du mir am besten.«) von der blühenden Brust des Sumpfdings eine besonders hübsche Blüte abzupft und sich ins Haar steckt. Das Ding aus dem Sümpfen, aus dem neben allerlei Moosen und Flechten auch schmackhafte psychedelische Knollen sprießen, reicht ihr – das Gespräch ist dabei, sich dem heiklen Thema Sex zu nähern – die

Frucht seines Leibes: Als sie die seltsame Zuckerrübe, die das Ding sich aus dem Oberkörper reißt, kostet (»Nmuf ... lecker. Schmeckt irgendwie nach Parfüm ...«), kommt sie nicht nur wunderbar drauf, sondern hat auch zum ersten Mal Sex mit einer Pflanze.

Die mit dem Jack Kirby Award ausgezeichnete Story ist eine einzige Verbeugung vor den mal freundlichen, mal nicht so freundlichen psychedelischen Substanzen (vgl. *The Saga of the Swamp Thing 43*), eine Hymne auf die, mit dem Maler Moritz R® zu sprechen, »wichtigste

Abigail und das Sumpfding:
Aus Swamp Thing 2: Liebe und Tod

Postpsychedelische Malerei:
Hänsel & Gretel von
Moritz R®

und beste Droge aller Zeiten«, das Lysergsäurediethylamid und seine wildwachsenden Verwandten.

Doch zurück zum Opium, und damit schnell noch ein Wort in eigener Sache. Mein einziges Opiumabenteuer – ich war jung, und ich wollte dumm sein und tot – spielt in den frühen achtziger Jahren (»Es ist unbestritten, daß Rauschgift erst dumm macht und dann tötet«, schrieb Peter Hacks: »Wer es nimmt, muß dumm sein wollen und muß tot sein wollen.«): Sex fand an dem Abend überhaupt nicht statt, dafür hatte sich das Treppenhaus in einen düsteren Morast verflüssigt und ich alle Hände voll zu tun, von Stufe zu Stufe nach unten zu waten, wobei mir ständig die Beine wegknickten. Die Belohnung wartete hinter der Haustür, die sich wie aus warmer Lakritze anfaßte. Die Straße war voll mit Riesenflummis. Überall strahlende Feuerbälle, die – riesengroß und flauschig – in Zeitlupe durch das Viertel hüpften bzw. kullerten. Das war, und ist es auch in der Erinnerung, ziemlich hübsch.

Das schöne Hildesheimer Land, abgemalt auf LSD (Bleistiftzeichnung von Wenzel Storch, Winter 1985)

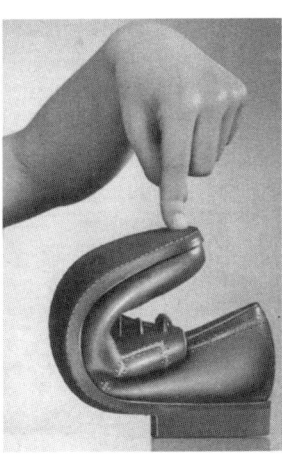

Vorsicht! Im Drogenrausch ...   *... kann sich die Wahrnehmung verändern*

Aber zurück in den Himmelgarten. Rechts neben Lady Fairchild wohnt Wendy, bekannt aus *Peter Pan*, mit ihrem öden Gatten Harold Potter. Sie wird bald die dritte im Bunde sein, und angestiftet von »Eurer Ladyschaft« plaudert Frau Potter – in der Zwischenzeit wird ihr Gatte von Hauptmann Bauer vernascht – aus dem Nähkästchen: Alice, Dorothy und Wendy Darling erzählen reihum, wie ihnen dereinst »ein Licht« aufging, »im Kopf und zwischen den Beinen«, und spielen dabei eifrig an sich herum. In den Erweckungsgeschichten geht es mal unwirklich, mal zauberhaft (»Er hat es aus seiner Hose geholt und mir gezeigt, und es sah merkwürdig aus, wie etwas vom Meeresboden«) und mal verstörend zu. Denn in *Lost Girls* fehlt es nicht an bösen Onkeln.

Schlüsselszene aus Wenzel Storchs Spielfilm Der Glanz dieser Tage (1989)

Wer war eigentlich das weiße Kaninchen, das Alice bittet, ihm an jenem eintönigen Sommernachmittage ein wenig Gesellschaft zu leisten? Das sie in das leere Haus führt, um sich bei einem Gläschen Wein »Freiheiten« herauszunehmen? »Nach einer Weile hatte ich das Gefühl, mein Körper sei unversehens zu groß geworden, oder zu klein«, erinnert sich Alice, und gegen Ende von *Buch 1* enthüllt sich allmählich, was es mit dem Loch, in das die 14-Jährige damals fiel, auf sich hat. Und was mit dem Spiegel, in dem ein Teil von ihr offenbar festsitzt.

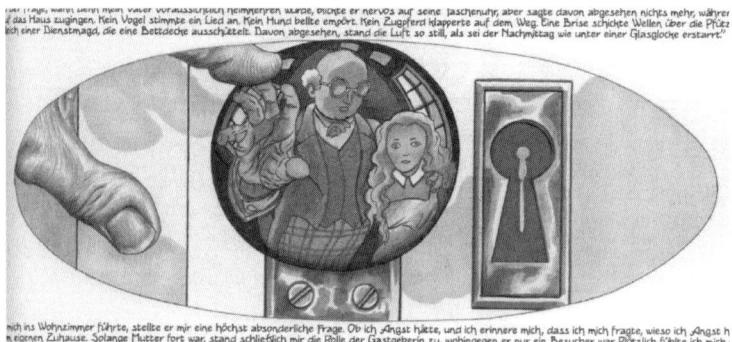

Geh nicht mit dem bösen Onkel oder Das Kaninchen bin ich

Aufgewachsen auf dem Lande, zwischen Kartoffeln und Blumenkohl: War er wirklich so schrecklich, der Wirbelsturm, der Dorothy zwischen die Beine fuhr und sie in ein anderes Land entführte? Alan Moore und Melinda Gebbie erzählen, was Lyman Frank Baum verschweigt und wie es weiter ging im Lande Oz.

Wer wissen will, ob Dorothy mit der Vogelscheuche und dem schreckhaften Löwen wirklich was hatte, kann an *Lost Girls* nicht vorbei. Hier darf man hautnah miterleben, wie Peter Pan Wendys Brüdern das Wichsen beibringt oder wie Wendy Darling sich vor dem Zubettgehen noch

Der Löwe ist los

Peter Pan lädt zum Spielen ein

schnell den Türknauf, »diese glatte, kalte Kugel«, einverleibt, bis sie nicht mehr weiß, was Traum ist und was nicht. »Vielleicht gurgelten meine Brüder in ihrem Zimmer«, einer »vollmundig mit dem Samen des anderen«, sinniert die spätere Mutter der »Lost Boys«, während sie den verschmierten Messingknauf blank wischt: »Da ich ständig erregt war, nahm ich an, jeder andere müsse es auch sein.«

Freunden des mechanischen Dampfhammerficks wird ebenfalls einiges geboten. Moore lädt zum Exkurs über aufziehbares Spielzeug, es geht um Fickmaschinen mit und ohne Herz, und nachdem der Blechmann sich wacker abgerackert hat, macht am Ende auch das Pferd mit. Das bringt Lady Fairchild auf eine Idee, und ein Kapitel weiter darf sie selbst das Pferd sein.

»Mein ursprünglicher Gedanke war, daß Dorothy die Erektion des Pferdes berührt, aber Melinda fand das zu krude«, erzählt Moore über die graphische Umsetzung jener Szene. »Jetzt sieht man nur, wie Dorothy ihre Hand ausstreckt.«

Der Dreier im Pferdestall geht, wie die meisten der unzähligen Sexszenen in *Lost Girls*, gut aus: Dorothy, der Stallbursche und das Pferd kommen gleichzeitig – das ist das Tolle bei den Märchen. Dabei verzichtet Moore, wie fast immer in seinen Arbeiten, auf comicübliche Lautmalereien, auf alberne Soundwörter wie »Schnaub!« oder »Wieher!«. Was nicht heißen soll, daß Lautmalerei affig wäre. Man denke an die Schöpfungen großer Geräuschemacher wie Erika Fuchs (»Füt fiedelüt«), Wilhelm Busch (»Huitt!! – Knatteradoms!!«) oder

Die Schöne und das Biest: Aus Robert Crumbs Yum Yum

Heidi-Heft Nr. 156

Arno Schmidt (»brummldieknubbldie-brapp«).

Ob »Wieher« oder »Schnatter«: Sex mit Tieren kommt in den Comics eher selten vor. Und wenn sich doch mal was anbahnt, kommt es meist nicht zum Vollzug bzw. erst nach tierischen Umwegen über verzauberte Prinzen. Wie in der Lovestory von Oggie, dem Kröterich (»Bei allen Krötenklöten! Ein Monster!«) und dem süßen Monster Guntra. Auf Anhieb fällt mir überhaupt nur der Geißenpeter aus dem Kanton Graubünden ein und mit ihm das *Heidi*-Heft Nr. 156 (*Zirkus-spaß auf der Alm*). Und natürlich jene Comichelden, die von Geburt an selber Tiere sind und es, wie Rolf Kaukas Füchse Fix und Foxi, am liebsten mit ihresgleichen treiben. (Nebenbei: Wie mögen es Superhund und Superpferd von der »Legion der Supertiere« mit den Trieben halten – oder Rantanplan und Jolly Jumper?)

Wer in den Fünfziger, Sechziger oder Siebziger Jahren in Westdeutschland großgeworden ist und wissen wollte, was sich im Kauka-Land abspielt, wenn Onkel

Die Legion der Supertiere: Superhund, Superaffe und Superpferd im Einsatz

Rolf, wie sich der deutsche Walt Disney nannte, nicht zu Hause war, dem blieb nur der Griff zu schmuddeligen Gossenheften, zu klebrigen Magazinen wie *Fick und Fotzi*. Aber Obacht: Das vielleicht nicht ganz zu Unrecht verbotene *Fick und Fotzi*-Magazin – gemäß Impressum wurde es »von der ›Kot Chloral Euroschiß Junior‹ geprüft und für einwandfrei befunden« – kultiviert einen wahrhaft grauenhaften Humor, obgleich einem die immerfeuchte Oma Eusebia in ihrer liebenswürdig-nimmersatten Art wie eine durchgedrehte Funny-Variante von Lady Fairchild vorkommt.

Die deutsche Lady Fairchild?
Oma Eusebias Abenteuer

Damit Pornographie nicht langweilig wird, muß sich das Karussell der Leiber in immer neuen Paarungen drehen, anders sind Jux und Tollerei auf dem Rummelplatz nicht zu haben. Diesem Genregesetz gehorcht auch *Lost Girls*, und die Sache ist, wie immer bei einem Hauptwerk von Alan Moore, dramaturgisch toll gemacht. Grad, wenn man meint, gleich wird's wohl ein bißchen langweilig – so gegen Ende von

Buch 2 – drehen Moore und Gebbie voll auf: Pünktlich mit dem dritten Buch halten Inzest und Pädophilie Einzug in die bunten Seiten. Und unersättliche Familien lassen sich auf den Plumeaus, die Melinda Gebbie in den Wohnstuben ausgebreitet hat, nieder.

»Vor Erfindung des Radios«, erfahren wir in Kapitel 23, »sorgten die Menschen noch selbst für Unterhaltung.« Und als es Tochter Celia danach verlangt, »ein Brüderlein zu ficken« – das war in den Tagen, als das Wünschen noch geholfen hat –, wird flugs der süße Toby adoptiert, der freilich schon bald, »als relatives Muttersöhnchen«, sein kleines Schwänzchen aus der Mama nicht mehr herausbekommt. Der dankbare Filius ist eine Bereicherung der

Abendgesellschaft, vor Erfindung des Radios

dreiköpfigen Gemeinschaft, wie die Mutter nicht ungerührt mitteilt: »Am Muttertag leckte er mich stets weit enthusiastischer, als es seine Schwester tat.«

Was Robert Crumb auf seinem berühmten Genrebild einst nur andeutete (*The family that lays together stays together*), wird hier in voller Pracht ausgebreitet. Staunend stehen wir vor den Schaubildern familiärer Eintracht und dürfen dabei sein, wie sich Glücksmoment an Glücksmoment reiht: »Als dieser Nachmittag um

Klassisches Tableau: aus Robert Crumbs Snatch Comix No. 2

war, wuchsen wir als Familie viel enger zusammen, selbst wenn wir nun seltener das Haus verließen. Die Quantität an zu leckenden Schwänzen und Muschis, an zu füllenden Ärschen und Mösen, schloß jedwedes gesellschaftliche Leben von vornherein aus«, heißt es, genügsam und schwärmerisch,

Familienidyll in Lost Girls

als sich endlich auch der gestrenge Herr Papa in den fröhlichen Reigen einfügt.

Was Seifenopern wie *Ich heirate eine Familie* oder *Diese Drombuschs* nie vergönnt war, hier scheint es gelungen: in Bild und Wort zu zeigen, was die heilige Familie im Innersten zusammenhält. Das Hohelied auf die Keimzelle des Lebens gipfelt in einem Dankeschön: »Ich danke Gott für die Institution der Familie, die auf nichts begründet ist außer Kopulation und ihren zahllosen Konsequenzen«, lautet das Stoßgebet einer beglückten Mutter.

Wie Gott zu diesen wunderschön gemalten Blättern steht, wissen wir nicht. Die römisch-katholische Kirche dürften sie kaum erfreuen, zumal die Kunst der Knabenliebe seit Urzeiten als Domäne ihrer Würdenträger gilt. Sie haben sie zwar nicht erfunden, diese Spielart der Lust, aber es ist anzunehmen, daß das Kirchenrecht sie auch in Zukunft als geistliches Privileg auffaßt und schützt.

Die Mär von der heilen Familie, von Melinda Gebbie mit fast

Keimzelle des Lebens: Die heilige Familie

Ecclesiastisches Recht: die Hohe Kunst ...   *... der Knabenliebe*

religiöser Hingabe aufs Papier gezaubert, ist freilich nur eine Episode aus jener weißen Bibel, die im Hotel Himmelgarten zur Stimulanz auf den Nachtkästlein liegt. Anläßlich einer kurzfristig anberaumten Orgie läßt sich der Hoteldirektor nicht lange bitten: Feierlich wird das kostbare Werk aufgeschlagen, und Monsieur Rougeur lädt zur versauten Lesestunde. Und dieweil sich »Eine fröhliche Runde, unter der Abendsonne« (so der stimmungsvolle Titel des 22. Kapitels) um den obenrum tadellos livrierten Märchenonkel versammelt und alle Brünnlein zu fließen beginnen, erwacht erneut Alicens Mißtrauen.

Schon länger bezweifelt sie die Echtheit der im *Weißen Buch* versammelten Erotika, die angeblich von großen Künstlern wie Oscar Wilde oder dem *Bilitis*-Schöpfer Pierre Louÿs stammen, illustriert von Könnern wie Bayros oder Schiele. In Wahrheit, so vermutet Alice, steckt Monsieur Rougeur höchstpersönlich hinter den Fälschungen, was dieser freilich gekränkt zurückweist.

Eine fröhliche Runde: Sex in der BRD, Siebziger Jahre

202

Spätestens hier dürften auch Rätsel-
und Krimifreunde Gefallen an *Lost Girls*
finden, denn nun gilt es, dem Geheimnis des *Weißen Buches* auf die Spur zu
kommen. Alice beschließt, an der »Hin-
terpforte« des Hoteldirektors anzu-
klopfen. »Wir müssen Ihnen eindeutig
die Wahrheit aus dem Leib vögeln«,
entscheidet sie, als nichts anderes mehr
hilft, und befiehlt: »Spreizt seinen Hintern, Ladys.«

Doch zunächst klappt der Deckel
der Puppenkiste auf, und heraus mar-
schieren Dil Do und seine Bande. Das
fröhliche Damenspielzeug, das der
Franzose »Erfreue mich« nennt, soll bei
der Wahrheitsfindung helfen.

*Dumm fickt gut: Sex mit einem Strohkopf
aus dem Lande Oz*

Wenn's der Wahrheitsfindung dient ...

Alice schnallt sich die »widernatürliche
Gerätschaft«, die bereits in Goethes *Wahl-
verwandtschaften* erfolgreich einen »Auf-
stand der Unterwelt« entfacht, um den
Leib, und schon kann's losgehen. Was
mit »Nicht zu viel Salbe, Liebes« anfängt,
endet mit »Ja! Ich ... ooorrhh ... Ich rede.«
noch lange nicht. »Sie gestehen besser,
Mister, bevor sie sie zu Tode fickt«, rät
Dorothy, und mit der Zeit beginnt der
Fälscher weich zu werden. »Ich war ein
schlechter Mensch«, gesteht er mit fast
schon brechendem Blick seine unaus-
sprechlichen Schandtaten, prahlt aber auch
in höchster Pein: »Mein Schwanz schuf
Kunst.«

Und als das allgemeine Geficke ihn
derart stürmisch umwogt, daß sogar die
Dialoge bedroht sind – »Dorothy, Liebes,
zieh deine holde Titte aus seinem Mund,

sonst kann er nicht weitererzählen«, mahnt Alice, als sich der Hoteldirektor dem »Punkt ohne Wiederkehr« nähert – fühlte ich mich plötzlich, mitten im 23. Kapitel und wie aus heiterem Himmel, an eine Bildergeschichte erinnert, die mir längst aus dem Gedächtnis gerutscht war: an *Mussolini in Ethiopia*, ein heute eher unbekanntes Abenteuer aus den goldenen Vierzigern.

In diesem Meisterstück der graphischen Kunst gerät der Duce in die Fänge einer abes- sinischen Suffragette, die sich »Queen of the Deathfuckers« nennt. Hinter der rauen Schale steckt ein sanfter, verschmuster Kern: »Benito, please show me how they fuck in Italy«, win- selt sie, und der einfühlsame italienische Mi- nisterpräsident erweist sich als Kavalier: hart im Nehmen, weich im Geben. Zum Schluß allerdings ziert sich der Duce: »You like to have your pussy sucked I get Hitler for you.«

M. Rougeur erinnert sich

Mussolini in Ethiopia ist ein typischer Vertreter jener unter dem Namen »Tijuana Bibles« bekannten »Eight Pagers« – im Volksmund so genannt, weil sie, anstelle der Heiligen Schrift, in den Nachttischschubladen mexikanischer Hotelzimmer zu finden gewesen sein sollen, bevor sie sich massenhaft in den USA zu verbreiten begannen. Die kleinen schmutzi-

Abessinisches Abenteuer

gen Hefte warfen einen Blick hinter die Gardinen, in die Schlafzimmer beliebter Comic- und Leinwandhelden, meist auf acht ganzseitigen Bildern und gern gekrönt von einem krachenden Schlußgag.

Väter der Klamotte

Die Schöpfer der »Eight Pagers« arbeiteten notgedrungen anonym. Die fleißigsten Zeichner sollen, so will es die Legende, zwei ältere Schwestern gewesen sein, »pensionierte Lehrerinnen, die in ihrer Umgebung als besonders sittenstreng galten«, wie Georg Seeßlen und Bernt Kling in *Unterhaltung – Lexikon zur Populären Kultur* mitteilen. Wer mit der Fernsehserie *Die Waltons* großgeworden ist, fühlt sich unweigerlich an die Baldwin-Schwestern erinnert, jene alten und prüden Jungfern, die Walton's Mountain und Umgebung in dunklen Prohibitionszeiten mit selbstgepantschter »Medizin« versorgten.

Lachen Sie mit Stan und Olli

Darf man hinter dem *Weißen Buch* im Hotel Himmelgarten auch eine Verbeugung vor der Mutter aller Pornocomics, der »Tijuana Bible«, vermuten, so ist die fröhliche Orgie rund um das lasterhafte Lesestündlein – schließlich befinden wir uns in einem Comic von Alan Moore – natürlich mehr. Zum Beispiel ein Lehrstück über den Unterschied zwischen Fakt und Fiktion. Phantasien, doziert unser Hoteldirektor, nachdem er sich mit Hilfe seines Schwanzes »in der kleinen Helena eingenistet« hat, seien »nicht verunreinigt von Wirkung und Konsequenz«. »Ich dagegen bin real«, seufzt der Mann aus Papier ein Bild später und klagt in aller Unschuld (»Tja, da kann man nichts machen«) über zentnerschwere Schuldgefühle.

Es geht um Unschuld und Verbrechen. Um Schein und Sein; um nicht auszudenkende Ferkeleien und um tropfnasse, immerfeuchte, gefallene Engel. »Fakt und Fiktion: Nur Wahnsinnige und Juristen können nicht zwischen beidem unterscheiden«, doziert Monsieur Rougeur, und sein steil erhobener Schwanz scheint das Gesagte wie ein Zeigestock zu unterstreichen. Und so drängt sich die Frage auf: Könnte man nicht, vielleicht bei der nächsten Strafrechtsreform, die Kapitel 22 und

23 dem Strafgesetzbuch beiheften? Auf daß das *Weiße Buch*, hat es nur erst ein Weilchen auf den Nachttischen unsrer Staatsanwälte geschlummert, seine segensreiche Wirkung im REM-Schlaf entfalten möge ...

»Ist nicht das ganze *Alte Testament* ein Sensationsroman?« hatte Kommerzienrat van der Straaten, der zwischen kalten und warmen Ma-

Lehrstück über Fakt und Fiktion

donnen zu unterscheiden pflegte, in Fontanes *L'Adultera* scheinheilig gefragt. Was den Autoren der Bibel (»So ein herrliches großes Epos, wer mag das geschrieben haben?« wunderte sich noch kurz vor seinem Tode Walter Kempowski) recht gewesen

Tanztee beim bösen Onkel

sein mag, kann Alan Moore und Melinda Gebbie nur billig sein: Wer *Lost Girls* aufschlägt, betritt »eine obszöne Kathedrale«, er lustwandelt zwischen »übersprudelnden Taufbecken«, wie es im 26. Kapitel anläßlich einer Orgie heißt, auf der »miniaturisierte Frauen« kreiseln, »feucht wie Frösche«, und sich »engelhaftes, dunstiges Sperma« in »winzige, feengroße Fotzen« ergießt. Kurz, er sollte die Kopfbedeckung abnehmen, denn in *Lost Girls* geht es, neben allerlei anderem, um gebenedeite Sauereien.

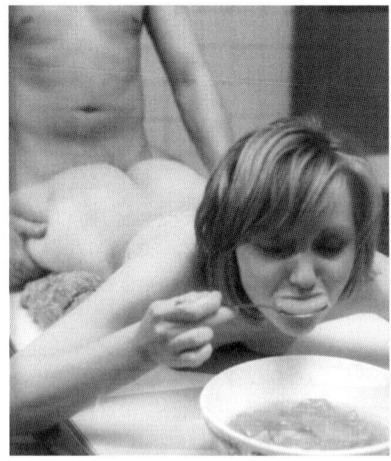

Nicht auszudenkende Ferkeleien

Und so weht – freundlich wie das Schloßgespenst Hui Buh – auch der gute Geist des englischen Sexualmagiers Aleister Crowley durch die Seiten, der sich schon als kleiner Bub in Moores *From Hell* verirrt hatte. (Alan Moore ist in den letzten Jahren zum Magier gereift, was immer das zu bedeuten hat. Er glaubt an den Schlangengott Glycon – »Ein echt cooler Gott«, wie er der *Welt* auf Nachfrage anvertraute, »sieht nach Rock 'n' Roll aus« – und weist vorsichtshalber darauf hin, daß es nur einen Mann in seiner Kirche geben kann: ihn selber. Daß Moore seine Comics in Zukunft mit okkultem Hokuspokus zumüllen könnte, braucht – das zeigt seine Serie *Promethea* – niemand zu befürchten.)

Okkulte Psychedelia: Promethea von Alan Moore und J. H. Williams III

Es war Anfang der Neunziger, als ich mit den Werken Alan Moores Bekanntschaft schloß. Bis dahin war ich Comicfan der üblich-einfältigen Sorte. Auf *Asterix* und *Lucky Luke* folgten *Tim und Struppi* und die *Donald*-Geschichten von Carl Barks, schließlich packte mich die Leidenschaft für frankobelgische Flieger- (»Brooooom«) und Rennfahrercomics (»Roooaaar Voooinn«). Die hält bis heute an, und nebenbei fand ich Zeit, die üblichen Verdächtigen zu verschlingen: Hermann Huppen und Hugo Pratt, Floyd Gottfredson und Milton Caniff, Jean Giraud und Yves Chaland.

Nur die Superheldencomics fand ich ausnahmslos scheiße. Ob Bat-, Super oder Spiderman: Die amerikanischen Unterhosenmänner unterschieden sich in meinen Augen durch nichts von jenen deutschen Superhelden, wie sie mir – in Gestalt meines Vaters – im heimischen

Der Turnlehrer wartet schon: The Fantastic Four, Mai 1963

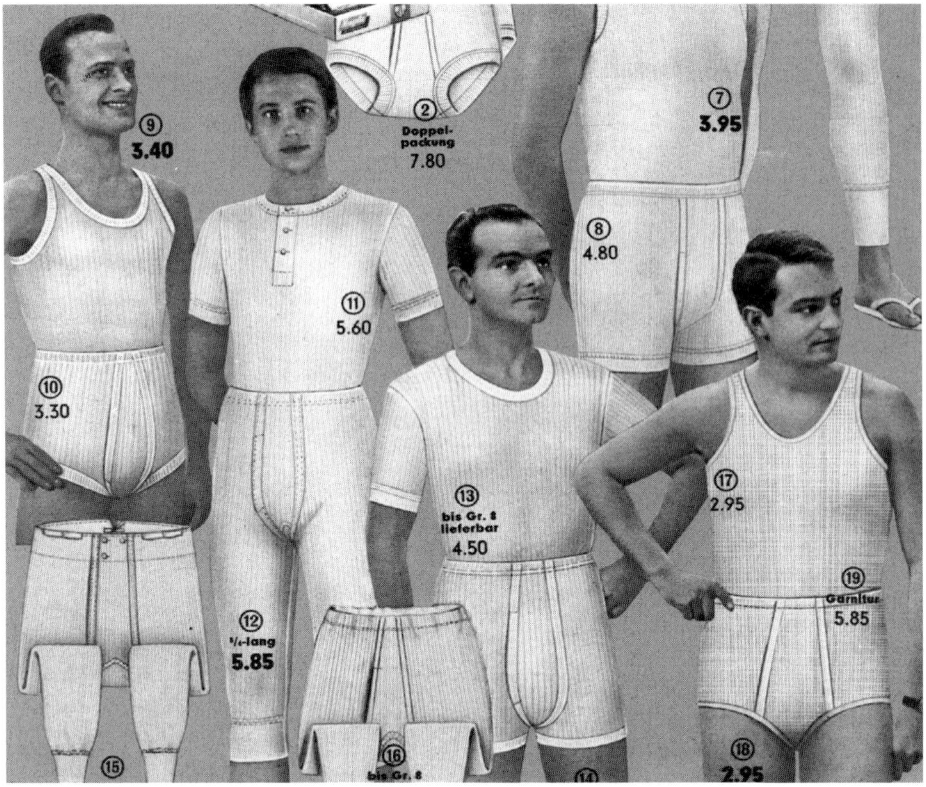

Deutsche Superhelden, Quelle-Katalog, Frühjahr/Sommer 1964

Badezimmer oder auf den Seiten des Quelle-Katalogs begegneten. Das Problem mit den Superheroes, und damit wären wir wieder bei Ulf Poschardt, war ihre Kleidung. Auch störte mich, daß in den Comics auffällig viel geturnt wurde.

Goebbels frohlockt: Superman-Tagesstrip vom 8.12.1942

Von den phantastischen Superwelten und ihren zahllosen Bewohnern wußte ich nichts. Nichts von der Spinne und Doktor Octopus, nichts vom Grünen Kobold und den Sinistren Sechs, nichts von Kang dem Eroberer oder Rama-Tut, vom Weltenfresser Galactus oder der Zitadelle der Wissenschaften. Und ich hatte keinen Schimmer von den Lorbeeren, die sich der Mann aus Stahl – nicht Väterchen Stalin, sondern Clark Kent, der Reporter mit dem Röntgenblick – im antifaschistischen Kampf verdient hatte.

Zum Beispiel, als er im Dezember 1942 – es ist das Jahr, in dem Joseph Goebbels im Reichstag ausrufen sollte: »Superman ist ein Jude!« – den Weihnachtsmann aus den Klauen der Achsenmächte befreit: »Das Fest fällt aus«, feixt Goebbels, nachdem Santa Claus aus seinem Versteck im Nordpol verschleppt (»Keine Bewegung! Sie sind Gefangener des Großdeutschen Reiches!«) und in Ketten dem deutschen Mob vorgeführt worden ist. »Eine Art Übermensch ist in Deutschland eingedrungen!« dröhnt

es plötzlich aus dem Volksempfänger, und richtig holt Supermann einen Tag später die ersten »Göring-Babys«, die ihn wie ein lästiger Mückenschwarm umtänzeln, vom großdeutschen Himmel.

»Alice! Kannst du meine Löcher nicht mal fünf Sekunden lang in Ruhe lassen?« stöhnt Dorothy. Und wahrhaftig: Wer in *Lost Girls* blättert, könnte meinen, in einem kunterbunten Superheldenporno gelandet zu sein; nicht umsonst klagen Moores Heldinnen irgendwann über schmerzende Kiefer und mitgenommene Gesäße. Während anderswo Ozeanriesen und Meteoriten durch die Luft geschleudert werden, spritzt hier der Saft, den die Branche vornehm »Ficksahne« nennt, kreuz und quer durch die Stuben: »Mutter wurde durch das im hohen Bogen aus mir schießende Sperma unsanft auf meine Gegenwart aufmerksam«, heißt es in *Buch 3*, »da es das Zimmer durchquerte und auf ihre Wange klatschte, um dort wie Rotz von einem Ohrläppchen zu baumeln, gleich einem Perlenanhänger.« Moore ist wahrlich ein großer Poet und – den Leser freut's – um einiges expliziter als Thomas

Walpurgisnacht auf dem Zauberberg: Zwischen Totentanz und großer Gereiztheit

Mann, der ja im *Zauberberg* eine durchaus verwandte Geschichte erzählt – die Alan Moore allerdings gar nicht kennt. Ein kleiner Exkurs in die Welt des großen Zauberers sei trotzdem erlaubt.

»Oh, Göttliche, laß mich den Duft atmen, den die Haut deiner Kniescheibe ausströmt, unter der eine sinnreiche Kapsel ihr geschmeidiges Öl absondert!« So lautet eine der versautesten Stellen im *Zauberberg*. In Manns Sanatoriumsreißer herrscht bekanntlich schwiemeliger Schmachtsex vor, es wird kirgisenäugigen Russinnen hinterhergejiepert, die außen schlaff und »innerlich wurmstichig« sind. Aber es will nicht recht »zur Sache« gehen.

Dafür schwingt Mann sich in luftigste Höhen hinauf. Die Themen sind weiter gespannt als bei Moore, es geht um Gott und die Welt und um alle Teufel der Hölle. Nicht nur wird in Gestalt des Herrn Wehsal – eine Kreatur, die als »der elende Mensch« durch das Romanwerk geistert – die Dialektik von Seele und Fleisch verhandelt, die »den Tag zur Lustfolter macht und die Nacht zur Schandhölle« (»das

Gralssuche in luftigen Höhen

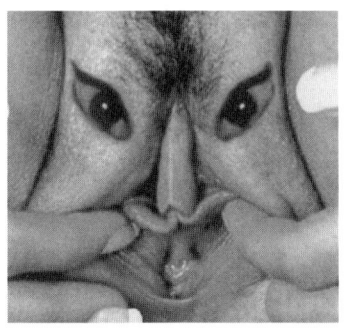

Lustfolter und Schandhölle:
die Dialektik von Seele und Fleisch

ist des Teufels beschissene Zwickmühle«, jammert Wehsal einmal), das große Buch wagt sich auch an das Höchste und Höchstproblematische: an »Gottes Manneskraft« und deren mögliche Gefährdung.

Thomas Mann hat sich extra seinen Mynheer Peeperkorn ausgedacht, um Großkomplexe wie diesen zu behandeln. So stellt Peeperkorn sich etwa die grausige Frage, was eigentlich auf der Welt los sein müsse, wenn der liebe Gott eines Tages, salopp gesprochen, keinen mehr hochkriegt? Wobei Gott selber ja nicht kopuliert, beischläft oder begattet: der Herr – so der Mynheer – *lassen* ficken. Hierzu bedient der Allmächtige sich seiner schönsten Geschöpfe, der Menschenkinder. »Gott schuf ihn, um

Gottes schönstes Geschöpf:
Das Menschenkind

durch ihn zu fühlen«, meditiert der lebenspralle Holländer über »das Gefühl Gottes«, den Homo sapiens: »Der Mensch ist nichts als das Organ, durch das Gott seine Hochzeit mit dem erweckten und berauschten Leben vollzieht. Versagt er im Gefühl, so bricht Gottesschande herein, es ist die Niederlage von Gottes Manneskraft, eine kosmische Katastrophe, ein unausdenkbares Entsetzen –«

Mit den Jahren wurde Mann – der mit dem Entsetzen fraglos gekonnt Scherz zu treiben vermochte – dann untenrum immer waghalsiger. Man denke an *Lotte in Weimar* und an die schnurriöse Art, in der uns der Geheime Rat vorgestellt wird. Mit Beginn des siebenten Kapitels erwacht Johann Wolfgang Goethe, um den sich das Romankarussell bereits seit 200 Seiten dreht, endlich »in gewaltigem Zustande«: »In hohen Prachten« liegt der Schulbuchklassiker unter seiner »Weimarer Steppdecke«, um sich einem selbstgefälligen inneren Monolog hinzugeben (»Brav, Alter!«). Das freilich ist nur das Vorspiel für jene Bettlakenwühlereien, die 1954 als die *Bekenntnisse des Hochstaplers Felix Krull* erscheinen sollten. Die andererseits wieder ganz harmlos sind. Denn hundert Jahre früher hatte Friedrich Hölderlin ein ähnliches Thema ungleich deftiger beim Schlafittchen gepackt.

Hyperion an Diotima an Bellarmin: Hölderlin-Denkmal von unbekannter Hand

»Ihr holden Fotzen, / Und trunken vom Blasen / Tunkt ihr das Haupt / Ins heilignüchterne Sperma.« So pries der schon auf der Kippe zum Irrsinn stehende Dichter die Jahre juveniler Hochmut, um sie gekonnt mit der Unbehaustheit des Alters zu konfrontieren: »Die Schwänze stehn / Sprachlos und kalt, im Winde / Klirren die Eier«, heißt es, traurig und verwirrt, in *Hälfte des Lebens*.

Doch zurück zur Sache. Auch die Geschichte von den verlorenen Mädchen wird nicht gut ausgehen. Am Ende fallen die Deutschen in das Hotel Himmelgarten ein und über »diese

Die Schwänze stehn sprachlos und kalt

ganze französische Schwuchtelscheiße« her. Sie sind nicht als Touristen gekommen, und dieweil ein deutscher Soldat mit dem Gewehrkolben Alices Spiegel zertrümmert, mühen sich seine frierenden Kameraden, im Hintergrund ein Feuerchen zu entfachen. Aus dem Himmelgarten schlagen die ersten Flammen, und wir sehen, wie nah das Märchenland, durch das wir uns eben noch blätternd bewegt haben, an der Wirklichkeit liegt.

Auf der letzten Seite ist der Schwanz dann endgültig ab. Das abgetrennte Gemächt liegt anklagend im Schlamm, und auf dem allerletzten Panel blüht am unteren Bildrand die Mohnblume. Es ist leicht, die letzte Seite, besonders das letzte Bild, kitschig zu finden. »Ich möchte wetten, dieser Hoffnungsschimmer war Melinda Gebbies Einfall«, freut sich Andreas C. Knigge im Nachwort über den

leuchtenden Klatschmohn – mich hat das Motiv an eine Schallplattenhülle erinnert: an *Lieder der Hoffnung* von Pater Perne. Auf dem Perne-Cover von 1980 ragen die Stengel zweier Pusteblumen, die – so haben wir's in der Schule gelernt – mit einem weißen milchigen Saft gefüllt sind, aus einer Gehsteigritze.

»O Erd', herfür dies Blümlein bring, / O Heiland, aus der Erden spring«, hatte Friedrich Spee von Langenfeld gedichtet. Mag sein, daß *O Heiland, reiß die Himmel auf* – wem fallen da nicht die Backen von Sitara ein? – für das Hüllenkonzept Pate stand, schön jedenfalls, daß der Fotokünstler beim Ablichten jener Pflanze sich

Stengel ragen aus der Ritze: Pater Pernes letzte Hoffnung

nicht auf das attraktive Blütenköpflein beschränken mochte, sondern das kratzbürstige Schamhaar gleich mit einfing.

Der Triumph der Mohnmöse: Mag das letzte Bild auch die Grenze zum Symbolkitsch überschreiten, auch hier ist *Lost Girls* wieder Thomas Mann verpflichtet, der, wenn die Laune es zuließ, ein toller Kitschier sein konnte, man denke an den aufgedonnerten *Tod in Venedig* – jene »Eselei«, die zu den großen Büchern zu zählen, wie Nabokov ulkte, so abstrus und wahnhaft sei, »wie wenn ein Hypnotisierter einen Sessel begattet.«

Das letzte Bild

Alle mögen Dorothy (von r. nach l.): der Löwe, der Blechmann und die Vogelscheuche

Es gibt Ficksahne, Baby: Dorothy Gale hat glücklicherweise keinerlei Ähnlichkeit mit Judy Garland.

Lost Girls sei »ein Werk von großer Schönheit« geworden, bekennt Melinda Gebbie freimütig, so schön, daß nicht einmal die sittenstrenge kanadische Regierung die Einfuhr verweigern mochte. Alan Moore hat in der Wahl seiner Zeichnerin ganz offenbar einen Glücksgriff getan – ein weiteres Mal, muß man sagen, denkt man an David Lloyd, Eddie Campbell, Dave Gibbons oder Kevin O'Neill – und in Melinda Gebbie (*Wimmen's Comix, Tits & Clits*) die perfekte Interpretin seiner schmutzigen Phantasien gefunden. Gebbies Zeichenkunst erfreut durch Abwechslungsreichtum und Anmut und plündert, wo's paßt, souverän den pornographischen Bilderfundus versunkener Epochen. Besonders toll sind die – leider seltenen – Ausflüge ins Reich der Collage. Wenn sich etwa ein Fetzen Spitzenbordüre ins ohnehin schon opulente Buntstiftgemälde verirrt.

Kurz und gut: Wer in *Lost Girls* blättert, fühlt sich auf Anhieb wohl, so wohl wie in Fritz Baumgartens *Wichtelhausen* oder in den sagenhaften Pop-Up-Welten eines Vojtěch Kubašta – selbst wenn auf den letzten Seiten dann doch die Katastrophe hereinbricht. Zu danken ist Melinda Gebbie im übrigen auch dafür, daß Dorothy Gale keinerlei Ähnlichkeit mit Judy Garland aufweist.

Einsteigen bitte: Aschenbrödel von Vojtěch Kubašta

Erst die Arbeit, dann das Vergnügen: Hochzeit in der Glycon Church, Northampton

Lost Girls war kaum fertiggemalt – bekanntlich dauerte die Arbeit an den drei Büchern 15 Jahre –, da wieherten auch schon die Pferde, und eine Kutsche trug Melinda Gebbie zum Traualtar. »Ich kann jedem Paar eine gemeinsame pornographische Arbeit nur empfehlen«, gab der Bräutigam, ein blaues Pan-Tau-Hütchen auf den Kopf, launig zu Protokoll, und der liebe Gott – oder war's der Schlangengott Glycon? – spendete seinen Segen dazu.

Und wer weiß? Wenn alles gutgeht, dann liegt vielleicht bald eine Fortsetzung in der Wiege, wenn nicht bald, dann vielleicht in 15 Jahren. Wobei: die Fortsetzung von *Lost Girls* ist längst zu haben. Man braucht nur Jacques Tardis *C'était la guerre des tranchées* (dt. *Grabenkrieg*) aufzuschlagen, oder einen Blick auf die Abenteuer der Soldaten Varlot oder Brindavoine zu werfen.

Die Mohnblume wird man in Tardis Schützengräben, denen ohnehin jede Farbe fehlt, freilich vergeblich suchen.

Schade eigentlich, daß *Lost Girls*, dieses prachtvollste aller Pornomärchen, nicht mehr im Traditionshaus für derartige Ferkeleien erscheinen kann; warum das so ist, muß jeder selbst in den inzwischen über 50 Folgen von *Schröder erzählt* nachle-

Stilleben von Jacques Tardi

sen, dem einzigen Erzählwerk der deutschen Nachkriegsliteratur, das sich ungeniert neben den Werken von Arno Schmidt, Walter Kempowski und Peter Hacks sehen lassen kann.

Im legendenumwitterten März-Verlag erschien bereits 1971 ein lustig-plumper Vorläufer der *Lost Girls*: *Lucys Lustbuch* von Alfred Demarc. Hinter Demarc verbarg sich der »Adorno-Schüler und Marcuse-Anhänger« (*Konkret* 16/1969) sowie *Sexfront-*

Illustrator Alfred von Meysenbug, der manch einem als Schöpfer von Jolly Boom und Carla Aulaulu – *Super-Mädchen* und *Glamour-Girl* – in Erinnerung sein mag.

In *Lucys Lustbuch* verlustiert sich Lucy mit Schaufensterpuppen und den, naja, Größen der Unterhaltungsbranche, u.a. sind Kuli, Freddy, Heino und Roy Black mit von der drolligen Partie. (Wer neugierig geworden ist, möge sich im immer lesenswerten »Schröder & Kalen-

der«-Blog umtun, dort sind die knallbunten Meysenbug-Malereien zu bewundern.)

Ist der März-Verlag auch lang schon mausetot, so hat Cross Cult bei der deutschen Edition von *Lost Girls* immerhin alles richtig gemacht. Die Ausgabe ist nicht nur sorgfältig lektoriert, sie ist auch gediegen verpackt und auf dickem, nicht abwaschbarem Bilderbuchpapier gedruckt. Und, Bastian Sick wird's freuen, auch das schöne deutsche Wort »Fotze« ist durchgehend richtig geschrieben.

Alan Moore/Melinda Gebbie: *Lost Girls*. Cross Cult, Asperg 2008

UNSER FÄHNLEINFÜHRER

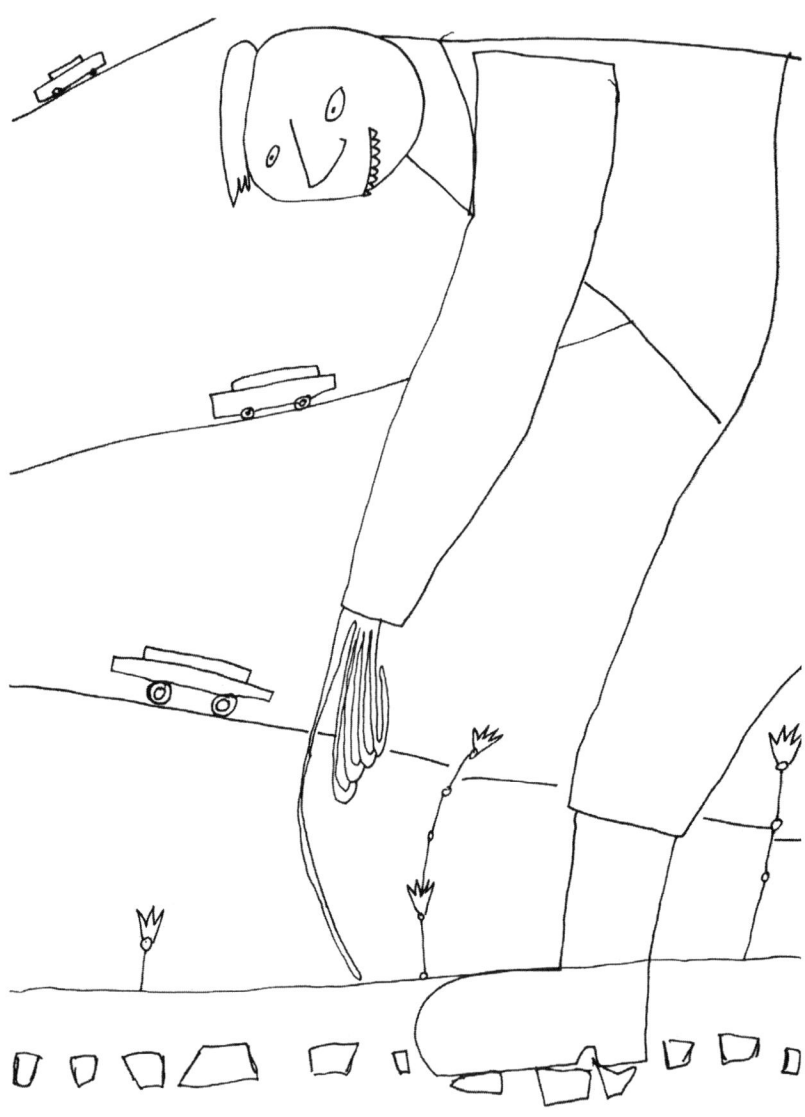

60 Jahre Acidjugend
im Ring deutscher Trip-Pimpfe

PATER S. UND SEINE AUSGEFLIPPTEN MESSDIENER

Mein erstes Rockkonzert

»Ich hatte immer diese magische Formel, weißt du, um in das Unbewußte einzubrechen. Ich lag da und sagte immer wieder: ›Fick die Mutter, töte den Vater. Fick die Mutter, töte den Vater.‹ Du kannst echt in deinen Kopf reinkommen, wenn du das einfach andauernd wiederholst.«
Jim Morrison

Wenzel Storch mit elf (Schülerausweis)

Mein erstes Rockkonzert war Nektar, irgendwo in Hannover, und mein letztes war Modern Talking, auch irgendwo in Hannover.

Auf das Modern-Talking-Konzert hatte ich mich tagelang gefreut und bin dann auch entsprechend bedient worden – ich finde bei den Liedern ja immer die Segmente gut, wo Dieter Bohlen mit verstellter Stimme den Kehrreim wiederholt. Naja, jedenfalls an Nektar habe ich nur noch sehr verschwommene Erinnerungen. Keine Ahnung, wie die Musik war. Ich weiß nur noch, daß die so eine blubberige Dia-Show hatten und ich den festen Willen, davon beeindruckt zu sein, da ich damals schon vorhatte, später auch mal Drogen zu nehmen. Aber irgendwie war trotz bewußtseinserweiternder Dia-Show alles ziemlich langweilig. Am Ende der Veranstaltung fand ich mich mit einem Freund über die Brüstung gelehnt wieder – es gab da so was ähnliches wie eine Empore –, und wir vertrieben uns die Zeit damit, die langhaarigsten Gestalten auszusuchen und denen auf den Kopf zu rotzen.

Einige haben wir ausgiebig vollgerotzt, weil die dank ihrer flauschigen Matte den Spucke-Aufprall gar nicht mitgekriegt haben. Andere hatten uns da oben schnell

Rockfans in Hannover
(Bleistiftzeichnung von Wenzel Storch)

ausgemacht und drohten mit ihren Fäusten. Jetzt kam es drauf an, schnell den Kopf wegzuziehen, damit man, wenn man wieder nach unten wollte, nicht erkannt und womöglich vermoppt wurde. Zu der Zeit war ich 13 und – im Kontext eines Rockkonzerts – gut wiederzuerkennen. Dieses Paßbild zierte für viele Jahre meinen Schülerausweis – auch dann noch, als ich schon längst eine stolze Matte trug.

Page an Seinem Hofe

Aber halt! Mein erstes Rockkonzert war früher. Es war ein Schulgottesdienst mit Pater Solan und seinen rockenden Meßdienern, in irgendeiner Kapelle in Himmelsthür. Wenn man dort hinging, fielen zwei Stunden Physik bei Herrn Orlinski aus. Und das war gut, weil ich da wie in Chemie, Mathe und Sport entweder auf vier minus oder auf fünf plus stand. Zwar war ich damals selber Diener am Tisch des Herrn beziehungsweise – vornehm ausgedrückt – Page an Seinem Hofe, fand aber Gott und seine Bande schon lange heimlich scheiße und wünschte die ganze Brut zum Teufel.

Eine Rockmesse hatte ich allerdings noch nicht erlebt, und die Show, die diese Meßdiener mit ihrem gepflegten langen Haar zwischen Tabernakel und Opfertisch abzogen, schien mir genau das Gegenteil dessen zu sein, was ich mir unter einem echten Rockkonzert vorstellte. Ich muß zugeben, ich hatte ziemlich hohe Erwartungen. Die Zustände »on stage« und drumherum, wie ich sie mir ausmalte und wie ich sie möglichst bald mitzuerleben wünschte, sind vielleicht am besten in jenem Satz zusammengefaßt, der wie ein Paukenschlag die Memoiren von Peggy Caserta (*Going Down With Alice*) eröffnet: »Ich war splitterfasernackt, hackevoll mit Heroin, und das Mädchen zwischen meinen Schenkeln, das mir die Pfanne ausleckte, war Janis Joplin.«

Die Erwartung, beim ersten Rockkonzert auf hemmungslose Zustände zu treffen, war auch bei meinen Schulkameraden allgemein verbreitet und wurde durch Zeitschriften wie *Pop*, *Popfoto*, *Musikexpress* und *Sounds* geschürt. Letztere besorgte ich mir im zarten Alter von elf Jahren zum ersten Mal, um, ohne freilich ein Wort von dem Kauderwelsch zu verstehen, die hochkarätige Lektüre stolz auf dem Schulhof mit mir rumzuschleppen.

Sondermarke »Kampf dem Drogenmißbrauch«, v. l. n. r.: »Unzufriedener, Gelegenheitskonsument, Süchtiger«

Auch wenn ich nicht viel verstand, wühlte mich der Inhalt irgendwie auf. Eine kleine Kostprobe mag das verdeutlichen. Elisabeth v. d. Mei schwärmt in einer *Sounds* jener Tage von der Gruppe Group Image, deren »Scheibe« sie nicht so gelungen findet wie deren Live Gigs: »Group Image sind Rock-Demagogen, und ihr größtes Vergnügen besteht darin, ihr Publikum in einen totalen Energie-Tanz zu führen, besonders durch Lead-Sängerin Sheila Darla, die sich

Pop, März 1974

Der totale Energie-Tanz: Rock-Demagogen auf der Bühne

wenig darum kümmert, eine schöne Stimme zu haben, sondern dich vielmehr mit Schreien, Grunzen und Hüpfen geil macht. Also, bis Group Image mal zu Ihnen kommt, versuchen Sie sich mit diesem Ersatz vom Boden zu heben, und denken Sie über eine Antwort auf die Frage ›Aus welcher Zeit bist du?‹ nach, wenn ein Mund aus den Wolken Sie danach fragen sollte.«

Der Mund aus den Wolken sollte mich später tatsächlich allerlei fragen, aber das ist ein anderes Kapitel. Jedenfalls weiß ich, daß das erste Mal auch bei meinen Freunden und Klassenkameraden anders verlief als erwartet.

Einer stieß anno '74 beim Pissen, als er in der Pause – die Band hieß übrigens Aton – das Lokal verließ, auf einen leibhaftigen Löwen. Er schlug sein Wasser durch einen plastikummantelten Maschendrahtzaun ab, der sich als Raubtiergehege entpuppte, und sagt heute nicht ohne Stolz: »Der Schwanz war so schnell in der Hose drin, so schnell konntste gar nicht kucken.« Ein anderer erlebte das erste Mal auf Pille und mußte sich in diesem Zustand, es war ausgerechnet das Festival der Jugend in Dortmund, die Puhdys und das Titti Winterstein Quintett reinpfeifen. DKP und LSD – das stell ich mir als nicht zu toppende Mischung vor.

Der Trip klang jedenfalls damit aus, daß besagter Herr zusammen mit seinen Kumpels, die wie er natürlich auch alle voll drauf waren, einen riesigen unbewachten Biertank entdeckte. Der wurde ratzfatz aufgebrochen, was eine

Wenzel Storch mit 14

Festival der Jugend '78: DKP & LSD (Filzstiftgemälde von Wenzel Storch)

Horde Hamburger Rocker anlockte. Das Ende vom Lied war, daß die betrippten Herrschaften wie Serviermädchen den Rockern zu Willen sein, ihnen mithin ein ums andere Mal einschenken mußten, während diese sich bereits nach den ersten Schlucken fröhlich auf die Fresse hauten. Abhauen ging wohl nicht, das hätte in den Augen der Rocker wie Verrat oder Desertion ausgesehen. Wie im Märchen sind alle heil da rausgekommen, weil sich die Lederkerle von der Waterkant darauf beschränkten, sich gegenseitig abzulaschen und irgendwann, einer nach dem anderen, besinnungslos zu Boden sanken.

Und ein Dritter kann sich bis auf ein winziges Detail an praktisch nichts mehr erinnern, weder an den Ort noch an den Namen der Band und schon gar nicht an die »Mucke«. Der weiß nur noch, daß er einen Fellmantel anhatte, damit einen ziemlich schummrigen Schuppen betrat und daß sofort einer auf ihn zutaumelte und ihm auf seinen schönen Fellmantel kotzte.

Konzertbesucherin im Fellmantel

Aber – wie sagte schon Jim Morrison? »Mein Geschmack ist so: Wann immer jemand auf mich zukommt, ist das groovy, denk' ich.«

Groovy, denk' ich, ist auch das folgende Gedicht, das es mir erlaubt, diese Erinnerungen halbwegs lyrisch ausklingen zu lassen.

Der Wecker klingelt zu früher Zeit
Wir stehn nicht auf, wir sind zu breit
Auch wenns die Spießer nicht verstehn
Wir haschen, bis wir Sterne sehn
Und vom vielen LSD
Tut uns schon die Rübe weh

Die Haare werden immer länger
Der Geruch wird immer strenger
Seife ist für uns tabu
Wir schaun den Spießern beim Waschen zu
Zum Hardrock schmeckt ein Strammer Max
In den Ohren Ohropax

Ob oral, ob anal
Freie Liebe ist genial
Freie Liebe nachts im Wald
Wenn die Rockgitarre schallt
Jimi, spiel uns noch ein Solo
Das wär echt diabolo

Bangladesch und Ho Chi Minh
Sind in unsern Herzen drin
Ob wir sitzen oder stehn
Wir sind like a hurricane
Kinder, laßt die Blumen sprechen
Aber tut sie nicht abbrechen

ES WAREN EINMAL ZWEI IGEL

Das poetische Werk

Ein Werbetext
Eine Novelle
Ein Rätsel
Neuneinhalb Gedichte

Begegnung am gelben Fluß

Es war wie ein Wunder

Es war wie ein Wunder
Als ich dich sah
Du lagst in einer Pfütze
Zwischen uns war alles klar

Kleine Apokalypse

Die Sonne hörte auf zu scheinen
Der Wind hörte auf zu wehn
Alles fing an zu weinen
Und kaputtzugehn

Ohne Worte

Das Wort Gottes

Katholisch
Eine Nachdichtung

Komm wir beten
Komm wir beten
Komm wir falten
Unsre Hände
Du und ich
Wir sind katholisch
Katholisch katholisch
Wir stecken den Finger
In das Becken
Und benetzen
Unsre Stirnen
Katholisch katholisch
Wir glauben an den
Einen Gott
Genauso wie
An seine Offenbarung
Katholisch katholisch
Wir glauben
An den allmächtigen
Und barmherzigen Vater
Im Himmel
Denn wir sind katholisch
Katholisch
Und an unsern
Herrn Jesus Christus
Seinen einge-
Bornen Sohn

Der Leib Christi!

Katholisch katholisch
Du und ich
Knien reuig nieder
Denn wir glauben
Unser Heiland
Jesus Christus
Starb für alle
Die wie wir katholisch
Katholisch
Du und ich lalalala
Du und ich
Wir sind katholisch
Katholisch usw.

Katholisch *ist die Übersetzung eines Gedichts
von Genesis P-Orridge. Das Original erschien
1978 unter dem Titel* United *auf einer
Schallplatte der englischen Musikgruppe
Throbbing Gristle.*

Kirchenfensterpastete, romanische Art

Ein Bus wird kommen

Es ist wieder Herbst

Es ist wieder Herbst
Liebespaare laufen durch die Stadt
Ich steh auf der Straße
Und fühle mich so matt

Ich steh auf der Straße
In meinem dicken Pullover
Und bin ganz blaß

Am Himmel ziehn die Stare
Und sind ganz naß

Nönnchen von Tharau
(Kinderzimmertapete)

Kleine Politesse

Ein Fragment

Eine kleine Politesse
Regelt zärtlich den Verkehr
In der Stadt ist heilige Messe
Da fahrn die Christen hin und her

Voller Güte biegt ein Auto
Um die Ecke und bremst ...

Stairway To Heaven

Erlösung

Der Tau der Jahrtausende
liegt auf den Primeln der Zeitlosigkeit.
Aus den Schornsteinen der Angst
wuchert Efeu
und Frühlingswiesen
laufen dir
auf nie gekannten Füßen entgegen.

Stefanie Semmler, 13 Jahre

*Mit Diet Schütte 1984 unter dem Namen Stefanie Semmler
für die Hildesheimer Literaturzeitschrift* Der krähende Hahn
geschrieben, aber nicht abgeschickt.

Ich in Afghanistan

Auf beiden Seiten Glück
Eine Novelle

Meine moderne Brille habe ich von einem Schäfer in Afghanistan geschenkt bekommen. Es handelt sich um ein Modell aus Lehm, das besonders im Sommer sehr trocken auf der Nase sitzt. Es besteht aus Tiermehl und enthält BSE. Besagter Schäfer – ein holder Knabe mit lockigem Haar – forderte die Brille plötzlich zurück. Telefonisch. Wahrscheinlich telefonierte er von der einzigen Telefonzelle Afghanistans aus. Er mußte immer wieder vertrocknete Lehmgroschen nachwerfen und in der Telefonzelle aus Kameldung roch es nicht gerade feierlich. Ich hatte gerade den Tannenbaum aufgestellt, denn es war Weihnachten, als das Telefon klingelte: »Hier der Schäfer. Ich bin kurzsichtig geworden und verlange meine Sehhilfe zurück.« Ich legte sofort auf.

Zwei Wochen später bollerte es an meiner Tür. Mir ging die Muffe. Ich setzte die Brille auf und tastete mich zum Türrahmen. Ich wagte nicht zu öffnen. Eine innere Stimme sagte mir: »Alter, mach bloß nicht auf!«

Aber meine Finger zuckten und griffen immer wieder nach der Klinke. So ging es noch Wochen. Der Schäfer hatte sich mit seiner Herde auf der anderen Seite der Tür niedergelassen. Er war trotz allem ein guter Mensch und produzierte Schafskäse, den er mir unter der Türritze durchschob. Zum Dank zertrat ich seine Brille, denn so paßte sie ebenfalls unter der Türritze durch. Glück auf beiden Seiten war die Folge.

Lied der Inquisition

Die Erde steht
Die Sonne dreht
Sich um sie herum
Di dum didel dum

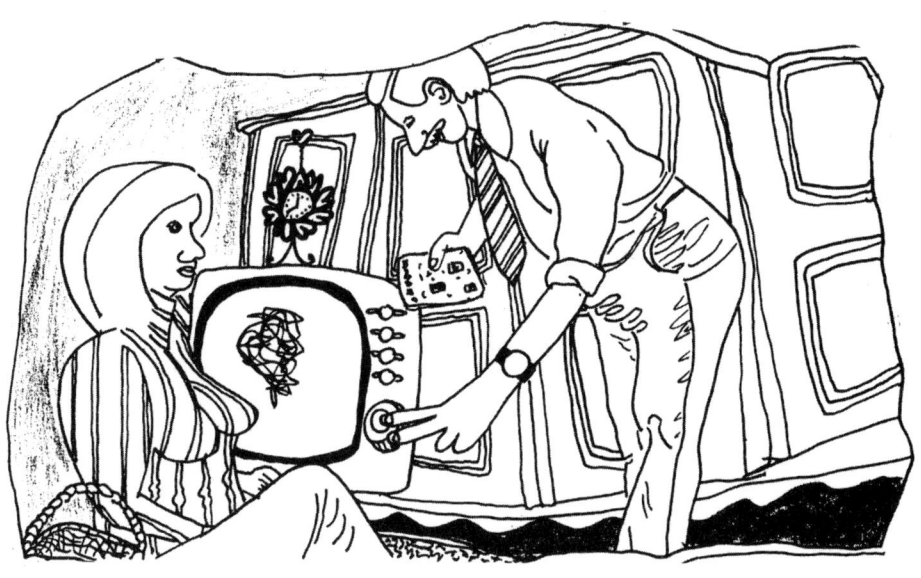

Feierabendidyll

Kafkas kucken dich an
(Badezimmertapete der Firma Stroemfeld)

Schöner Wohnen
Ein Werbetext

Das Kinderzimmer ist groß genug für seine zwei Bewohner, Mädchen und Junge. Aber es ist nur ein Raum.

Gerade im Schlafzimmer muß das Milieu stimmen. Interessant löste der Innenarchitekt die Frage, wo das Kleinkind liegen soll. Die unkonventionelle Antwort: im Schrank. Nur herunterklappen, einschieben – schon ist es verschwunden. Holz muß eben nicht hölzern sein.

Das Bett ist eine bequeme Liege mit zwei losen Rückenlehnen. Wer auf der Liege sitzt, wird ihre Rundungen als angenehm empfinden. Dazu passend eine Sitzgruppe, die leicht feminin wirkt.

Durch die Verwendung einer edelholzfurnierten Wandverkleidung wird der Braunton auch im Sanitärraum zum bestimmenden Blickpunkt. Links an der Wand hängt die Heizung – ein Gebläsekonvektor. Den Paneelen gleicht sich die Verkleidung der Konvektorenheizung spielerisch an. Der originelle Farbton: paprika-antilope.

Die Grün-in-Grün-Wirkung der modernen Fliesenwand wird von der Frottierwäsche aufgenommen. Sie ist einzeln oder als Garnitur, siebenteilig mit Badehandtuch und je zwei Seifhandschuhen erhältlich. Und zwar in den Farben lind, rose und bleu.

Dazu spielt das Radio. Leise Musik hebt die Arbeitsfreude. Manch gutes Rezept kann bei der Funkdurchsage notiert werden.

Der Mai ist gekommen
Aus dem Musical Lob der Abtreibung

Ob im Büro,
Ob im Betriebe.
Das Gesetz heißt
Liebe, Liebe ...

Es ist
das Glück.
Wir essen Blumen
zum Frühstück.

Liebe, Liebe
Allerorten,
Selbst im Supermarkt
Bei Horten.

Auch bei Hertie
An der Kasse
Ist es einfach
Klasse, klasse ...

Im ganzen Land
Regiert das Lieben.
Nachher wird dann
Abgetrieben.

Ob im Büro,
Ob im Betriebe.
Das Gesetz heißt
Liebe, Liebe ...

»Klingeling«

Blätter aus dem Malbuch
Unser Führer fährt im Hühnerstall Motorrad

Ein Feind, ein böser Feind

Ein Feind, ein böser Feind,
Das ist das Schlimmste, was es gibt auf der Welt.
Ein Feind bleibt immer Feind,
Bis daß die ganze Welt zusammenfällt.
Drum sei auch nie betrübt,
Wenn Dein Schatz dich nicht mehr liebt.
Ein Feind, ein böser Feind,
Das ist der größte Schatz, den's gibt.

Briefmarken

Entwurf für eine MISEREOR-Briefmarke

25 Jahre Sammelaktion ADVENIAT

Geh nicht mit dem bösen Onkel
UNICEF-Briefmarke

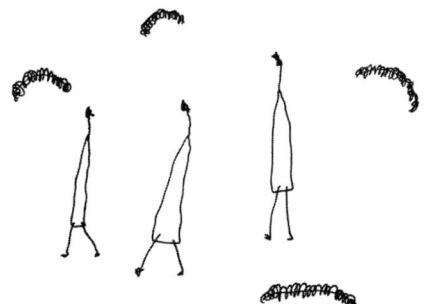

30 Jahre BUND DER VERTRIEBENEN

Ein Rätsel

Kinder, was ist das?
Es ist ein Königreich, aber ihr dürft
nur mit dem Hintern rein?

Antwort

In der Hose liegt ein Königreich, nur
mit dem Allerwertesten zu betreten.
Ein Land, in dem die Gesäße herumtollen
und Purzelbäume schlagen. Boxende
Gesäße kriegen hinterher ein Eis.

Cover der Musikkassette Hey Wenzel
(Pissende Kuh Kassetten, 1985)

Zwei Igel

Es waren einmal zwei Igel
Die hatten einander so lieb
Da fuhren sie in den Urlaub
Mit ihrem Jeep

Pfarrei des Grauens

Mutti

TOPORS TIERLEBEN

Was ein Cockerspaniel mit der
Geburt der Freiheit zu tun hat,
erklärt uns ein belgischer Tierfilm:
Marquis von 1989.

Der Gouverneur der Bastille, Gaëtan de Preaubois, ist das, was man ein Sackgesicht nennt. Vielleicht liegt's an den ausgeprägten Kehllappen, an denen er gelegentlich zurrt wie an den Zapfen einer Kuckucksuhr – namentlich dann, wenn er sich, laut krähend, in den Schlund der resoluten Juliette ergießt. Die Szene, nicht unbedingt eine der schönsten des Films, hat mich frappant an meine Schulzeit erinnert.

Wer zum Frühstück regelmäßig seinen Haferschleim verzehrt hat – Mädchen mit Milch und Zucker, Jungs mit Kaba, dem Plantagentrank –, der hatte, wir schreiben die Jahre 1967 ff., bald einen kostbaren Schatz angehäuft. Wie ich löffelten sich Abertausende durch ihre Kindheit, dem großen Glück ent-

Mit Kaba dem großen Glück entgegen

Sammelalbum der Köllnflockenwerke,
Elmshorn

gegen. Jenem Tag, an dem der *Köllnflocken*-Bilderdienst die neuen Haferflockenbilder ins Haus brachte, im Tausch für eifrig ausgeschnittene Sammelpunkte.

Die Grützmühle des Peter Kölln produzierte Millionen von Sammelbildern, von denen es mir Serie 22, *Balduin und Gockel*, besonders angetan hatte. Auf den 96 Minibildern schauten mich Hasen mit Lorgnetten, Kröten mit bodenlangen Tabakspfeifen und Dackeldamen in Reifröcken an, und eine besondere Rolle spielte ein männliches Huhn mit Schifferklavier, das dem Gouverneur in Henri Xhonneux' Historienspiel *Marquis* wie aus dem Gesicht geschnitten war. Ausgedacht hatte sich diese Schnurralien der einstige Kapp-Putschist und SS-Mann Wilhelm Petersen, der ab 1953 zu bundesweiter Beliebtheit gelangte: als Schöpfer jener Kinderbücher, die Mecki, den *Hörzu*-Igel, auf prächtigen Tableaus verherrlichten und ihn auf seinen Reisen zum Mond, ins Schlaraffenland oder zu den Negerlein zeigten. Die verquaste Federviehgroteske *Balduin und Gockel* war vergleichsweise erfolglos und blieb, nicht

»*Es tanzt ein Bi-Ba-Butzemann in unserm Haus herum widibum*«: Aus *Köllnflocken-Serie 9*

anders als *Bi-Ba-Butzemann* (Serie 9), ein Seitenstück des faunophilen Illustrators.

Das Libretto zu *Marquis* wiederum hat sich Roland Topor († 1997) ausgedacht, auch er ein gefeierter Zeichenkünstler, nebenbei noch Stückeschreiber, Romancier (*Der Mieter*) und Genußmensch, der uns auf Fotos meist pfeife- und zigarrerauchend entgegentrat und ein Spezi jenes Meisterkochs gewesen sein

soll, den die Fachwelt den »Mark Twain der Küche« bzw. »Adorno mit dem Schneebesen« nennt.

In *Marquis* erzählt Topor die Geschichte eines Cockerspaniels, der, was Geist und Gesittung angeht, einem Aristokraten nachgebildet ist, dem die *Dialektik der Aufklärung* ihr drittes Kapitel widmet: Donatien Alphonse François de Sade. Der verrufene Freidenker – dem Grafen eignet, mit Horst Tomayer zu sprechen, »der präzise Piß, der klare Schiß« – hat mal wieder ein Kruzifix entweiht und schmachtet nun, trotz Filmriß, in der Bastille. »Soll ich mich an alle Kreuze erinnern, auf die ich geschissen habe?«

Genußmensch, Fünfziger Jahre

schüttelt der weggesperrte Jagdhund betrübt den Kopf, doch längst ist ihm – so rasch wie lautlos – Trost aus der Hose gewachsen: Colin, der eigentliche Hauptdarsteller der Komödie, meldet sich zur Stelle.

Theodor Wiesengrund Adorno
erläutert den berühmten
Verblendungszusammenhang:
(Filzstiftzeichnung von
Wenzel Storch, Winter 1986)

Colin ist morphologisch betrachtet das, was Ballermann-Urlauber ihr »bestes Stück« nennen, nur etwas majestätischer und, vielleicht deshalb, gebildeter. Der sprechende Schwanz des Marquis de Sade ist ein Ahnherr des mythischen Organs, das den berühmten Long Dong Silver schmückte und läßt an das altpreußi-sche Infanterieregiment No. 6 denken: an die Langen Kerls der Potsdamer Riesengarde bzw. an die Blechbüchsenarmee des Bockwurstfabrikanten Dörffler.

Da es ihm wie ein Ofenrohr aus der Hose ragt, kann sich das »Glied« mit dem Schlappohr in Augenhöhe unterhalten. Und worum geht's in den Disputen? Nun, worum wohl: In der Regel kreisen die Wortgefechte um das

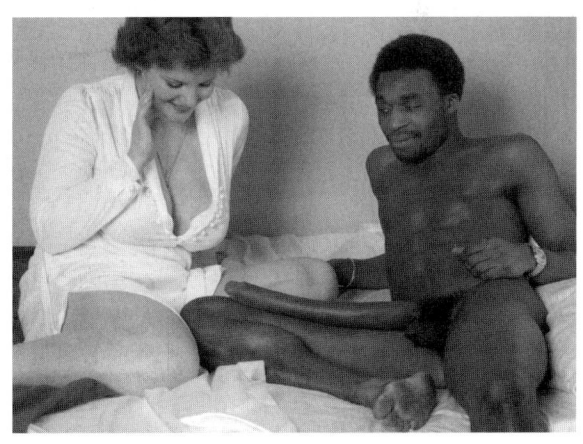

Die Stille vor dem Schuß: Long Dong Silver

255

*Dramatische Aktion im Puppenspiel: Schlüsselszene aus Wenzel Storchs Spielfilm
Der Glanz dieser Tage, 1989*

Eine, bis sich die Angelegenheit – ein Genregesetz beim Puppenfilm – gefährlich
zuspitzt.

Der Marquis plant, dem Piesacken des Schließers – die Ratte Ambert lechzt
seit Einlieferung des Grafen nach einer Privataudienz und will vor katzbuckelnder
Erregung fast vergehen – stattzugeben. Der Grund: Ein paar Mauern weiter wird
ein Ausbruch vorbereitet, was mit Geräusch verbunden ist, das es zu überstöhnen
gilt. Sollte die Sache klappen, will man die Fackel der Freiheit durchs ganze Land
tragen und die französische Revolution vom Zaun brechen. Doch Colin möchte um
keinen Preis in den Lustkanal des »Scheißefressers« einfahren, schon gar nicht aus
politischen Gründen. Es hilft aber
alles nichts. Sein Herrchen bleibt
hart. Und so erbittet sich der Kleine, quasi zur Einstimmung, eine
Gunst: ein Schäferstündchen mit
einer Spalte, die er im Mauerwerk
entdeckt und auf die er schon lange heimlich ein Auge geworfen
hat.

Vorhang auf für den Koitus
mit der Kerkerwand. Aber ach! Es
kommt, wie's kommen muß.
Während der Marquis widerstre-

Übermut tut selten gut

bend mit dem feuchten Gemäuer kopuliert – übrigens, ganz Edelmann, fast so lange, bis die Wand »entlädt«, wie ein gern benutzter Terminus in alten Sade-Übersetzungen lautet: jedenfalls schlägt sie am Ende groß die Augen auf, und die Steine, im Chor, hecheln dazu –, stößt sich Colin böse den Kopf.

Kaum kuriert, gerät der »Schelm«, wie de Sade seinen Compagnon verständnisvoll nennt, erneut in Gefahr. Immer wenn du denkst, es geht nicht mehr, kommt von irgendwo ein Lichtlein her: in diesem Falle in Gestalt der patenten Kuh Justine. Der scheintote Schwanz wird zur Ader gelassen und – ein alter Krankenschwesterntrick – mittels Fellatio verarztet.

Diesem drolligen Intermezzo folgt das Tête-à-tête mit dem Schließer. Die Ratte springt dem kultivierten Cockerspaniel mit zappelndem Gesäß ins Gesicht, doch Colin (»Ich will wieder in *Der Nächste bitte!* meine Hose!«) weigert sich, ins Kabinett des Kerkermeisters einzukehren. Der Graf, gewußt wie, greift nach einer Languste, und eine nicht nur farblich schöne Szene nimmt ihren Lauf.

Freiheit ist immer die Freiheit der Anderen: Erregte Diskussion mit Colin, dem rebellischen Fluchthelfer

Der Schließer mit dem Krustentier im Steiß: Dieser Einfall – so schwulen- und rattenfeindlich er ist – dürfte den Grimme-Preisträger Jo Baier (*Stauffenberg, Hölleisengretl*) zu einer Schlüsselszene in seinem Sedlmayr-Schwank *Wambo* inspiriert haben, den man seines Titels wegen leicht mit John Fords *Mogambo* oder mit Disneys *Dumbo* verwechseln kann. (Pikanterweise heißt Walter Sedlmayr in der

TV-Produktion Herbert Stieglmeier: etymologisch wohl eine Kreuzung aus Herbert Grönemeyer und Herbert Schmalstieg.)

Jedenfalls greift er den Gedanken dort auf eine derart blumige Weise auf, daß *Der Spiegel* sich im Mai 2001 genötigt sah, ihn ausdrücklich dafür zu belobigen: »Selbst Erotikrituale wie das, als der unter seiner Küchenschürze splitternackte Stieglmeier seinen

Dieter Krebs (Sketchup) läßt grüßen: Grimmepreis 2001 für Jürgen Tarrach als Walter Sedlmayr

Gespiel (Alexander Lutz) bittet, ihm in eine Körperöffnung eine dornige Rose zu stecken, inszeniert Baier dezent. *Wambo* wagt, eine zerrissene Persönlichkeit zerrissen zu zeigen«, freute sich das Nachrichtenmagazin. Wobei »eine Körperöffnung« den Eingang zu jener Örtlichkeit meint, die sich, nach Maßgabe des Schöpfers, zwischen zwei Arschbacken verbirgt. Eine Örtlichkeit, aus der es freilich nur bei Volksschauspielern, hämorrhoidenrot und grimmepreiswürdig, hervorleuchtet.

Resp. -duftet. Doch zurück in die Bastille. Auch wenn er nicht auf Rosen gebettet ist, der galante Cockerspaniel versteht es, sich auf seiner Pritsche Genuß zu verschaffen. Zu diesem Zwecke breitet er sich gerne einen Klappaltar über die Lenden, der – nicht vergessen: wir befinden uns in einem Puppenfilm – die Gestalt einer Kasperlbühne hat. Womit wir bei Peter Hacks wären.

Erotika: großblumige Edelbuschrose aus Holland

Ostberlin, Siebziger Jahre

Hacks (»Die Welt ist so lieblich, so pieplich / Zur Weihnachtszeit, / Tirili.«) zählte das Puppenspiel zu den kindischsten und überflüssigsten Erzeugungen, unmittelbar nach dem Töpfern. So steht's in seinen ökonomischen Schriften (*Schöne Wirtschaft*, vorletzte Seite). In seinen *Bestimmungen* (*Was ist ein Drama, was ist ein Kind?*) spricht der Dichter, der freiwillig im Lande Pittis, Schnattis und Brummels wohnte und auf Lichtbildern gelegentlich selbst »kasperlartige Züge« aufwies (G. Fülberth, kurz vor Weihnachten '08, im *Freitag*), äußerst streng vom Kasperltheater: »Es ist zu allem fähig, nur zu einem nicht: zur großen Form.«

Wer den Puppenfilm *Marquis* gesehen hat (und damit auch das Spiel im Spiel: das Ein-Mann-Stück aus dem Hosenlatz, von dem später noch kurz die Rede sein soll), wird finden: Das kann nicht stimmen. Und wer den römisch-katholischen Monumentalfilm

Don Popelino und Donna Popeletta, zwei Popelschmuggler auf dem Weg zum Heiligen Stuhl

Der Glanz dieser Tage kennt, in dem mittels Handpuppenspiel die Schleier von der größten Popelsammlung der Welt gezogen werden (ein feuchtglänzendes und angenehm klebriges Gebirge, tief unten in den Katakomben von Sankt Peter, bewacht von einem Königstiger und umdümpelt von speziellen Popeldampfern), kann über Hacks' »Bestimmung« nur den Kopf schütteln.

»Deshalb müßt ihr euch immer gründlich dort oben waschen«: Der Papst tröstet Augenphimose-Patienten (aus Der Glanz dieser Tage)

Außerdem: Kann es wirklich sein, daß ausgerechnet der Erfinder von Hü und Schnauf, von Edelpöck und Feuerschnief – um nur vier Märchenfiguren aus dem Hacks-Kosmos zu nennen – sie alle nicht gekannt haben will? Seele-Fant und Scheppertonne, Totokatapi und Tutulla, Uschaurischuum und Don Miko de la Maukando?

20-Pfennig-Briefmarke aus der Ostzone (1972)

Doch weg von Hacks und zurück zu Sade und seinem Klappaltar. In der selbstgezimmerten Kasperbude führt der Cockerspaniel eigene Lustspiele auf; bekanntlich hat der wahre Marquis hinter Gitter zahllose Ungeheuerlichkeiten, darunter 17 Theaterstücke, zu Papier gebracht. Als Held steht, wenn auch widerstrebend, Colin zu Diensten. Die sonderbare Gliedpuppe, die nicht eben einfach zu führen ist, trägt auf der Bühne Kunsthaar, dazu passend ein hochgeschlossenes Cape. Nichts von moderner Nacktschauspielerei – im Gegenteil: Wenn man ein Auge zukneift, erinnert Colin an Lemmi, den Bücherwurm. (Lemmi war eine braune, bebrillte Socke, die 1973 im *ARD*-Kinderfernsehen auftauchte und wie Ratz und Rübe zur Familie der Klappmaulpuppen gehörte.)

Der Hundeschwanz wirkt freilich feinsinniger als der Strickstrumpf, was daran liegt, daß seine Mimik – wie ja überhaupt seine ganze Existenz, aber damit wären wir bereits beim Happy End – ferngesteuert ist. Das mit der Mimik gilt für alle Fi-

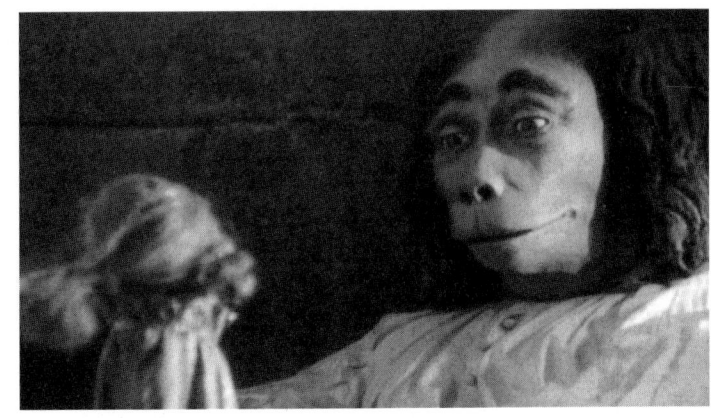

guren in *Marquis*: für das Kamel Dom Pompero wie für Lupino, den Wolf, oder Pigonou, das Schwein mit dem Holzbein. Obwohl sich unter den Masken leibhaftige Menschen verbergen, können alle lebensecht mit den Augen klimpern und auf Kommando Maul und Schnabel aufreißen.

Das hat natürlich einen Grund, und als ich vor wenigen Wochen – vier Jahre nach Fertigstellung meines (Semi-)Tierfilms *Die Reise ins Glück* – das Puppenspiel *Marquis* zum ersten Mal sah, fiel es mir wie Schuppen von den Augen. Schmerzlich wurde mir bewußt, was ich bei *Die Reise ins Glück* vergessen hatte. Ich hatte einfach nicht daran gedacht, die Tierköpfe mit Mikroelektronik aus Japan auszustatten. Die Zuschauer in den Programmkinos mußten es ausbaden: Im Winter 2005 stromerten – neben ein paar echten Bären und Fröschen – allerhand Menschen mit Hirsch-, Kuh- oder Schweine-köpfen auf den Lein-wänden herum, verzo-gen dabei aber keine Miene.

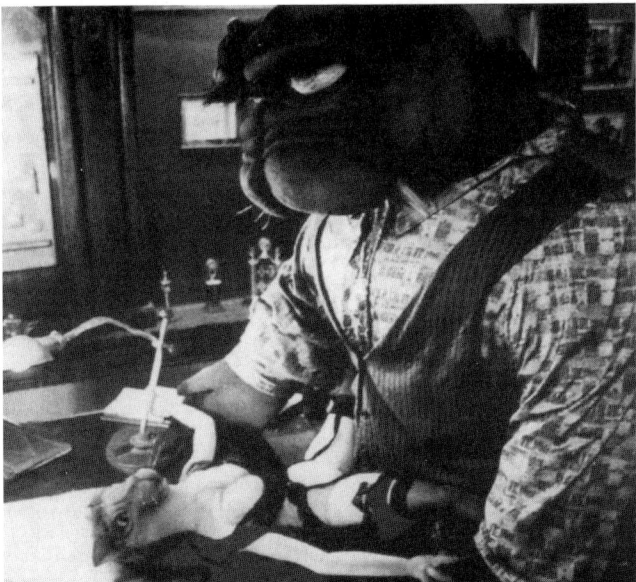

Kam zur gleichen Zeit wie Der Glanz dieser Tage und Marquis in die Lichtspielhäuser: Peter Jacksons Puppenporno Meet The Feebles (Australien 1989)

Reagan, Adenauer und Breschnew (v. l. n. r.): Drei Tierdarsteller aus Die Reise ins Glück

Und wirkten folglich nur halb so kregel wie der Schwanz des Grafen. Sooft der seinem Herrn aus der Hose fährt (und das geschieht oft in den 79 Minuten), immer tritt Colin ausgesprochen elegant auf, und keineswegs wie ein Springteufel. Welches Getriebe genau im Spiel ist, läßt das Making-of offen. Man könnte auf eine Art doppeltwirkenden Hydraulikzylinder tippen, denn Colin läßt sich – deutlich schneller als der Balg einer Quetschkommode – in Sekundenschnelle zusammenschieben.

Darüber hinaus ist Colin vorzüglich synchronisiert; und es muß auch niemand befürchten, daß das »Organ« – bei Filmen mit sprechenden Geschlechtswerkzeugen nicht unüblich – plötzlich anfängt zu singen. In *Chatterbox* (1977) stürmt eine schnatternde Möse, neben der selbst die deutsche »Lady Schnatterly« alt aussehen würde, die amerikanischen Charts; und in

Karnevalsfeier, Fünfziger Jahre: Vater Storch (r.) mit Schnurrbart und Quetschkommode

der Eichinger-Produktion *Ich und Er* (1988) dringt die Stimme von Heiner Lauterbach aus einem Hosenstall. Daß sich die Regisseurin Doris Dörrie bei der Herstellung dieses 6 Millionen Dollar teuren Films, der dank seiner Kalauer (»Judas Penischariot«) mit der Goldenen Leinwand ausgezeichnet wurde, nicht in Grund und Boden geschämt hat, ist eigentlich unbegreiflich.

Wie gesittet und gediegen geht es dagegen in *Marquis* zu: Wenn der Graf mit seinem Schwanz parliert, fühlt man sich in Plauderkabinette wie *Das Philosophische*

Quartett oder das *ZDF-Nachtstudio* versetzt – und mit Fliege oder Krawatte dürfte Colin, ohnehin »nett und sauber in seiner ganzen Erscheinung« (wie Karl May einmal in *Winnetou III* seinen »rothen Gentleman« charakterisiert), sogar zwischen Sloterdijk und Safranski bzw. vis-à-vis von Volker Panzer, eine respektable Figur machen.

Gernegroß mit – leider – feuchter Aussprache: Colin

Wobei die Dispute in der Zwingburg natürlich vergnüglicher sind. Als sich Colin kurz vor Schluß, die Bastille ist bereits gestürmt, verknallt, entläßt ihn der Marquis, der Debatten (»Ich will ficken, du drückst dich! Ich will mich verdrücken, du willst ficken!«) müde, in die Freiheit. Das läßt sich der »Kleine«, der es bei seinem Marquis immer gut hatte, nicht zweimal sagen. Und voller Optimismus macht sich der Schwanz – der, wie wir wissen, selbst »kein übler Schelm« ist – auf die Wanderschaft.

Der Weg in die Freiheit

Vor ihm liegt ein Leben als »freier Wüstling«, denn Colin hält es, wie sein einstiger Herr, mit Frau Baronin von Snatterlöw (Fontane-Fans als »eine hochbusige Dame von neunundvierzig« bekannt): »Ein freier Sinn ist das allein Dienliche wie das allein Ziemliche«, deklamiert die adlernasige Amazone in *Cécile*, »Servilismus und niedrige Gesinnung sind in meinen Augen unwürdig und hassenswert.«

Mit Colin ziehen die besten Wünsche der Zuschauer. Möge er nicht unter die Fallbeile der Wohlfahrtsausschüsse geraten, immerhin ist er von edlem Geblüt: Auf

Armin Meiwes Lieblingscomic: Head First von S. Clay Wilson

daß ihm das Schicksal jenes lindwurm-artigen »Enterhakens« erspart bleibe, der dem Piraten mit dem Schnauzbart in S. Clay Wilsons *Head First* aus dem Hosenlatz schaut. Kaum hat der stolze Seeräuber das prächtige Organ auf den Kombüsentisch geknallt, schon verschwindet der angeblich schmackhafteste Teil im Magen seines Kameraden.

Seeräuber bei der Spargelernte

Dem Marquis war vergönnt, mit seinem Werk die Jahrhunderte zu überdauern und – höchstes der Gefühle, zumal für ein Hundeleben – einer sexuellen Disziplin seinen Namen zu schenken. Was aus Colin geworden ist, wissen wir nicht. Dabei verdanken sich die quälgeisterhaften und blutigen Ausschweifungen in Romanen wie *Die 120 Tage von Sodom*, die de Sade in aller Welt bekannt gemacht haben, möglicherweise der Cockerwut. Einer Erbkrankheit, unter der nicht nur Cockerspaniel, sondern auch Berner Sennenhunde und Golden Retriever leiden.

Sadistin mit devoter Kuh

Marquis von Henri Xhonneux und Roland Topor (Belgien 1989) ist bei *Bildstörung* (*www.bildstoerung.tv*) als DVD erschienen (79 Min. plus 50 Min. Bonusmaterial).

EIN PFEIL

Wie ein Pfeil fliegen wir dahin.
Der große Schütze, der uns abgeschossen hat, heißt Gott.

PISSEN IST MACHT

Buchumschlag für Carmen Thomas

DER NEUE BISCHOF

Gutenachtgeschichten

Das Fest

Palmsonntag. Man schlendert durch Alleen, vorbei an den mit Schmuddelbildchen beklebten Bäumen, hinauf zum Bischofssitz. Alle finden: Der alte Kreuzweg war ein Witz dagegen.

Am Tor verneigen sich Neger mit Palmwedeln. Der Bischof kommt auf einer zahmen Giraffe angeritten und führt die Gemeinde stolz durch seinen Lustgarten. Spitze Schreie erfüllen die Luft, und in den Baumkronen räkeln sich nackte Frolleins. Heute dürfen alle beim Bischof schlafen. Wegen der schönen Aussicht schläft der Bischof im zweiten Stock bei offenem Fenster. Egal wie spät, der Bischof vergißt nie, seiner Giraffe ein warmes Schälchen Bananenmilch ins Fenster zu stellen.

Trulli träumt

Das erste Mal wird bestimmt schön.
Ob ich den Bischof auch einlade?

Der Schlafanzug

Der Kammerzwerg schließt die Fenster, denn auch nach der sexuellen Revolution gilt das alte Gesetz: Wenn der Bischof müde ist, sind alle müde. Niemand schafft es mehr, das dicke Märchenbuch zuzuklappen. Alle schlafen auf der gleichen Seite ein und träumen den gleichen Traum: Ach wie gut, daß niemand weiß, daß ich Jesus Christus heiß ...

Der Bischof schläft heute besonders gut. Kunststück, er hat ja auch seinen alten Schlafanzug auf dem Hochaltar ganz alleine verbrannt.

Die Nacht ist hell und keiner gruselt sich. Nur Gott ist noch wach und freut sich. Der Bischof schnarcht, und in der Luft schaukelt liturgisches Backwerk.

Die Einladung

Kommen Sie doch auch.
Unsere Tochter feiert ihre Erste Heilige Menstruation.

Ein Sommernachtstraum

Im Bischofspalast herrscht tiefer Friede. Plötzlich knarrt die schwere Eichentür. Im Mondlicht stehen Mopsa und Phyllis. Zwei Teenager auf der Schwelle zur Frau.

»Na, ihr Schnallen?« Der Bischof gibt sich leutselig. »Mir ist heut nacht so flockig zumute.« Die Teenybopper kriegen kein Wort heraus, denn sie sind bis über beide Ohren verknallt. Mopsa denkt immer nur: »Was für ein süßer Dickmops.« Und Phyllis, die etwas ältere, denkt: »Wow. Der neue Bischof hat Essensreste im Gesicht.« Dabei ist es nur Schmuckgulasch.

Nachdem man sich eine Weile in den Armen gelegen hat, verschwinden die Teenager im Dunkel des Waldes. Wie scheues Edelwild, denkt der Bischof und streichelt verzaubert das Plumeau. Dann spielt er noch ein Weilchen mit dem Zipfel seines Kopfkissens. Der Wald ist der Pullover der Nacht, heißt es bei Matthäus.

Backfischgezwitscher

Kuck mal. Der neue Bischof kleidet
unsere Stadt wirklich gut.

Echt süß. Sein Vorgänger war ja
keine Augenweide ...

Am Brunnen

Drei Mönche stehen am Brunnen und kurbeln. Ihr Atem fliegt. Als der Bischof kommt, ist es soweit. Wurst um Wurst ziehen sie aus dem tiefen Brunnen. Der Bischof mag sie nämlich viel zu gerne, die gute Brunnenleberwurst.

Die Wurst ist wie immer feucht, kalt und plockig. Der Bischof strahlt und schmatzt. Wenn er lacht, sieht man, daß er falsche Zähne aus Würfelzucker hat. Mit den neuen Zähnen schmeckt der Tee aus Biafra besonders gut.

Der Bischof zeigt der Gemeinde die neuen Zähne.

Die Predigt

Der Bischof hat das Schlüsselloch mit Wachs verstopft. Nachdem er sein Schamtüchlein ausgebreitet hat, schmiegt er sich an das heiße Eisen der Erinnerung. Da passiert es. Aus dem Kopf kommen die Gedanken herausgeklettert und legen sich gut leserlich auf den Fußboden.

Jetzt braucht er nur noch alles fein säuberlich abzutippen. Und dort, auf der nächsten Seite, steht es ja schon! Es ist eine neue Predigt geworden. Sie handelt vom modernen Indianer.

Die modernen Indianer

Die modernen Indianer ziehen längst nicht mehr in Zelten umher. Anstelle der Wigwams sind Polstergarnituren und Schrankwände getreten.

Wenn die Krieger weiterziehen, den Büffelherden hinterher, müssen die Squaws ganz alleine die schweren Eichenschränke durch die Prärie schleppen. Eigentlich ungerecht. Doch vor Nachbarn, Freunden und Kollegen brauchen die Indianerfrauen nun nicht mehr den Kopf zu senken, wenn von Einbauküchen und schön gefüllten Badewannen die Rede ist.

Das heiße Eisen der Erinnerung

Erstabdrucke

Die Dampfwalze Gottes: *Konkret* 11 + 12/2007

Das Maschinengewehr Gottes: *Konkret* 5 + 6/2008

Das kommt mir langsam high: *Konkret* 9/2008

Laß uns miteinander reden: SWR 2, *Dschungel*, 24.2.2009

Die Klapsmühle Ihres Vertrauens: Brigitte Tast/Hans-Jürgen Tast (Hg.): *be bop: Die Wilhelmshöhe rockt. Disco und Konzerte in der Hölle.* Gerstenberg Verlag, Hildesheim 2007

Old Wabbles Golgatha: *Konkret* 2/2008

Zentaurensex in der Dampfsauna: *Konkret* 3/2008

Rumpelstilz und Drosselbart: *Konkret* 10 + 11/2008

Frauen kommen langsam – aber gewaltig: *Konkret* 4/2008

Arnos Bärenhösel: *Konkret* 12/2008

Kalle Blomquist lebt gefährlich: in Ulrich Bogislav (Hg.): *Ak Ak* Nr. 4. Köln 1984

Aus der Puderzeit: *Konkret* 2/2009

Ruckedigu, Ejakulat ist am Schuh: *Konkret* 7 + 8/2008

Pater S. und seine ausgeflippten Messdiener: Frank Schäfer (Hg.): *The Boys Are Back In Town. Mein erstes Rockkonzert.* Schwarzkopf & Schwarzkopf, Berlin 2000

Das Wort Gottes: Ulrich Bogislav (Hg.): *Ak Ak* Nr. 6, Köln 1985

Ein Bus wird kommen: Poster-Beilage zur Musikkassette *Hey Wenzel*, Pissende Kuh Kassetten, Varel 1985

Auf beiden Seiten Glück: Katja Lah, Jonas Möhring, Jens Wirsching (Hg.): *Der Weihwassertrinker.* Moritzberg Verlag, Hildesheim 2001

Topors Tierleben: *Konkret* 3/2009

Bildquellen

S. 7 a: *Teddys Abenteuer*, Verlagsbuchhandlung Julius Breitschopf I S. 7 b: *Hörzu* I S. 8 b,
S. 12: *Petzi als König*, Carlsen Verlag I S. 14 b: *Die Pallottiner in Kamerun*, Lahn Verlag I S. 15 a:
Der Detektiv im Kloster, Lahn Verlag I S. 15 b: *Mord auf dem Pfarrfest*, Augustinus Verlag I
S. 15 c: *S-O-S Wir landen im Kloster*, Lahn Verlag I S. 15 d: *Der fliegende Pater in Afrika*, Verlag
Bonifacius-Druckerei I S. 16 a: *Sie nennen mich Speckpater*, Paulus Verlag I S. 16 b: *Christus
auf der Reeperbahn*, Bastion Verlag I S. 19 a, b, 20 a, 27 a: *Sie nennen mich Speckpater*, Paulus
Verlag I S. 21 a, b: *Bild-Zeitung* I S. 22 a: *Skippy, das Buschkänguruh*, Julius Breitschopf KG I
S. 22 b. Sammlung Klaus Hammerlindl I S. 25 a, b: *Old Surehand I*, Weltbild Verlag I
S. 27 b, 28: Werbeprospekt »Kirche in Not« I S. 35 b, 37 a,b: *Pater Leppich spricht*, Bastion
Verlag I S. 39 a: *Praline* I S. 39 b, 40 b, 42 a, b: *Pater Leppich spricht*, Bastion Verlag I
S. 43 a, b, 44 a, b: *Gegen den Strom*, Veritas Verlag I S. 45: *Flipper*, Neuer Tessloff Verlag I
S. 51 b: *Die leuchtende Straße*, Arena Verlag I S. 56: *Bild-Zeitung* I S. 88 a: *Der Schatz im Silber-
see*, Karl May Verlag I S. 89: Karl-May-Gesellschaft, Hamburg I S. 90: *Karl-May-Chronik*,
Karl May Verlag I S. 91 a: Karl-May-Museum I S. 91 b, 94 a, 95 b: *Karl-May-Chronik*, Karl
May Verlag I S. 96 a: Karl-May-Museum I S. 96 b: *Der Oelprinz*, Karl May Verlag I S. 114:
Durchs wilde Kurdistan, Karl May Verlag I S. 115 a,b: *Die 17 Gesichter des Robert Crumb*, Zwei-
tausendeins I S. 115 c: *Uferlos*, Kiepenheuer & Witsch I S. 116 a, b, 118, 121: *Karl-May-Chronik*,
Karl May Verlag I S. 122 a: Werner Maser, Bechtle Verlag I S. 122 b: Karl-May-Museum I
S. 123 a: *Hörzu* I S. 133: *Krippen selbst gebaut*, Frech Verlag I S. 134 a: *Bonanza* Nr. 102, Bastei I
S. 139 b: *Barbie Kalender 1995* I S. 141 b, 142 a, b: Arno-Schmidt-Stiftung, Bargfeld I S. 143 a:
Sirius, Knaus Verlag I S. 143 b: *Mountain Ecstasy*, Dragon's Dream Ltd. I S. 147 b: Joschi
Jaehnike, Wolfgang M. Schmidt, Grafik ABDC I S. 149 a: *Bravo* I S. 153 a, c: Joschi Jaehnike,
Wolfgang M. Schmidt, Grafik ABDC I S. 154 a: *Rock Dreams*, Pan Books Ltd. I S. 155 b:
Margarete Steiff GmbH I S. 156 a, b: *Rock Dreams*, Pan Books Ltd. I S. 159 a: *Petzi und
Pafjhans*, Carlsen Verlag I S. 161 a: *50 Jahre Augsburger Puppenkiste*, Rütten & Loening I
S. 173 a, b, 174 a, 175: Arno-Schmidt-Stiftung, Bargfeld I S. 177: www.funfire.de I S. 178 b:
Im Katzenkränzchen, Alfred Hahn's Verlag I S. 179 a, b, 182: Arno-Schmidt-Stiftung, Bargfeld
I S. 184 b: *Robert Crumb Sketchbook*, Zweitausendeins I S. 185: *Weirdo*, No. 19 I S. 186: *Die
Herren von Königsau*, Weltbild Verlag I S. 190 a: *The League Of Extraordinary Gentlemen 1*,
Speed Comics I S. 190 b: *Petzi als König*, Carlsen Verlag I S. 191 a: *Hörzu* I S. 191 b, 192 a, b, c,
193: *Lost Girls*, Cross Cult I 194 a: *Swamp Thing 2*, Panini Comics I 194 b: *Popkatalog Vol.1 -
Postpsychedelische Malerei«*, Verlag Werner Pieper I S. 196 a: Diet Schütte I S. 196 b, 197 a, b,
198 a: *Lost Girls*, Cross Cult I S. 198 b: *Yum Yum*, Zweitausendeins I S. 198 c: *Heidi* Nr. 156,
Bastei I S. 199 a: *Die Legion der Superhelden 1*, Panini Comics I S. 200 a, 201 a, b: *Lost Girls*,
Cross Cult I S.: 202 a: *Michael im Vatikan*, Herold Verlag I S. 203 a, b, 204 a, 206 a: *Lost
Girls*, Cross Cult I S. 206 b: *Rock Dreams*, Pan Books Ltd. I S. 207 a: *Promethea Buch 1*, Speed
Comics I S. 207 b: *Marvel Klassik 8*, Panini Verlag I S. 208 b, 209 a: *Supermann gegen die
Nazis*, Rainer Feest Verlag I S. 210 b, 211 a, b: www.rotten.com I S. 212 b, 213 a, b: *Lost Girls*,
Cross Cult I S. 213 c: *Die dreidimensionalen Bücher des Vojtěch Kubašta*, Gubig & Köpcke I
S. 214 a: www.neilgaiman.com I S. 214 b: *Soldat Varlot*, Edition Moderne I S. 215 a, b: *Lucys
Lustbuch*, März Verlag I S. 220 a: *Mountain Ecstasy*, Dragon's Dream Ltd. I S. 255 a: *Balduin
und Gockel*, Köllnflockenwerke Elmshorn I S. 256 a: *Bi-Ba-Butzemann*, Köllnflockenwerke
Elmshorn I S. 259 b: Szenenfoto *Marquis* I S. 260 a: Sat 1 I S. 261 a: *Sandmann auf Reisen*,
Vistas Verlag I S. 263 a: Szenenfoto *Marquis* I S. 265 a: Szenenfoto *Marquis* I S. 265 b:
Bi-Ba-Butzemann, Köllnflockenwerke Elmshorn I S. 266 a, b: *U-Comix Sonderband 20*,
Volksverlag I Alle anderen Bilder: Archiv Wenzel Storch

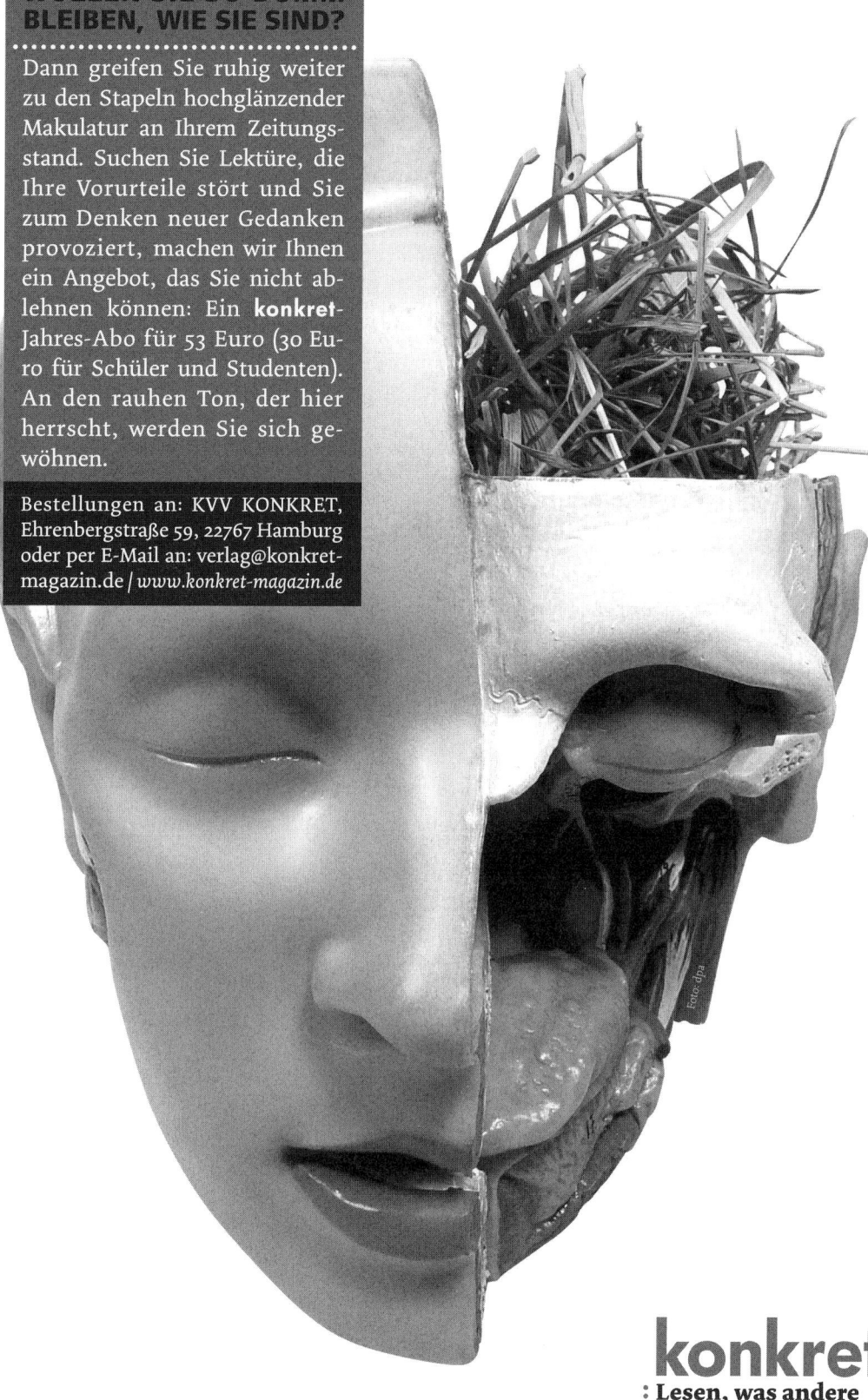

Frank Apunkt Schneider

Als die Welt noch unterging
Von Punk zu NDW

Eine Chronik zur Entstehung und Entwicklung von Punk
und Wave im deutschsprachigen Raum von 1978 bis 1985

Vor dem Hintergrund des Kalten Krieges der späten
70er- und frühen 80er-Jahre entwickelt Schneider eine
eigenständige Herangehensweise an deutschen Punk und
New Wave. Statt auf die fahle Nostalgieschiene zu setzen,
gewichtet der Autor sein Interesse individuell und originell:
Neben den mittlerweile kanonisierten Klassikern dieser
Bewegung (z. B. DAF oder Fehlfarben) rücken hier auch
Underground-Acts wie Kosmonautentraum, Familie Hessel-
bach etc. in den Fokus. Schneider zeigt historisch bedingte
Schnittmengen auf, erzählt von Freund- wie Feindschaften,
stellt Epizentren in der Provinz gegen die Metropolen.

»Als die Welt noch unterging« ist das bis dato umfang-
reichste Buch zum Thema. Eine kommentierte Diskografie und
eine Cassettografie runden das NDW-Opus-Magnum ab.

384 Seiten
mit zahlr. Abb.
ISBN 978-3-931555-88-7

Jens Raschke

Disco Extravaganza
Eine Reise ins Wunderland der sonderbaren Töne

Ein hochkomisches Kompendium über die sonderbarsten
Platten der Musikgeschichte

Was haben Captain Kirk, eine Lady aus Hongkong, Amerikas
erster Hippie, Miss St. Louis 1926, der Gründer der Satans-
kirche, ein israelischer Gabelbieger und eine Horde kanadi-
scher Schulkinder gemeinsam? – Sie alle haben mindestens
einmal in ihrem Leben einen Tonträger aufgenommen, der
fernab von allem liegt, was der durchschnittliche Konsument
für gewöhnlich unter dem Begriff »Musik« versteht.

Der Soundforscher Jens Raschke hat die kuriosesten Aufnah-
men der Musikgeschichte zusammengetragen und mit den
nicht minder ungewöhnlichen Biografien ihrer Macherinnen
und Macher garniert: vom singenden John–Lennon–Medium
über einen gesichtsverbrannten Produzenten für Beerdigungs-
musik bis zur verschollensten Platte des Universums.

Disco Extravaganza ist eine irrwitzige Reise durch das
Wunderland der unerhörten Töne, hin- und hergerissen
zwischen Spott und Ergriffenheit, Stutzen und Begeisterung.
Das erste und ultimative deutschsprachige Kompendium
zum Thema »Incredibly Strange Music«.

270 Seiten
mit Abb.
ISBN 978-3-931555-7-95

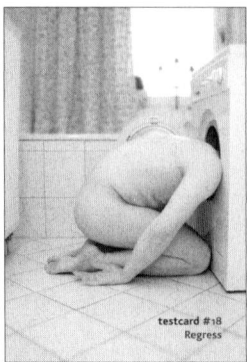

testcard #18
Regress

304 Seiten
mit zahlr. Abb.
ISBN 978-3-931555-17-7

testcard

Beiträge zur Popgeschichte
»Regress«

Die 18. Nummer der »testcard«-Reihe reagiert auf den reaktionären Wandel unserer Gesellschaft – polemisch, analytisch, kämpferisch.

1968 ist in aller Munde. Aber wie steht es mit unserer gegenwärtigen Gesellschaft? Nahezu alle im Zuge von 1968 erkämpften Errungenschaften werden derzeit wieder schrittweise abgeschafft. »testcard« wirft einen kritischen Blick auf den reaktionären Backlash, den die westlichen Gesellschaften in den letzten Jahren erfahren haben. Dies betrifft den Boom von Religionen aller Art, spirituelle und irrationale Lebensmodelle, die erstarkte Bedeutung der Kleinfamilie und von traditionellen Geschlechterrollen, die Neoromantik und den Eskapismus in der Kunst und Musik und den Abbau von Bürgerrechten.

Die neue Stimme der Reaktion kommt jedoch nicht einfach nur »von oben«. Phänomene wie flächendeckende Kameraüberwachung werden von einem Großteil der Bürger begrüßt oder sogar ausdrücklich gefordert. Filme wie »Keinohrhasen« oder Bücher über spirituelle Erlebnisse auf dem Jakobsweg feiern deshalb so große Erfolge, weil sie den regressiven Nerv der Zeit treffen. Doch wie konnte es zu einem solchen Mentalitätswandel kommen? Warum gehen Prekariat und zunehmende Entrechtung nicht mit Protesten einher, sondern mit der Flucht in Denk- und Lebensmodelle, die den Anschein erwecken, es habe das Projekt Aufklärung nie gegeben?

»testcard« #18 versammelt erstmals in einer Anthologie kritische Analysen zu einem Rückschritt, der alle gesellschaftliche Bereiche erfasst hat.

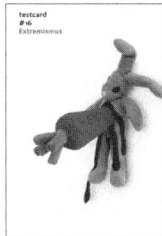

tesctard #17:
»Sex«

tesctard #16:
»Extremismus«

tesctard #15:
»The medium is
the mess«

tesctard #14:
»Discover America«

tesctard #13:
»Black Music«

Nähere Infos zu allen Ausgaben unter www.testcard.de